Cap de Formentor
Punta Galera
Cap des Pinar
Pollença
3 Alcúdia
Badia d' Alcúdia
Cap de Ferrutx
Cap del Freu
Can Picafort
Sa Pobla
Cala Ratjada
Artà
Muro
ca
Santa Margalida
Llubi
Maria de la Salut
LLANURA DEL CENTRO
Son Severa
Sineu 10
Cala Millor
Petra
Manacor
Es Cubells
Sant Joan
5
SERRA DE LLEVANT
8 Portocristo
Porreres
6
Felanitx
Portocolom
4
Campos del Port
7
s'Alqueria Blanca
1
Portopetro
Santanyi 9
Ses Salines
Colònia de Sant Jordi
2
Cap de Ses Salines

Andreas Schnabel, geboren 1953 in Hamburg, ist ausgebildeter Rettungssanitäter, arbeitete als Hauptbrandmeister, Taxifahrer, Rundfunkreporter, RTL-Sportredakteur, Event- und TV-Regisseur, TV-Producer, Filmproduzent, Theater-Autor und Briefträger. Er lebt als Autor in Pulheim bei Köln und veröffentlichte bereits zwei Mallorca Krimis bei Emons.
www.andreas-schnabel.com

ANDREAS SCHNABEL

Tod auf der Insel

MALLORCA KRIMI

emons:

Bibliografische Information der Deutschen Nationalbibliothek
Die Deutsche Nationalbibliothek verzeichnet diese Publikation in der Deutschen Nationalbibliografie; detaillierte bibliografische Daten sind im Internet über http://dnb.d-nb.de abrufbar.

FSC www.fsc.org MIX Papier aus verantwortungsvollen Quellen FSC® C083411

Umschlagfoto: iStockphoto.com/Nikada
Umschlaggestaltung: Tobias Doetsch, Berlin
Druck und Bindung: CPI – Clausen & Bosse, Leck
Printed in Germany 2013
Erstausgabe 2011
ISBN 978-3-89705-811-8
Mallorca Krimi
Originalausgabe

Für meine Brüder
Michael und Pit

1

Dem Süden Mallorcas drohte wieder ein sehr heißer Tag. Es war zwar erst kurz vor zehn Uhr, dennoch stand die Luft schon, selbst an der Küste.

Über dem gräflichen Anwesen in der Nähe von Cala Figuera flirrte nicht nur die aufgeheizte Luft, dort waberte auch so etwas wie eine gefühlte dunkle Wolke. Das spürte Michael Berger, den sie überall nur »El Residente« nannten, schon, als er mit seiner frisch renovierten, inzwischen über zwanzig Jahre alten Dyane die leichte Steigung zum Herrenhaus des über dreihunderttausend Quadratmeter großen Gutes hochfuhr. Eigentlich hatte er heute wieder mit seinem Boot zum Fischen hinausfahren wollen, doch der Anruf seines Freundes und gräflichen Gutsverwalters Tomeu hatte ihn davon abgehalten. Berger war in einem langen Telefonat von Tomeu darum gebeten worden, zwischen ihm und der Gräfin zu vermitteln – lang deshalb, weil es eine Weile dauerte, bis der zum Herzerweichen stotternde Mallorquiner diese Bitte ausgesprochen hatte.

Natürlich hatte Berger sich sofort auf den Weg gemacht. Handelte es sich bei Gräfin Rosa und Tomeu doch um die beiden wichtigsten Menschen in seinem Leben. Hinzu kam, dass die Gräfin nicht nur seine Arbeitgeberin war, sondern sich zwischen ihr und ihm, fast so wie ein hauchzartes Pflänzchen, etwas wie eine Beziehung entwickelt hatte. Obwohl der tragische Unfalltod seiner Frau und seiner beiden Kinder schon einige Jahre zurücklag, war es ihm nicht leichtgefallen, sich etwas Neuem zu öffnen. Er war den Schritt sehr zögerlich, fast ängstlich gegangen. Und trotz der aufkeimenden Liebe siezten sie sich auch weiterhin. Das schaffte die nötige Distanz, um nicht betriebsblind zu werden, wie der Residente immer behauptete.

Berger wunderte sich. Was konnte zwischen Tomeu und der Gräfin nur vorgefallen sein? Sonst waren sie immer ein Herz und eine Seele. Er machte sich Sorgen, dass auf der gräflichen Finca ein ernstes Problem aufgetreten sein könnte.

Er parkte seinen Wagen unter einem schattigen Carport und ging sofort um das Haus herum, zur direkt über dem Meer an einer Steilküste gelegenen Terrasse.

Dort fand er die Gräfin, die mit finsterem Gesicht an ihrem Freiluftschreibtisch saß und, die Pupillen auf endlos gestellt, auf das Meer hinausstarrte.

Sie hörte ihn kommen und sagte, ohne ihren Blick vom Horizont zu nehmen: »Ach, ich denke, Sie wollten fischen gehen. Hat Sie dieser Unmensch zu Hilfe gerufen?« Wütend griff sie nach einem Limonadenglas und versuchte, sich mit diesem erfrischenden Getränk noch mehr Wut anzutrinken.

Er wollte sie mit einem Kuss begrüßen, doch Rosa drehte ihren Kopf weg.

»Nanu, was ist denn jetzt los? Gestern Abend haben Sie mich noch gefragt, ob ich nicht bei Ihnen übernachten wolle.«

»Da war ich mir auch noch sicher, dass ich in Ihnen einen Kameraden gefunden habe, der zu mir hält.«

»Und jetzt?«, wollte er wissen.

»Bin ich mir genauso sicher, dass damit Schluss ist.«

Unter ihrem Stuhl war ein anklagendes Quieken zu hören. Es war ein Quieken, wie es nur von einem verzweifelten kleinen Spanferkel stammen konnte, das nicht mehr viel Kraft hatte, sich gegen sein Schicksal zu stemmen, da es bereits den größten Kampf seines männlichen Lebens verloren hatte.

Berger schaute mit einer gewissen Vorahnung unter den Stuhl und erblickte ein trauriges Schwein, das tapfer versuchte, seinen durch ein Desinfektionsmittel blau eingefärbten, schlaffen Hodensack zu ignorieren.

Das war also der Grund für die Missstimmung im Herrenhaus. Berger nahm den Arm der Gräfin und versuchte, sie durch einen zärtlichen Handkuss zu besänftigen.

Sie zog ihre Hand brüsk zurück.

»Sie brauchen mit Ihren Dackelaugen gar nicht um gut Wetter zu bitten. Wer mein Schwein kastriert, der kastriert auch mich!«

Er schüttelte besorgt den Kopf. »Na, hoffentlich wurde das bei Ihnen auch fachmännisch gemacht. Bei Filou sieht es ja ganz ordentlich aus.«

»Ha!« Sie knallte wütend das Glas auf den Schreibtisch. »Wusste ich's doch, dass Sie sich wieder mal über meine Probleme lustig machen. Wäre es wenigstens der Tierarzt gewesen, dann ginge es ja noch, aber Tomeu hat sich wie ein urologischer MacGyver benommen und ist dem Gemächt meines kleinen Lieblings mit einem Taschenmesser zu Leibe gerückt. Mit einem ganz normalen Taschenmesser!«

Berger nickte. »Das macht man hier seit Menschengedenken so mit allen männlichen Ferkeln, die nicht zur Zucht benötigt werden.«

»Und warum nicht mit einer ordentlichen Narkose?«

»Weil das Geld kostet und weil dann die Hoden nach Äther oder sonst einem Medikament schmecken würden.«

Sie riss entsetzt die Augen auf. »Das will doch wohl niemand essen?«

»Überall auf der Welt werden die Hoden der kastrierten Tiere gegessen. Außerdem hat Tomeu nichts weiter getan als das, wofür Sie ihn eingestellt haben. Er führt Ihr Gut so, wie es hier üblich ist. Und er macht es gut!«

»Woher weiß Tomeu, dass ich Filou nicht als Zuchtschwein haben wollte?«, fragte Rosa schnippisch.

Berger wurde langsam sauer. »Weil aus ihrem süßen, kleinen, duftenden, intelligenten Ferkelchen bald ein ziemlich großer, extrem stinkender, ewig geiler Eber geworden wäre, der nur darauf gewartet hätte, dass Sie, liebste Gräfin, als sein Alphaweibchen endlich in die ihm zustehende Rausche kommen.«

Sie starrte ihn böse an. »Hören Sie mal, das ist ja widerlich!«

»Schön«, konterte er, »dass wir einer Meinung sind!«

Er setzte sich und beide schwiegen.

So war das mit seiner Gräfin. Gestern noch waren sie ein frisch verliebtes Paar gewesen, und heute benahmen sie sich wie zwei Kampfhähne. Aber genau das faszinierte ihn so sehr an ihr. Die Zartheit dieser zierlichen Person, die im krassen Gegensatz zu ihrer Zähigkeit stand, dieses Beinharte, das auch einer unendlichen Zärtlichkeit und Wärme weichen konnte. Dem Residente wurde in diesem Moment deutlich bewusst, dass es mehr als nur ein einfaches Verhältnis war, das zwischen ihnen beiden herrschte. Er hatte sich, obwohl er allein die Möglichkeit nach dem Tod seiner Familie immer abgestritten hatte, in diesen Traum von einer Frau verliebt.

Und dabei war es noch kein Vierteljahr her, dass Rosa selbst Witwe geworden war. Ihren Mann, Graf Ernst von Zastrow, hatte man hier auf der Insel tot in seinem Auto aufgefunden, kurz nachdem er das riesige Anwesen für sich und seine Frau gekauft hatte. Erst nach eingehenden Ermittlungen des hiesigen Comisarios Cristobal García Vidal und des Residente hatte sich die Sache als Mord herausgestellt. Als sich Rosa dazu entschloss, ihr Erbe im Namen ihres Mannes weiterzuführen, geriet auch sie ins Visier der Mörder – kriminelle Russen, die dieses herrliche Grundstück mitsamt seiner Traumfinca für ihre Zwecke haben wollten und sie deshalb entführten. Nur mit großem persönlichem Einsatz war es Berger damals gelungen, sie zu befreien.

Als Gegenleistung dafür hatte sie ihn mit ihrem Geld aus den »Fängen« des spanischen Finanzamtes und mit einer Sozialversicherungsnummer vor der drohenden Abschiebung gerettet. Sie hatte mit dem Segen der mallorquinischen Polizei einfach eine kleine Detektei eröffnet und ihn fest eingestellt. Überraschenderweise arbeiteten sie sehr effektiv zusammen. Für Berger war es eine ganz neue Erfahrung, einen zuverlässigen Passmann zu haben, der auch noch eine Frau war. Bei ihrem ersten offiziellen Fall vor einigen Wochen ging es um nicht weniger als die teuersten Edelsteine der Welt. Ein sehr reicher Muslim hatte leider doch nicht genug Geld gehabt, um sie alle legal zu erstehen. Er stahl sie und mordete sogar dafür.

Im Moment aber drehte sich alles um die »Edelsteine« eines Ferkels mit ehemals rosiger Eber-Zukunft, und die waren dank Tomeus beherztem Eingreifen verloren.

»Also wünschen Durchlaucht nun bei jedem Ferkel, das kastriert werden soll, eine vorherige Anhörung?«

»Filou war nicht einfach nur ein Ferkel. Er war ein Kamerad, nicht einfach nur ein Schwein!«

»Er ist noch immer ein Schwein, und mit den Testikeln muss die Freundschaft ja nicht zwangsläufig auch schwinden. Wo ist also das Problem?«

»Er ist eben nicht mehr komplett.«

»Das ist der Lauf der Dinge – und wie schon gesagt, Tomeu tat nichts weiter als seinen Job.«

Sie suchte weiter nach Argumenten. »Aber die Chefin auf diesem Gut bin ich, und ich entscheide hier, welches Schwein für die Zucht genommen wird. Jetzt bleibt dafür nur noch Carlos, dieses ewig sabbernde Ungetüm.«

»Was haben Sie gegen Carlos, das ist ein hervorragender Zuchteber. Er hat alle Vorzüge, die so ein Tier haben muss.«

»Und welche wären das bitte schön?«

»Man kann die Säue mit ihm allein lassen. Er schiebt sie sich ganz allein zurecht, und wenn eine herumzickt, bekommt sie Ärger.«

»Ach, das sind also für Sie die männlichen Attribute, die einen hervorragenden Eber von einem Durchschnittseber unterscheiden.«

Berger nickte. »Absolut, und dann muss auch noch der Bau stimmen.«

»Ja, sind wir denn hier im Neandertal?«

»Im Prinzip sind wir es. Dort ging es für die Damen nur darum, welche Gene für ihre Kinder die besten waren, und dem, der am gesündesten schien und am besten gebaut war, dem wurde sich hingegeben. Auf die Tischmanieren wurde dabei nicht geachtet.«

»Und genau das merkt man teilweise noch heute!« Sie warf Berger einen triumphierenden Blick zu. »Diesen Auswahlkriterien wäre mein Filou also nicht gerecht geworden?«

»Absolut nicht. Filou ist das, was der Landwirt einen ›Micker‹ nennt. Er ist viel zu klein, weil er wahrscheinlich zu wenig Muttermilch bekommen hat. Es wäre für Ihre Schweinezucht eine wirtschaftliche Katastrophe gewesen, wenn er diese Gene weitergegeben hätte.«

»Zählt es denn gar nichts, wenn so ein Tier intelligent ist, einfühlsam und einfach nur ein guter Kamerad?«

»Nein, denn das macht Filou nicht zu einem besseren Zuchteber, sondern zum Toulouse-Lautrec des Schweinestalls. Sie, Durchlaucht, mögen darauf vielleicht abfahren, ansonsten interessiert das aber keine Sau.«

»Toulouse-Lautrec war bei den Damen sehr beliebt.«
»Dann sollten Sie Filou beibringen zu malen.«

***

Estebán Dominguez hatte heute ein seltsames Gefühl, als er wie jeden Tag allein auf einer Bank im Hof des *Centro Penitenciario*, des neuen Staatsgefängnisses von Palma, saß. Wenn gerade niemand nach seinen Diensten verlangte, verbrachte er hier seine Zeit, ohne dass es die anderen kümmerte. Heute scherte sich erst recht niemand um ihn, er hatte ja krankheitsbedingt um eine Auszeit gebeten, aber dennoch hatte er das Gefühl, von jedermann auf dem Ausgangshof beobachtet zu werden. So unauffällig wie möglich überprüfte er seine Kleidung. Zwar hatte er auch nur den Anstaltsdrillich an, aber dem verlieh er durch gekonnt platzierte Accessoires eine betont weibliche Note. Estebán sah an sich hinunter. Im Sitzen konnte er nichts Außergewöhnliches feststellen. Er erhob sich und machte ein paar Schritte auf den nicht weit entfernten Papierkorb zu. Er tat so, als würde er etwas hineinwerfen. Auch jetzt konnte er nichts Ungewohntes an sich feststellen, doch das Gefühl, unter ständiger Beobachtung zu sein, verstärkte sich. Er setzte sich wieder auf die Bank und beschloss, die Sonne mit geschlossenen Augen zu genießen und das Gefühl zu ignorieren.

Durch seine Lider hindurch konnte er wahrnehmen, wie sich kurz darauf ein Schatten zwischen ihn und die Sonne schob. Ängstlich öffnete er die Augen, aber es dauerte eine Sekunde, bis er realisierte, was um ihn herum geschah. Er schaute auf eine menschliche Mauer. Kong, dieser Riese von einem Mann, stand vor ihm, links und rechts neben ihm seine grinsenden Mannen.

»Dominguez, mein kleiner, weicher Freund, du wirst heute Abend pünktlich um zwanzig Uhr in der Dusche erwartet.«

Estebáns Züge wurden weinerlich. »Ach Kinder, was soll das? Gibt es nicht genug Neue, die ihr mal ausprobieren könnt?«

»Die gibt es schon, meine Schöne, aber wir haben uns so an deinen schwulen kleinen Hintern gewöhnt. Außerdem bist du der Einzige hier, der wirklich Freude daran hat, es mal richtig besorgt zu bekommen.«

Estebán klappte seinen Fächer auf und wedelte sich hektisch Luft zu. »Nein, Kinder, ich bin noch rekonvaleszent. Letzte Woche seid ihr wie die Tiere über mich hergefallen. Ich kann gar nicht richtig sitzen.«

Victor, Kongs wenig intelligenter »Mann fürs Grobe«, der seinem Chef treu ergeben niemals von der Seite wich, grinste breit. »Das hat dir doch Spaß gemacht. Gib es doch zu, du kleine Schlampe.«

Kong nickte Estebán freundlich zu. »Tja, meine Schöne, du hast jetzt fast eine Woche lang Pause gehabt. Das reicht. Es tut mir leid, wenn wir unseren kleinen Nachtfalter zeitweise zu einem Glühwürmchen gemacht haben, dennoch wirst du heute Abend deinen Service wiederaufnehmen. Wir brauchen alle Mann wieder ein wenig Erleichterung. Habe ich mich verständlich ausgedrückt?«

»Verständlicher geht es nicht, Kong, aber ich habe Schmerzen, verstehst du das denn nicht?«

»Es gibt ja auch andere Möglichkeiten, wie du uns deine Zuneigung beweisen kannst«, zischte Kong böse.

»Moment mal«, zeterte Estebán, »das ist meinen Privatpatienten vorbehalten!«

Kong griff mit gespreizten Fingern brutal in Estebáns volle Haare und machte eine Faust. Estebán quietschte vor Schmerzen. Kong hatte ihm ein ganzes Haarbüschel ausgerissen. »Dann bin ich ab sofort dein Favorit, und du wirst demütig aufnehmen, was ich für dich übrig habe. Hast du das verstanden!«

Estebán schossen ob dieser Demütigung Tränen des Schmerzes und der Wut in die Augen, aber sein Widerstand war gebrochen und er greinte: »Ich werde pünktlich sein, aber bitte tu mir nicht mehr weh!«

***

Berger und Rosa waren noch immer dabei, sich über die verlorene Männlichkeit des gräflichen Lieblingsschweins zu streiten, da klingelte sein Handy. Auf dem Display erschien das Wappen der *Policía Nacional*. Berger nahm das Gespräch an.

»*Hola*, Comisario, was treibt Sie ans Rohr?««

»*Hola*, Residente, wie ich höre, haben Sie immer noch gute Laune.«

»Warum sollte ich nicht?«

»Dann hat die Gräfin noch gar nicht gebeichtet?«

»Bisher war unser Disput nichts weiter als eine hodenlose Schweinerei.« Berger schaute Rosa fragend an und konnte ihre Verlegenheit förmlich spüren. »Aber es sieht ganz so aus, als käme da gleich noch etwas.«

»Das wäre jetzt auch langsam notwendig, denn viel Zeit bleibt ja nicht mehr, um Ihnen alles schonend beizubringen.« García Vidal lachte freundlich. »Ich wünsche viel Spaß, und richten Sie der Gräfin bitte aus, dass Angela und ich uns bei ihr bedanken und uns sehr auf heute Abend freuen. Tschüss, bis nachher, Señor!«

Es schien Berger, als sei das Gespräch etwas hastig beendet worden. Er steckte das Telefon in seine Jeanstasche und schaute die Gräfin mit einer steilen Falte auf der Stirn an: »Nun, Teuerste, ich höre.«

»Bitte machen Sie doch nicht schon im Vorfeld so einen Zinnober.«

»Wie sollte ich? Ich weiß ja noch gar nicht, worum es geht.« Er hatte aber so eine Ahnung, dass es sich um irgendeine gesellschaftliche Verpflichtung handelte. Immer wieder nahm die Gräfin derartige Einladungen an, teils weil es ihr Spaß machte, teils weil es ihr gesellschaftlicher Stand einfach mit sich brachte. Berger hingegen hasste diese Events, bei denen es immer nur darum ging, den anderen zu zeigen, wer der Reichere war. Er hatte inständig gehofft, derartigen Verpflichtungen mit seiner Teilnahme am Wohltätigkeitsball der Inselratspräsidentin und einigen kleineren Veranstaltungen für dieses Jahr ausreichend nachgekommen zu sein, aber er schien falschzuliegen.

»Wir sind mal wieder wo eingeladen.«

Berger war angespannt. »Wusste ich's doch. Wann?«

»Heute Abend.«

»Schön, dass ich das jetzt schon erfahre. Wo?«

»Bei den von Blomfelds.«

»Warum? Ich hoffe, es ist jemand umgebracht worden?«

»Nein.«

»Schade. Also, warum müssen wir dahin?«

»Die haben einen Spitzenkoch engagiert, der für uns kochen wird.«

»Ach du großer Gott!« Er rollte mit den Augen. »Was gibt's denn? Wieder so einen vornehmen Fünfgängefraß, bei dem man die ganze Zeit von einer vernünftigen Currywurst träumt?«

Rosa war augenscheinlich darum bemüht, dieses hohe Maß an Ignoranz zu überhören.

»Nach dem Gaumenschmaus wird sogar etwas für Ihre Kultur getan.«

»Etwa wieder so eine Ohrenfolter wie beim letzen Mal?«

»Das war Kunst!«

»Gut, dass Sie mir das wenigstens nachträglich erklären. Von allein wäre ich beim besten Willen nicht drauf gekommen.«

Sie versuchte einzulenken. »Zugegeben, das einstündige Solo des Tubaspielers war gewöhnungsbedürftig.«

Berger grinste böse. »Das war nicht nur gewöhnungsbedürftig, es verstieß gegen die Genfer Konventionen.«

»Das war ein Wiener Philharmoniker, der Variationen zu ›Blätter fallen im Wind‹ spielte.«

Berger lachte hämisch auf. »Es hörte sich aber an wie Komplikationen bei ›Blähungen im Sturm‹.«

Rosa schüttelte heftig den Kopf. »Nein, mein Freund, auf diesen Trick falle ich nicht rein. Sie wollen mich ganz gezielt mit Ihrem Geschwätz entnerven, damit ich auf Ihre Gesellschaft verzichte, aber daraus wird nichts. Sie kommen mit.«

»Habe ich also zwangsweise Dienst heute Abend?«

»Das haben Sie.«

»Wieder im Smoking?«

»Selbstverständlich. Wenn schon verkleidet, dann wenigstens als Mensch.«

»Und worauf darf ich mich kulturell einrichten? Bekommen wir zum Nachtisch wieder einen vorgetutet?«

Rosa schüttelte bedient den Kopf. »Die Netrebko wird singen.«

»Die Netrebko singt!« Berger pfiff anerkennend durch die Zähne. »Da haben Neureichs aber wieder mal tief in die Schatulle gegriffen.« Er erhob sich von seinem Sitz. »Dennoch richten Sie ihr bitte aus, dass ich ihr eine Stulle mitbringe, wenn sie es sein lässt.«

Die Gräfin sah in böse an. »Glauben Sie wirklich, dass sich eine Künstlerin dieses Formats mit einem Butterbrot bestechen lässt?«

»Wollen wir wetten, gräflichste Gräfin? Alle Sänger sind von Natur aus verfressen, außerdem serviere ich mein ›Bütterchen‹ mit echter Sobrasada.«

***

Wenn der »Millionenhügel«, wie die Erhebung zwischen Calonge und s'Alquería Blanca mit ihren sehr luxuriösen Fincas von den Einheimischen genannt wird, zur Soiree einlädt, dann kann sich der jeweilige Hausherr natürlich nicht lumpen lassen.

Die »Finca« der von Blomfelds war im Laufe der Jahre zu einem wahren Schloss ausgebaut worden. Das, was einmal Wohnhaus und Stall zusammen war, bildete zwar noch den Kern des Gebäudes, diente aber nur mehr als Entree, und zwar komplett. Die Architekten der verschiedenen Anbauten hatten die Hanglage genutzt und diverse Wohn- und Schlafräume gestaltet, die miteinander verwoben auf mehreren Ebenen lagen, sodass die Veranstaltung in einer Art Ballsaal stattfand, der ähnlich einem modernen Konzertsaal kunstvoll verschachtelt war.

Seltsamerweise entstehen bei den Bemühungen, nur das vermeintlich Beste vom Besten zu servieren oder zu veranstalten, oftmals echte Stilblüten. So war es denn bei den von Blomfelds auch kein guter einheimischer Koch, der der norddeutschen Crème de la Crème am Abend Besonderheiten der mallorquinischen Spitzenküche kredenzte. Davon gäbe es einige, die von Blomfelds hätten nur mal bei Berger anrufen müssen. Nein, für diesen Event war ein echter »Maître de Cuisine« aus Berlin eingeflogen worden, der normalerweise den Politberlinern und interessierten Fernsehzuschauern beizubringen versucht, was auf französischen Tellern *en vogue* ist. Berger fragte sich wie wohl jeder normale

Mensch, was ein derartiger Küchenmeister in einer mallorquinischen Küche zu suchen hatte? Die Antwort war verblüffend einfach: Er sollte das Essen nicht unbedingt besser, sondern nur sehr viel teurer machen.

Was Bergers Laune ein wenig erhellte, war die Tatsache, dass die Gräfin und er neben dem Comisario und seiner deutschen Kollegin und Angebeteten Angela Bischoff sitzen konnten.

Wer ihn hingegen kolossal nervte, war der Bruder der Gastgeberin, der sich seiner unnatürlich blonden, bemerkenswert großbusigen und sensationell dämlichen Begleitung gegenüber als profunder Kenner der mallorquinischen Unterwelt zu erkennen geben wollte und bei jedem »Gell«, das wie ein Peitschenknall über den festlich gedeckten Tisch fegte, nach Anerkennung heischend zu García Vidal hinübersah. Zur großen Enttäuschung dieses Herrn ging der aber nicht mit der kleinsten Geste auf diesen Unsinn ein.

Das vierte Paar an ihrem Tisch war zusammengerechnet jenseits der hundertsechzig und ebenfalls mit dem Gastgeber blutsverwandt. Die Konversation dieses prähistorischen Duos bestand lediglich aus einem ständigen »Klecker nicht so« von ihr und einem »Ja doch, Liebling« von ihm. Zwar war die Serviette des alten Mannes eine Art kulinarisches Einmannzelt, aus dem nur sein Kopf herausguckte, und bot seiner Kleidung optimalen Schutz vor so ziemlich allem, was im Laufe der Mahlzeit angekleckert kam. Dennoch wischte die besorgte Ehefrau ständig mit ihrer Serviette an ihm herum. Die blutroten Tomatensuppenspritzer auf dem Namensschildchen mit der Aufschrift »Herbold, Edler und Ritter von Blomfeld« gaben diesem lukullischen Gemetzel eine zusätzlich groteske Note.

Als die sichtlich gestresste, aber dennoch Edle von Blomfeld dann auch noch versuchte, das Gesicht ihres Mannes mit einem Serviettenzipfel zu reinigen, den sie vorher mit ihrem Speichel eingeweicht hatte, konnte sich Berger nicht mehr zurückhalten.

»Vielleicht sollten Gnädigste ihrem Galan vor dem Hauptgang doch lieber die Matschhose anziehen?«

Während ihn die treusorgende Gattin nur verständnislos ansah, war es um die Contenance seiner vor Lachen prustenden Gefährten geschehen.

***

Estebán Dominguez beschloss, sich doch lieber etwas gründlicher zu reinigen, bevor er sich zu seinem Termin begab. Man konnte nie wissen, inwieweit sich diese rohen Kerle an seine Bitte, ihn zu verschonen, auch halten würden. Wenn sie sich nämlich nicht daran hielten und sich dabei, so Gott es wollte, beschmutzten, würde es wieder furchtbare Prügel setzen. Weitaus geringere Vergehen waren ihm schon ähnlich übel vergolten worden. Es gab kaum einen Knochen in seinem Leib, der nicht schon mal bei einer brutalen Bestrafung gebrochen worden war. Auch Strafgefangene kommen irgendwann einmal in ein Alter, in dem Potenzstörungen auftreten können, nur will es von diesen »superpotenten« Kerlen natürlich niemand wahrhaben. Dem verzweifelten Estebán wurden seine erfolglosen Bemühungen dann mit Schmerzen entlohnt. Der Gefängnispsychologe hatte ihn mal gefragt, ob er sich nicht wie der Fußabtreter des Gefängnisses fühle. Estebán dachte oft an diese Frage zurück. »Ein bisschen schon«, hatte er damals geantwortet, »nur werden Fußabtreter nicht weitergequält, wenn die Schuhe schon sauber sind.«

Nachdem Estebán sich für sein »Geschäft«, wie er es selbst nannte, präpariert hatte, machte er sich auf den Weg in die Gemeinschaftsdusche. Sein schlanker Körper erinnerte an eine Gazelle, wenn er wie jetzt mit geschmeidigen Bewegungen, nur mit einem Handtuch bekleidet, über den Gang schlenderte. Dabei verströmte er einen angenehmen Geruch nach Sauberkeit, nach einfacher, ehrlicher Seife, ja sogar nach ein wenig Unschuld. Vielleicht war es das, was ihn zum Favoriten der ganzen Haftanstalt machte.

Etwas nervös vor sich hin pfeifend betrat Estebán den Vorraum zu den Gemeinschaftsduschen. Eigentlich freute er sich auch ein wenig auf Kong, diesen Riesen, der unerwartet zärtlich sein konnte, wenn er gut drauf war. Dann glaubte Estebán manchmal wirklich, so etwas wie Liebe geben zu können und sogar welche zu empfangen. Heute war ein guter Tag dafür, das spürte er ganz genau.

Er streifte sein Handtuch ab, hängte es an den Kleiderhaken, ging nach nebenan und stellte sich unter die Dusche. Mit geschlossenen Augen genoss er das heiße Wasser. Als er sie wieder öffnete, waren sie alle da. Kong mit seinem ganzen Gefolge, alle nackt, alle in dieser einen, relativ kleinen Gemeinschaftsdusche.

Estebán schaute sich ängstlich um. »Ihr wollt doch wohl nicht alle bedient werden, oder?«

Kong trat auf ihn zu. »Aber nicht doch, Dominguez, meine Süße, du wirst dich heute nur um mich kümmern, und das wie besprochen.«

»Nur du und ich, und die anderen sehen dabei zu?« Estebán lächelte sichtlich erleichtert. »Okay, ich werde so vollkommen sein, dass du die Trompeten von Jericho hören wirst.« Er kniete vor Kong nieder und begann, ihn vorsichtig und zärtlich zu massieren.

Kong schloss die Augen. »Das machst du gut, kleiner Estebán, das machst du ausgezeichnet. Wir werden dich wirklich vermissen.«

Estebán begriff den Sinn dieser Worte nicht. Er merkte nur, dass plötzlich jemand ganz dicht hinter ihn trat, legte seinen Kopf in den Nacken, schaute nach oben und lachte. »Nanu, will mir da jemand auf den Kopf pinkeln?«

Im selben Augenblick spürte er einen kurzen, brennenden Schmerz an der Vorderseite seines Halses, der aber sofort wieder nachließ. Verwundert registrierte er, dass mehrere Männer ihn ergriffen und unter eine der laufenden Brausen zogen. Er wollte lachen, vernahm aber nur ein eigentümliches Blubbern und Brodeln. Er versuchte Luft zu holen, und es brodelte wieder, nur etwas lauter. Als er aufsah, registrierte Estebán erstaunt, dass die anderen ihn mit Blicken beobachteten, als würden sie gerade einer Hinrichtung zuschauen. Angewidert, ängstlich, aber dennoch fasziniert.

Leute, ich dusche doch nur, wollte er scherzhaft rufen, was schaut ihr so seltsam? Aber es zischte und blubberte nur wieder. Ihm wurde fröstelig unter der warmen Dusche, und das Rauschen des Wassers bekam plötzlich einen seltsamen Hall, der immer intensiver wurde.

Bis zuletzt begriff Estebán Dominguez nicht, dass man ihm die Kehle durchschnitten hatte.

Aus Kongs Blick war alle menschliche Wärme gewichen. Er drehte sich zu seinen Männern um. »Noch ist er warm, Leute, wer will, kann ihn jetzt haben. Aber danach wird er wie besprochen beseitigt.« Er wandte sich ab und verließ die Dusche.

Ein Teil seiner Männer fiel ziehend und zerrend wie ein Rudel Wölfe über die Leiche her, um sie zu schänden. Victor hingegen folgte Kong.

»Aber Boss, warum musste unbedingt Estebán sterben? Er war die beste Hure, die wir hatten.«

»Victor, mir wird er am allermeisten fehlen, denn er war wirklich der Beste. Aber er war nun mal auch der Einzige, der keine Angehörigen mehr hatte. Außerhalb dieser Mauern wird niemand nach ihm fragen, verstehst du?«

Victor sah ihn mit traurigen, dummen Augen an. »Nein, Boss, tut mir leid.«

»Siehst du, deswegen habe ich hier auch das Sagen.«

***

Angekündigt war »Seebrasse Mallorquin«, doch auf dem Teller lag nichts als ein nacktes, platt gedrücktes Fischstäbchen in einer undefinierbaren grünen Pampe. Berger war sichtlich erschüttert.

»Welcher böse Geist ist Ihnen denn erschienen?«, fragte Angela Bischoff lachend.

»Einer, der Fischfilets die Panade klaut. Das ist doch das Beste daran. Außerdem wäre es praktischer gewesen, wenn sie den Babybrei im Gläschen serviert hätten.«

»Michael!«, herrschte ihn die Gräfin an und knallte ihr Besteck so laut auf den Teller, dass alles um sie herum aufschreckte und zu ihr sah. »Herr Berger, Sie sind unmöglich.«

Selbst etwas erschrocken über ihren Ausbruch, sah sie sich verschämt um und nickte den anderen Gästen freundlich zu. Sie dämpfte sich im Ton und zischte: »Bei einem derartigen Festmahl bitte ich Sie herzlich, sich mit Ihren Kommentaren zurückzuhalten.« Sie schaute ihn wütend an. »Würden Sie das bitte akzeptieren?«

Berger zuckte mit den Achseln. »Sie sind also der Meinung, dass das kein Babybrei ist, sondern nach etwas schmeckt.«

»Mit Sicherheit, das ist Brokkoli-Champagner-Creme!«

»Ist ja schon gut.« Er liebte es, die Gräfin auf die Palme zu bringen. »Dann können Sie mir aber bestimmt sagen, warum für so ein kleines bisschen Essen solch riesige Teller genommen werden. Das ist doch Verschwendung!«

Angela Bischoff versuchte, deeskalierend in die Unterhaltung einzugreifen. »Je vornehmer das Restaurant ist, in dem serviert wird, desto größer ist die Platte. Das dürfte Ihnen doch wohl bekannt sein.«

»Das schließt die Gäste allerdings nicht ein«, konterte Rosa. »Der Herr ist alles andere als vornehm, seine Platte hingegen geradezu exorbitant.«

»Das war ja nun wieder mal völlig unnötig.« Berger reagierte beleidigt. »Wenn Ihnen gar nichts mehr einfällt, kommen Sie auf mein Haar zu sprechen.«

»Es tut mir leid, es wird nicht wieder vorkommen.« Der Blick der Gräfin verriet, dass das Gegenteil der Fall war. »Man sollte nur über Dinge sprechen, die auch anwesend sind.«

Der Comisario stieß Angela Bischoff an und raunte laut und deutlich: »Das ist es, was ich meine, wenn ich behaupte, dass ihre Streitereien oftmals nur an den Haaren herbeigezogen sind.«

Die Damen lachten herzlich auf. Berger hingegen fühlte sich verraten. »Was ist los mit Ihnen, Amigo, haben Sie das Lager gewechselt?«

Er erhielt keine Antwort, denn just in diesem Moment begann García Vidals Handy zu vibrieren. Verstohlen klappte er es auf und meldete sich so leise wie möglich. Berger versuchte, am Gesichtsausdruck seines Freundes zu erkennen, ob eventuell die Chance bestand, dass sie sich wegen eines Falls von dieser Horrorveranstaltung verabschieden könnten, aber der Comisario hielt sich mimisch bedeckt. Kopfschüttelnd klappte er sein Handy zu.

»Und, was gibt's? Habe ich das Glück, mit Ihnen zu einer Leiche gerufen zu werden?«

»Nichts da, Señor«, kam es bestimmt von Rosa. »Es gibt heute nur eine Sorte Leichenteile für Sie, und zwar die auf Ihrem Teller!«

Berger fixierte den Comisario mit den Augen. »Cristobal, sagen Sie bitte, dass meine sofortige Mitarbeit bei einer Mordermittlung unabdingbar ist.« Seine Stimme hatte etwas Flehentliches.

»Es tut mir leid, Residente, aber es gibt keine Leiche.«

Bergers Enttäuschung war ihm deutlich ins Gesicht geschrieben. »Und warum stört man Sie dann?«

»In dem kleinen Kloster von s'Alquería Blanca wurde die Andachtsglocke geklaut.«

Die Gräfin winkte ab. »Dann sollten Sie den Dorfgendarm hinschicken und basta.«

García Vidal hob entschuldigend die Schultern. »Es tut mir leid, Gräfin, aber der Inselrat möchte, dass ich mich umgehend selbst darum kümmere.«

»Und das heißt?«

»Dass ich alles stehen und liegen lassen muss, egal, womit ich gerade beschäftigt bin.« Er erhob sich von seinem Platz. »Ein Dienstwagen kommt mich abholen. Ich werde mich nur rasch von den Gastgebern verabschieden.

»Warte, Cristobal.« Angela Bischoff erhob sich ebenfalls. »Ich komme mit.«

»Bitte bleib und genieße den Abend, Liebes. Ich werde mich nachher gleich bei dir melden, versprochen.« Der Comisario verabschiedete sich formvollendet mit einem Handkuss und machte sich auf den Weg.

Rosa nahm das mit Genugtuung zur Kenntnis. »Sehen Sie«, raunte sie Berger zu, »von Ihrem Freund sollten Sie sich, was die Etikette betrifft, eine Scheibe abschneiden.«

Berger schaute sie gespielt verständnislos an. »Warum sollte ich? Seine vollendeten Umgangsformen helfen dem armen Cristobal jetzt auch nicht weiter.« Dann stutzte er. »Doch wenn ich es mir recht überlege – er darf arbeiten, ich muss mich hier amüsieren.«

2

Zu García Vidals Erstaunen wartete der Wagen, der ihn abholen sollte, bereits vor dem großen Portal der von Blomfeld'schen Finca. Er öffnete die Beifahrertür und stellte fest, dass er den Beamten am Steuer noch nie gesehen hatte.

»*Hola*, Señor, mein Name ist García Vidal von der *Policía Nacional*.«

Der Fahrer nickte ihm zu. »Ich weiß, Señor Comisario, es gibt wohl niemanden auf der Insel, der Sie nicht kennt. Ich bin Oberwachtmeister Ramos vom vierzehnten Revier.«

García Vidal war erstaunt. »Vom vierzehnten kommen Sie, aus Alcúdia?«

»Ich begreife selbst nicht, was hier los ist.«

»Inwiefern?«

»Dass für eine einfache Klosterglocke gleich die *Policía Nacional* und die *Guardia Civil* zusammen alarmiert werden. Normalerweise reicht dafür doch ein stinknormaler Dorfbulle, oder?«

»Tja, da bin ich auch überfragt. Ich weiß nur, dass das von ganz oben kommt. Ich reiße mich auch nicht darum, aber was soll's. Beeilen wir uns, dann haben wir den Quatsch schnell hinter uns.«

Ramos fuhr los. García Vidal beobachtete den jungen Kollegen aus den Augenwinkeln. Einen so schlecht gekleideten Polizisten hatte er schon lange nicht mehr gesehen. Es schien, als ob der Mann in den letzten Wochen erheblich abgenommen hatte, denn seine Kleidung war eigentlich viel zu groß für ihn.

»Mich würde es überhaupt nicht wundern, wenn wir am Kloster niemanden antreffen würden«, sagte Ramos jetzt. »Soweit mir bekannt ist, wohnt da doch keiner mehr, oder?«

Der Comisario grinste. »Genau aus diesem Grund gibt es vermutlich keinen anderen Ort im Süden dieser Insel, auf dessen Parkplatz so viele Kinder gezeugt wurden wie dort oben.«

***

Für einen derartig brutalen Mord, wie er am armen Estebán begangen worden war, stellte die Dusche den idealen Tatort dar. Man musste nur lange genug das Wasser laufen lassen, um wirklich alle sichtbaren Spuren gründlich wegzuspülen. Die weißen Fliesen in diesem Raum ließen den blutleeren Leichnam so aussehen, als läge er zur weiteren Verarbeitung in einer Metzgerei.

Victor wollte gerade damit beginnen, den toten Körper in eine Plastikplane einzuwickeln, als Kong die Dusche betrat. »Das ist ungerecht«, maulte er. »Die anderen haben ihr Vergnügen, und ich muss den Dreck wegmachen.«

»Wenn du auch noch einmal willst, nur zu, wo ist das Problem?«, gab Kong ungerührt zurück.

Victor schaute ihn beleidigt an. »Ich mache so etwas nicht mit einem Toten. Warum machen die anderen das?«

»Weil ein Toter nicht spöttisch grinsen kann, wenn einer keinen mehr hochbekommt.«

»Aber warum wollen sie es überhaupt, wenn sie gar nicht mehr richtig können?«

»Das weiß der Himmel, Victor.« Kong legte ihm väterlich seine Hand auf die Schulter. »Aber du bist nicht so, und weil das so ist, bist du mir eine große Hilfe.«

Victors Gesicht glühte vor Stolz. »Ja, Boss, wir beide gehen zusammen durch dick und dünn, stimmt's?«

»Das machen wir, mein Junge.«

Ein Wärter betrat die Dusche. »Telefon, Señor Kong.« Unterwürfig reichte er Kong ein Handy.

Ohne den Beamten weiter zu beachten, begann Kong zu telefonieren, während Victor in aller Seelenruhe die Leiche verpackte.

»Wunderbar«, kommentierte Kong das Gehörte, »wir sind auch so weit.« Er klappte das Handy wieder zusammen und gab es dem Wärter zurück. »Okay, unser Bündel ist fertig«, beschied er ihn. »Sowie dieses Häuflein Elend«, er wies auf den plastikumhüllten Estebán, »das Gefängnis verlassen hat, können wir Alarm geben.«

»Der Laster der Futterküche wartet nur noch auf ihn.«

»Super.« Über Kongs Gesicht huschte so etwas wie ein Lächeln. »Dann sollten wir es an die ganz große Glocke hängen.«

Der Wachmann nickte und verließ die Dusche.

Victor verstand kein Wort von dem, was um ihn herum gesprochen wurde. »Chef, was wollen wir an die große Glocke hängen?«

»Dass Estebán Dominguez aus dem Knast ausgebrochen ist.«

»Aber Chef, den habe ich doch hier wie eine Wurst verpackt. Der kann doch gar nicht mehr ausbrechen, der ist doch tot?«

»Victor, wenn ich sage, dass Estebán ausgebrochen ist, dann ist es so, verstanden?« Kong sah ihm eindringlich in die Augen.

Victor kannte diesen Blick. Immer wenn er so angesehen wurde, sollte er nichts mehr fragen. »Dann ist das einfach nur eine Kohlroulade?« Er begann zu lachen.

Kong lächelte ihn an. »Ja, Victor, eine Kohlroulade. Das war ein guter Witz.«

Victor schwebte auf einer Wolke des Glücks. Er, Victor Restejew aus Kasachstan, hatte einen Witz gemacht, und erst gestern hatte sein Boss gesagt: »Nur kluge Menschen können gute Witze machen.«

Victor hatte es nun von Kong persönlich. Er war endlich auch einer von den Klugen.

***

Wie Ramos befürchtet hatte, war beim Kloster wirklich niemand mehr zu finden. Sie klingelten und klopften, aber es tat sich nichts.

»Hier scheint nicht nur die Glocke weg zu sein«, murmelte García Vidal, »die Bewohner wurden schon vor Jahren geklaut.«

Ramos lachte herzlich über den Scherz. »Okay, wo kein Kläger ist, muss auch kein Richter sein. Wir sollten uns wieder auf den Weg machen. In so einem feinen Zwirn haben Sie hier sowieso nichts zu suchen.«

García Vidal war sauer. »Aber wenn sich der Inselrat einschaltet und die mich extra für den Quatsch hier aus einer Veranstaltung herausholen, dann muss doch etwas dran sein. Ich gehe mal außen herum, vielleicht ist da jemand.«

»Okay, dann komme ich mit.«

Sie machten sich auf den von diversen Treppen und Treppchen unterbrochenen Weg um das Kloster herum, aber sosehr sie auch Ausschau hielten, sie konnten niemanden entdecken – im Gegenteil, es waren weder Touristen da noch die hier üblicherweise übenden Sambatruppen, deren Mordsgetöse so aus den anliegenden Städten verbannt wurde. Plötzlich frischte der Wind etwas auf, und dem Comisario war, als würde er eine Glocke hören. Es war ein ganz leises »Bim«, so leise, als würde der Klöppel vom Wind nur ganz vorsichtig an den Klangkörper gedrückt werden.

García Vidals Stirn zog sich kraus. »Haben Sie das auch gehört?«

»Klar doch. Ein Tinnitus klingt anders, außerdem würden wir den kaum zur selben Zeit bekommen. Das war mit Sicherheit eine Glocke.«

»Stimmt.« Der Comisario überlegte. »Jetzt stellt sich die Frage, ob das Kloster über mehrere Glocken verfügte.«

»So ein kleines Klösterchen? Ich denke mal, dass die früher sehr glücklich waren, überhaupt eine Glocke schlagen zu können.«

»Dann sollten wir das schleunigst recherchieren, bevor wir endlose Berichte anfertigen müssen.«

Nach ihrem Rundgang setzten sie sich wieder in ihr Auto und machten sich auf den Rückweg.

Verärgert suchte García Vidal eine Nummer auf seinem Handy, um sich in Palma beschweren zu können, da stieg Ramos voll in die Eisen. Fast wäre dem Comisario das Telefon aus der Hand gerutscht.

»Was, in drei Teufels Namen, ist denn nun schon wieder los?« Durch die Frontscheibe des Streifenwagens konnte García Vidal bis auf den Weg, der in der Abenddämmerung vor ihnen lag, nichts entdecken, was eine derartige Vollbremsung rechtfertigte.

»Entschuldigung, da lag etwas neben der Fahrbahn. Ich schau mal kurz nach.« Ramos legte den Rückwärtsgang ein und fuhr ein paar Meter zurück. Er hatte sich nicht geirrt. Neben einem völlig zerstörten Motorroller lag dort ein lebloser Körper, wie es im ersten Moment aussah, ein Mann.

»Sie rufen über Funk Hilfe«, wies der Comisario Ramos an. »Ich sehe nach, ob ich für den Mann noch was tun kann.«

García Vidal verließ eilig das Fahrzeug und lief auf den Verletzten zu. Plötzlich hörte er hinter sich ein leises »Plopp«. Er kannte dieses Geräusch, das entsteht, wenn ein Projektil den Schalldämpfer einer Pistole verlässt. Abrupt blieb er stehen und drehte sich ungläubig zum Streifenwagen um. Von dort schien das Geräusch gekommen zu sein. Nein, dort war es eingeschlagen. Verwundert sah er mit an, wie Ramos langsam in sich zusammensackte. Auf seiner Stirn prangte ein kleiner roter Punkt.

Den nun folgenden Schlag auf seinen Hinterkopf spürte García Vidal nicht. Es wurde einfach nur dunkel um ihn herum, still und absolut dunkel.

»Ihr könnt wieder hochkommen. Wir haben ihn sicher«, ertönte eine Stimme.

Der Motorrollerfahrer erhob sich, und auch im Dienstwagen regte sich etwas. Der Mann, der sich für Ramos ausgegeben hatte, rubbelte mit einem Tuch an seiner Stirn herum. »Ich brauche sicher wieder Stunden, um diese Scheißfarbe herunterzubekommen.«

***

Bergers Gegenüber hörte vor Entsetzen sogar auf zu kleckern, als er das erste Stück Fleisch des Hauptganges im Mund hatte. Der sonst so abwesend wirkende Greis machte plötzlich den Eindruck, als würde er ganz genau wissen, wovon er sprach. »Das ist kein ›Porcus Ibericus‹.«

»Sondern?« Berger war neugierig. »Ich hatte auch schon den Verdacht.«

»Maserung, Farbe, Konsistenz, Geschmack – das ist eine deutsche oder holländische Sau von der Stange, noch nicht einmal Biofleisch, das wäre fester.«

Berger war fast glücklich über diese Nachricht aus berufenem Munde.

»Woher wollen Sie das denn wissen?«, kam es von dem vermeintlichen Kriminalexperten mit der drallen Begleitung. »Selbst mal Schwein gewesen?« Sein brüllendes Gelächter über den eigenen Witz verhallte unerwidert in dem großen Raum.

»Ich war über vierzig Jahre lang als Amtstierarzt mit der Fleischbeschau befasst, junger Mann, und kann Ihnen mit absoluter Sicherheit sagen, dass dieses Tier niemals auf spanischem Boden gelebt hat.

Der Bruder der Gastgeberin war sprachlos. »Und worin besteht der Unterschied?«

»Im Geschmack, junger Mann. Das ›Porcus Ibericus‹ oder, wie es hier heißt, das ›Porco Iberico‹ wird im Freien gehalten und hat zu Lebzeiten viel Bewegung, das erkennt man an der Festigkeit des Fleisches. Den unverwechselbaren Geschmack bekommt es durch das Futter. Hier bekommen die Tiere nur Eicheln und Kastanien zu fressen, niemals Küchenabfälle wie bei uns zu Hause. Durch diese extrem gesunde und reichhaltige Fütterung wird auch die Farbe des Fleisches bestimmt. Also, mein Herr, ein Blinder mit 'nem Krückstock kann erkennen, dass das hier ein ›Porcus Touristicus‹ ist, und so etwas hat auf meinem Teller nichts zu suchen.«

Seine Gattin wischte ihm mit ihrer Serviette über den Mund. »Nun rege dich doch nicht so auf, Liebling, das ist schlecht für deinen Blutdruck.«

»Der Schlangenfraß hier aber auch.« Er warf das Besteck bockig neben seinen Teller. »Das können die an die Ballermänner verfüttern, aber nicht an mich. Basta!«

Gräfin Rosa beobachtete den alten Mann fasziniert. Ganz offensichtlich hatte sie es aufgrund seiner Essweise nicht für möglich gehalten, dass er zu so einer dezidierten und bestimmten Meinungsäußerung noch fähig war.

Berger grinste. »Da sehen Sie es, holde Durchlaucht, wozu brauchen wir noch eine Netrebko? Der wahre Star des Abends sitzt hier am Tisch.«

»Auf so einen Spruch habe ich nur gewartet«, zischte sie böse, »und Sie haben natürlich nichts weiter zu tun, als genüsslich darauf herumzureiten.«

»Irgendetwas muss ich ja wohl genießen dürfen, wenn das mit

dem Essen schon nicht klappt. Die Gründe dafür wurden Ihnen ja eben erläutert. Dann erfreue ich mich eben an der Konversation.«

»Also ich«, versuchte ihm Angela Bischoff den Rücken zu stärken, »finde das Essen auch nicht so doll.« Sie beugte sich dicht an Bergers Ohr. »Was ich noch zu dem Kleckergreis zu sagen hätte: Wenn der Mann derartig klar denken kann, warum hat er dann nicht schon längst seine Gattin erschlagen?«

***

Carmen Lucas, frischgebackene Kriminalkommissarin vom Dienst und Tomeus Lebensgefährtin, hatte heute den ersten offiziellen Dienst ihres Anerkennungsjahres. Die Kasernenausbildung war beendet, und nun folgte ein Assessorenjahr zum gehobenen Dienst bei einem Kommissariat ihrer Wahl. Sie hatte sich natürlich das des Comisarios ausgesucht. Es hatte sich schon bei den beiden letzten Fällen, denen sie als Kadettin zugeordnet war, gezeigt, dass sie gut miteinander arbeiten konnten. Heute, an ihrem ersten Tag in der neuen Position, hatte Carmen sich um alles, was sich im Südwesten der Insel an Kriminellem ereignete, zu kümmern. Die Bösewichter schienen aber Urlaub zu machen. Das Telefon war den gesamten Dienst über still geblieben. Sie schaute unruhig auf die Uhr. Es war schon zweiundzwanzig Uhr dreißig durch, und García Vidal hatte noch immer nicht angerufen. Eigentlich wollte er sich zweistündlich bei ihr melden. Für ihn war eine derartige Unzuverlässigkeit ungewöhnlich, denn er hatte solche Verabredungen bisher immer exakt eingehalten. Sie wählte seine Handynummer.

»Es tut mir leid, Comisario, aber wer sich nicht an die Verabredung hält, der wird eben beim Essen gestört«, murmelte sie und hoffte, dass er sein Handy lautlos gestellt hatte. Die von Blomfelds wären vermutlich nicht sehr erfreut, wenn es plötzlich klingeln würde. Irritiert nahm sie kurz darauf zur Kenntnis, dass seine Mailbox ansprang. Sie legte auf und schrak zusammen, als fast zeitgleich der Amtsapparat klingelte. »KKvd-Südost, Carmen Lucas am Apparat, was kann ich für Sie tun?«

»Guten Abend, Kollegin. Arontxo Taragon vom vierzehnten Revier. Ist mein Kollege Ramos zufällig bei Ihnen in Santanyí?«

»Tut mir leid, Kollege, ich bin hier mit dem Hausposten allein. Wollte er denn herkommen?«

»Nicht direkt. Er hatte den Auftrag, sich zusammen mit Comisario García Vidal um die verschwundene Klosterglocke zu kümmern.«

Carmen war verblüfft. »Die *Policía Nacional* und die *Guardia Civil* bilden ein Team wegen einer geklauten Klosterglocke?«

»So seltsam es sich anhört, ja. Im Osten ist alles auf Trab, weil irgend so ein Idiot mal wieder aus dem Gefängnis stiften gegangen ist. Also mussten wir ran. Die Anweisung, dass wir einen Wagen schicken sollen, kam von ganz oben.«

»Es tut mir leid, hier ist wirklich niemand, der Ramos heißt. Aber ich danke Ihnen für Ihren Anruf, so weiß ich doch wenigstens, wo mein Chef abgeblieben ist. Der ist nämlich auch überfällig.«

»Ramos sollte ihn bei irgendeiner Galaveranstaltung abholen, vielleicht hat er ihn da ja wieder hingebracht?«

»Es wird vermutlich so gewesen sein. Vielen Dank, Herr Kollege.« Sie legte auf, aber beruhigt war sie durch den Anruf nicht, im Gegenteil. Sie wählte Bergers Handynummer.

»Carmen, mein Engel, dich schickt der Himmel. Wo liegt die Leiche, ich komme!«

»Hier liegt keine Leiche, tut mir leid.«

»Sei ein gutes Kind, gehe auf die Plaça und erschieße irgendjemanden. Wenn ich jetzt nicht gleich ermitteln darf, dann muss ich mir die Netrebko anhören.«

»Nun haben Sie sich nicht so, Señor, an Kultur ist noch keiner gestorben. Außerdem, was kann man sich mehr wünschen als die Netrebko?«

Bergers Stimme wurde flehentlich. »Eine Leiche, eine klitzekleine Leiche. Halb tot würde ja schon reichen.«

»Bleiben Sie tapfer«, munterte ihn Carmen auf. »Geben Sie mir lieber den Comisario.«

»Geht leider nicht. Dieser Schuft hat sich wegen einer läppischen Klosterglocke verdrücken dürfen. Hat dich denn niemand informiert?«

»Nein, ich hatte keine Ahnung. Und den Comisario kann ich nicht erreichen, sein Handy schaltet sofort auf Mailbox.«

Berger wurde nachdenklich. »Das ist ungewöhnlich, zumal du heute Feuertaufe hast, da würde er doch sein Handy nicht ausstellen. Er wurde von einem Streifenwagen abgeholt, ist der vielleicht über Funk zu erreichen?«

»Nein, das vierzehnte Revier, zu dem der Dienstwagen gehört, hat gerade hier angerufen und sich nach dem Kollegen erkundigt, der den Comisario abgeholt hat.«

»Carmen, da stinkt doch was.«

»Das denke ich auch, sonst würden wir nicht miteinander telefonieren. Was hat es mit dieser Klostersache auf sich?«

»Cristobal meinte, die Glocke vom kleinen Kloster von s'Alquería Blanca sei gestohlen worden und irgendjemand aus dem Inselrat hätte ihn mit der Aufklärung betraut.«

Carmen wurde ungehalten. »So ein Blödsinn! Wegen solch einer Lappalie schicken sie doch kein übergreifendes Team raus, während die *municipales* nur dumm rumsitzen.«

Berger versuchte, sie zu beruhigen. »Vielleicht ist woanders der Teufel los, und sie brauchen jeden Mann.«

»Vielleicht haben Sie damit sogar recht. Der Kollege sagte etwas von einem Ausbruch aus dem Staatsgefängnis. Trotzdem, ich wäre Ihnen dankbar, wenn wir beide mal kurz zum Kloster fahren könnten, um da nach dem Rechten zu sehen. Kann ich Sie auf dem Millionenhügel abholen, oder werde ich dann von der Gräfin zerfleischt?«

»Beides, Carmen, aber egal, wir tun das Richtige.«

***

Der echte Gustavo Ramos wachte langsam aus einem sehr unerquicklichen Schlaf auf. Mühsam versuchte er, die Augen zu öffnen, es gelang ihm aber erst nach einigen anstrengenden Anläufen. Nachdem sich seine Pupillen an die Dämmerung gewöhnt hatten, konnte er die Umrisse seiner Umgebung erkennen. Er schien sich in einem Lieferwagen zu befinden. Ich bin entführt worden, dachte er verwundert. Aber warum?

»Was wollen die von mir?«, murmelte er.

»Schnauze dahinten«, kam es von den vorderen Sitzen. »Wenn dir dein kleines Bullenleben lieb ist, dann solltest du einfach nur die Schnauze halten, verstanden?«

»Ist ja gut.« Gustavo spürte, dass er an Händen und Füßen gefesselt war. »Darf ich mich wenigstens aufrichten?«

»Wenn du es kannst, meinetwegen, aber halte bloß deine dumme Fresse.«

Nachdem er seine Füße mühsam in Stellung gebracht hatte, gelang es ihm tatsächlich, sich aufzurichten. Er hatte gehofft, sich durch bessere Sicht einen Vorteil verschaffen zu können, aber nichts da: Durch das verdreckte hintere Fensterpaar konnte er kaum etwas erkennen, und die Rückbank war viel zu hoch, als dass er drüberschauen konnte. Erst jetzt fiel ihm auf, dass er in Unterwäsche war. Er versuchte, nüchtern über seine Situation nachzudenken. Er konnte sich noch daran erinnern, dass er mit seinem Streifenwagen gerade durch Calonge fuhr, als er ein Fahrrad auf der Straße liegen sah. Jemand lag daneben. Er stieg aus und wollte helfen, und dann ... tja, dann wusste er nichts mehr. Irgendwie musste er betäubt worden sein, aber warum? Er schaute wieder an sich hinunter, auf seine Unterwäsche.

Die brauchten meine Uniform und den Streifenwagen, dachte er geschockt. Ach du mein Schreck, da sitze ich jetzt aber in der Scheiße. Das wird vielleicht Fragen geben!

Der Wagen hielt, und die hintere Tür wurde aufgerissen, zwei Männer griffen nach ihm und zerrten ihn auf die Straße. Einer von ihnen hatte, wie er es von Indern her kannte, einen roten Punkt auf der Stirn. Aber warum war der so verwischt? Der andere trug seltsamerweise Kleidung, die ihm nicht annähernd passte. Hemd und Sakko standen offen, weil er sonst aus allen Nähten geplatzt wäre. Erst auf den zweiten Blick erkannte Ramos, dass es sich dabei um einen viel zu engen Smoking handelte.

Der Mann reichte ihm seine Uniform. »Da, die brauchen wir nicht mehr, die kannst du wieder anziehen.«

»Wie denn?«, murmelte Ramos. »Mit den Fesseln hier wird das beim besten Willen nicht klappen.« Eigentlich rechnete er mit einem Schlag ins Gesicht oder einem Tritt, aber nichts dergleichen geschah. Im Gegenteil. Einer der Kerle bückte sich, um seine Fußfesseln zu lösen, der andere kümmerte sich um seine Hände. Dabei schienen sie sich völlig sicher zu sein, dass er nicht weglaufen würde.

Als die Fesseln gelöst waren, gaben sie ihm ein Zeichen, dass er sich wieder anziehen solle. Ramos roch kurz an seinen Kleidern. Sie stanken nach fremdem Schweiß.

»Muss das sein?«

»Mach keine Zicken, sonst kracht's!« Einer der beiden hatte plötzlich eine Pistole in der Hand, die jegliches Aufbegehren von Ramos im Keim erstickte.

»Ist ja schon gut«, murmelte er und tat wie ihm geheißen. Als er sein Koppel schloss, wunderte er sich, dass seine Pistole noch im Holster steckte. Aber die hatten sie sicher entladen, sonst wären sie ja komplette Idioten.

Als Ramos wieder korrekt bekleidet vor ihnen stand, wollten sie, dass er in den Streifenwagen einstieg. Er war völlig irritiert. Was sollte das Ganze nur?

Der mit dem roten Punkt auf der Stirn schloss die Fahrertür, nachdem Ramos eingestiegen war, der andere, der mit der Waffe in der Hand, stieg auf der Beifahrerseite ein.

Ramos glaubte, mit ihm den Freundlicheren der beiden vor sich zu haben.

»Können Sie mir bitte mal erzählen, was das Ganze soll?«

Der Mann grinste ihn an. »Das würde zu lange dauern.«

»Was passiert denn nun?«

»Nun wird Comisario García Vidal Sie leider erschießen.« Er richtete seine Waffe auf Ramos' Kopf.

Der schluckte. »Aber Sie sind nicht der Comisario. Den kenne ich. Der würde so etwas nicht machen.«

»Das mag sein, Señor Wachtmeister, aber man kann sich in einem Menschen auch täuschen.«

Obwohl der Schuss aus noch nicht einmal einem halben Meter Entfernung abgefeuert worden war, hatte Gustavo Ramos ihn nicht gehört. Er war im Bruchteil einer Sekunde tot gewesen.

Der Mörder stieg, über und über mit Blut und Hirnmasse bespritzt, aus dem Wagen. »Pfui Teufel! Kannst du mir mal sagen, warum Bullen beim Sterben immer so viel Dreck machen?«

***

Kaum zwanzig Minuten nach ihrem Telefonat stieg Berger vor der Blomfeld'schen Finca in Carmens Dienstwagen. Gräfin Rosa und Angela Bischoff hatten sich ebenfalls von den Gastgebern verabschiedet und waren unterwegs zum gräflichen Anwesen. Auch sie hatten inzwischen ein mulmiges Gefühl, was García Vidal betraf.

»Also auf zum Kloster, vielleicht ist er noch da oben und hat nur vergessen, sein Handy wieder einzuschalten«, sagte Berger, kaum dass er Platz genommen hatte.

Carmen war skeptisch. »Glauben Sie das selbst, oder wollen Sie mich nur beruhigen?«

»Ich denke, Letzteres, wenn ich ehrlich bin.«

»Meinen Sie nicht auch, dass ich aus diesem Alter raus bin?«

»Sorry, da ist wohl der Beschützer mit mir durchgegangen.«

Sie fuhren ein paar Minuten wortlos nebeneinandersitzend durch die Nacht. »Hast du Lampen dabei?«, wollte Berger nach einer Weile wissen.

Carmen nickte. »Das übliche Polizeisortiment. Vier Handlampen und noch ein paar Warnblinker.«

Berger war zufrieden. »Das wird reichen, um da oben ein wenig herumzuleuchten. Sie werden sich ja wohl auch bemerkbar machen, wenn sie uns sehen.«

Als sie wenig später um eine der diversen Serpentinenkurven bogen, sahen sie vor sich plötzlich einen Streifenwagen der *Guardia Civil* am Straßenrand parken. Die Beifahrertür stand weit offen, und nur die Innenbeleuchtung brannte.

»Scheiße, da stimmt was nicht.« Berger hatte sich wie elektrisiert in seinem Sitz aufgerichtet und starrte durch die Windschutzscheibe hinaus. Die vielen Blutflecken im Wageninneren konnte man schon von Weitem erkennen. Berger hatte schon öfter Menschen gesehen, die sich im Auto selbst erschossen hatten oder dort erschossen wurden. Einen guten Freund hatte er so noch nie aufgefunden. »Lieber Gott«, murmelte er, »lass es bitte nicht Cristobal sein.«

Carmen hielt ein paar Meter hinter dem Streifenwagen, um keine Reifenspuren zu zerstören, und sie stiegen aus. Vorsichtig gingen sie im großen Bogen auf die Seitentüren des Polizeiwagens zu. Berger sah zuerst die Bescherung.

»Carmen, öffne bitte nicht die Tür. Es ist der Kollege vom vierzehnten Revier, nehme ich an, der Comisario ist es auf jeden Fall nicht. Hole schnell Licht, wir wollen den Kofferraum durchsuchen.«

Während Carmen die Lampen holte, schaute er durch die Tür in das Wageninnere. Dem armen Kerl am Steuer hatte es den halben Schädel auseinandergerissen. Ansonsten war niemand im Wagen.

»Gott sei Dank«, murmelte Berger. »Cristobal so zu sehen, das hätte ich nicht ertragen.«

Carmen war mit zwei Handlampen neben ihn getreten. »Ich hoffe sehr, dass uns dieser Anblick auch im Kofferraum erspart bleibt.«

Vorsichtig öffneten sie den Deckel, aber er enthielt nichts anderes als das, was jeder Streifenwagen der *Guardia Civil* mit sich führte: Handlampen, Blinklichter, Pylonen und jede Menge Absperrmaterial.

»Was ist hier passiert? Wo ist der Comisario?«, fragte Berger ratlos.

»Egal wo er ist, hier ist etwas Furchtbares passiert«, erwiderte Carmen tonlos, »und ich hoffe nur, dass er nichts damit zu tun hat.«

»Wie kommst du denn darauf?«

»Wenn der Kollege hier am Steuer saß, dann war der Comisario Beifahrer, oder?«

»Stimmt.«

»So wie es aussieht, wurde der Mann vom Beifahrersitz aus erschossen.«

»Was du woraus schließt?«

»Dass der halbe Schädel rund um einen Ausschuss klebt, der im Fahrerfenster deutlich zu sehen ist.«

Berger schwieg einen Moment. Carmen hatte vollkommen recht. So, wie sich der Tatort präsentierte, konnte es sein, dass der Mann von jemandem auf dem Beifahrersitz erschossen worden war. Auch wenn er wusste, dass es sich bei dem Täter nicht um den Comisario handeln konnte, durften sie diese Möglichkeit nicht außer Acht lassen.

»Korrekt, Carmen, der Comisario ist aus welchem Grund auch immer nicht anwesend, also wird er zwangsläufig den dringend Tatverdächtigen zugeordnet. Und wen hätten wir da noch?«

»Rein theoretisch könnte es sich auch um einen Suizid gehandelt haben, doch es ist unwahrscheinlich, dass die Tatwaffe dabei so weit unter den Autositz gerutscht ist, dass wir sie von hier aus nicht sehen können.«

»Auch das ist richtig, Carmen, leider. Hast du schon alles alarmiert?«

»Ja, eben beim Lampenholen, das ganze Programm.«

»Dann werden sie in spätestens einer halben Stunde da sein, nehme ich an.«

Carmen schüttelte den Kopf. »Das glaube ich nicht. In Palma stehen sie wegen dieses Ausbruchs kopf. Augenblicklich sind so gut wie alle Kräfte gebunden.«

Berger schüttelte den Kopf. »Aber wie kann man da ausbrechen? Ich denke, das Ding ist ausbruchsicher?«

»Jetzt nicht mehr.«

***

Das Erste, was García Vidal wieder sah, war eine Infusionsflasche, die direkt über seinem Gesicht baumelte. Den Geräuschen und dem rhythmischen Schuckeln nach musste er sich in einem Krankenwagen befinden. Er versuchte sich aufzurichten, aber es gelang ihm nicht. Entsetzt stellte er fest, dass er noch nicht einmal in der Lage war, seinen Kopf zu bewegen, um sich besser umsehen zu können.

Schön ruhig bleiben, dachte er, jetzt bloß keine Panik, sonst wird das alles nur noch viel schlimmer.

Er rollte mit den Augen. Na also, das klappte schon mal. García Vidal war erleichtert. Hören konnte er, schmecken eigentlich auch, aber er konnte die Zunge nicht bewegen. Mein Gott, dachte er panisch, ich bin querschnittsgelähmt! Den Gedanken verwarf er aber schnell wieder. Das ging ja gar nicht, dann könnte er ja noch den Kopf bewegen, zumindest die Zunge. Er versuchte es erneut. Wieder nichts. Irgendwie glaubte er zu fühlen, dass er einen Schlauch im Mund haben könnte. Er versuchte, so weit wie möglich an sich herunterzusehen, und tatsächlich, er konnte so ein Ding vor seinem Gesicht erkennen. Es musste ihn ganz schön erwischt haben, sonst könnte er doch ohne so ein Ding atmen.

Um Gottes willen, wenn ich wirklich nicht mehr laufen kann, nicht mehr lieben und nicht mal mehr allein aufs Klo kann, dann will ich nicht mehr, dann sollen die mir ganz schnell ein Ende bereiten, schickte er ein Stoßgebet zum Himmel. Er versuchte, sich bemerkbar zu machen, aber sosehr er sich auch anstrengte, es gelang ihm nicht die kleinste Bewegung, er war komplett lahmgelegt.

Aus dem Augenwinkel nahm er eine Bewegung war, und gleich darauf beugte sich ein junger Mann über ihn. »Du, ich glaube, der wird langsam wach. Schau doch mal.«

Ein zweites Gesicht schob sich in García Vidals Blickfeld. »Meinst du?«

Der Comisario rollte so wild mit den Augen, wie er nur konnte.

»Stimmt, der hat einen ganz wirren Blick. Gib ihm einfach noch was, dann schläft er wieder.«

Erneut wurde es dunkel um ihn.

***

Der gesamte Klosterberg war inzwischen hermetisch abgeriegelt und die Fundstelle des Streifenwagens in gleißendes Licht gehüllt. Die Spurensicherung drehte die gesamte Umgebung auf links, um auch das kleinste Detail zu sichern. Das Projektil, das Wachtmeister Ramos wahrscheinlich getötet hatte, war gefunden worden und bereits auf dem Weg ins Polizeilabor. Dort lagerten

Schussproben von sämtlichen Dienstwaffen, die jemals an mallorquinische Polizeibeamte ausgegeben worden waren. Auch von der SIG Sauer des Comisarios.

Berger ging zum x-ten Mal um den Streifenwagen herum. Sonst stachen ihm bei fast jedem Tatort sofort alle Absonderlichkeiten ins Auge. Er musste nur einmal seinen Blick schweifen lassen, und schon blieb er an irgendetwas hängen. Hier konnte er ihn so lange schweifen lassen, wie er wollte, es passierte rein gar nichts. Also machte er erneut eine Runde.

Carmen war sichtlich genervt. »Wie oft wollen Sie heute Abend eigentlich noch an mir vorbeilaufen?«

»Bis ich etwas gefunden habe, was uns weiterbringt.«

»Morgens um zwei Uhr dreißig?«

»Dem Geistesblitz schlägt keine Stunde, merk dir das.«

»Aber irgendwann helfen auch keine Sprüche mehr.«

»Wäre es dir lieber, wenn ich aufgeben würde?«

»Zwischen purer Verzweiflung und klarer Analyse gibt es einen Unterschied. Und es wundert mich sehr, dass ausgerechnet ich Sie daran erinnern muss.« Berger sah sie erstaunt an, doch Carmen schimpfte weiter. »Wo sind sie hin, Ihre brillanten Analysen?«

»Moment mal«, protestierte Berger, »das muss ich mir von dir nicht sagen lassen.«

»Doch, das müssen Sie.«

»Und seit wann gehört es zur klaren Analyse eines Tatorts, nicht nach weniger offenkundigen Hinweisen zu suchen, sondern sich auf das leicht Zugängliche zu beschränken?«, konterte Berger.

»Ich ermittle, wie ich es vom Comisario und von Ihnen gelernt habe.«

»Indem du die erstbesten Indizien nimmst und nichts anderes gelten lässt?«

»Ich akzeptiere Fakten«, sie funkelte ihn böse an, »und füge sie wie Mosaiksteine in das Gesamtbild ein. Fakt ist zum Beispiel, dass Ramos aus allernächster Nähe erschossen wurde, vom Beifahrersitz des Streifenwagens aus. Auf dem hat García Vidal gesessen, als er zum letzten Mal gesehen wurde. Fakt ist ebenso, dass wir eine Patronenhülse gefunden haben, die mit Kaliber neun Millimeter der Dienstwaffe des Comisarios zugeordnet werden kann.«

»Zweifelsfrei identifiziert ist die Waffe aber erst, wenn das Projektil ballistisch untersucht wurde. Und zwischen dem Zeitpunkt, zu dem García Vidal zuletzt gesehen wurde, und der Erschießung von Ramos kann viel passiert sein.«

»Erwarten Sie allen Ernstes, dass der arme Ramos von jemandem exekutiert wurde, der während der Fahrt zum Kloster am Straßenrand stand?«

Berger sackte in sich zusammen. »Nicht wirklich.«

»Und warum rennen Sie dann noch immer rastlos im Kreis herum?«

»Ich versuche, etwas zu finden, was für Cristobal spricht. Verdammt noch mal, das bin ich ihm schuldig. Er ist mein Freund.«

Carmen hatte Tränen in den Augen. »Glauben Sie vielleicht, dass ich nicht freundschaftlich mit ihm verbunden bin, nur weil ich nichts anderes mache als das, was ein Kriminalkommissar vom Dienst tun muss? Ich will auch nicht, dass er es war, aber sollte Comisario García Vidal am Ende unserer Ermittlungen wirklich der Täter sein, dann werde ich ihn verhaften, trotz aller Freundschaft. Und ich erwarte, dass Sie mir dabei helfen werden, Señor Residente.« Sie schaute ihn eindringlich an. »Ich kann doch mit Ihrer Hilfe rechnen, oder etwa nicht?«

»Mädchen, was faselst du da?« Er ließ die Schultern hängen. »Natürlich werde ich dir helfen, selbst wenn es mir das Herz zerreißen sollte. Aber bis es so weit ist, haben wir noch eine Menge zu ermitteln.« Er richtete sich wieder auf. »Egal, was dabei herauskommen wird, ich bin mir absolut sicher, dass es nicht Cristobal war, auch wenn er ihn offensichtlich erschossen hat.«

Sie schaute ihn irritiert an. »Muss ich das jetzt verstehen?«

Er überlegte kurz. »Nein, aber es wäre schön, wenn du es trotzdem tätest.«

3

Die Nacht war nur kurz gewesen. Sie hatten sie alle auf der gräflichen Finca verbracht, nachdem Berger und Carmen spät in der Nacht vom Tatort zurückgekehrt waren und immer noch niemand etwas vom Comisario gehört hatte. Schweigend saßen Gräfin Rosa, Angela Bischoff und Berger nun auf der Terrasse am Frühstückstisch. Es war zwar reichlich gedeckt, aber niemand brachte einen Bissen herunter. Berger rührte lustlos in seinem Cortado und schwieg nachdenklich.

»Gut«, beendete die Gräfin die Stille. »Es gibt also einige gravierende Indizien, die Cristobal zum Tatverdächtigen machen. Aber was spricht für ihn?«

»Dass er das niemals tun würde.« Angela Bischoff schaute Berger eindringlich an. »Und das wissen Sie so gut wie ich.«

Carmen betrat die Terrasse. »Guten Morgen, Gräfin, Angela, Señor Berger.« Sie nickte allen dreien zu. »Leider komme ich mit schlechten Nachrichten.«

Berger verzog das Gesicht. »Na, dann raus damit.«

»Der ballistische Bericht liegt vor. Kollege Ramos wurde zweifelsfrei mit der Dienstwaffe des Comisarios erschossen.«

Die Nachricht schlug ein wie ein Blitz. Angela Bischoff war weiß wie die Wand, und Gräfin Rosa senkte betroffen den Blick.

»Okay«, kam es zögerlich von Berger, »es war seine Waffe. Aber was spricht dafür, dass er es auch war, der geschossen hat?«

»Seine Abwesenheit«, kam es trocken von Carmen. »Sonst säße er hier bei uns und würde uns bitten, ihm dabei zu helfen, seine Pistole zu suchen.«

Gräfin Rosa ließ das nicht gelten. »Nichts als Mutmaßungen. Ihr solltet euch lieber darüber Gedanken machen, warum Cristobal plötzlich auf die Idee kommen sollte, Polizisten zu erschießen. Das ist ja nun weiß Gott keine dumme Angewohnheit von ihm.« Sie schaute in die Runde. »Also, meine Damen und Herren, noch einmal chronologisch: Wer hat Cristobal auf der Gala angerufen?«

Carmen schaute in ihren Unterlagen nach. »Laut Protokoll der *Telefonica* die Leitstelle.«

»Und die haben das vom Inselrat?«

»Sagen sie, aber darüber gibt es kein Gesprächsprotokoll. Die Rufnummer war unterdrückt.«

»Dann müsste das Gespräch doch automatisch aufgezeichnet worden sein«, warf Berger ein.

Carmen nickte. »Ist es auch, und im Labor sind sie bereits dabei, die Stimmen zu analysieren. Sie haben aber wenig Hoffnung, dabei etwas Brauchbares herauszubekommen. Wie auch? Stimmen werden nicht gespeichert wie Fingerabdrücke. Obwohl es in diesem Fall durchaus brauchbar wäre.«

»Nein, junge Dame, das wäre es nicht.« Berger sah erstaunt auf. So energisch hatte er Angela Bischoff noch nie erlebt. »Wenn wir alle Möglichkeiten der Identifizierung zur Pflicht machen würden, dann sähe unser Reisepass bald so kitschig wie eine amerikanische Weihnachtskarte aus. Wenn man ihn aufklappt, ertönt erst einmal die Stimme des Eigentümers, die alle Daten automatisch vorliest. Auf dem Chip ist dann alles Weitere gespeichert.«

»Die Seite mit den Blut- und Spermaflecken nicht zu vergessen«, warf Berger ein.

»Igitt«, entfuhr es Gräfin Rosa, »wozu das denn?«

»Für die Blutgruppe und die anderen Marker, die man für Rückenmarksbestimmungen braucht, falls der Polizeipräsident Leukämie bekommen sollte.«

»Und das Sperma, Sie Ferkel?«

Filou, der unter dem Stuhl der Gräfin schlief, schreckte hoch und quiekte vorwurfsvoll.

Berger verstand Rosas Aufregung nicht. »In jedem Mann steckt doch immer auch ein potenzieller Vergewaltiger. Schließlich hat er sein Werkzeug stets dabei.«

»Das gilt aber leider nicht mehr für alle Kerle«, beschied ihn Rosa energisch.

»Sie schauen mich so vorwurfsvoll an«, brauste Berger auf. »Wollen Sie damit etwas andeuten?«

Carmen versuchte, die Diskussion wieder in produktivere Bahnen zu lenken. »Bitte, Herrschaften, konzentrieren wir uns wieder auf das Wesentliche.«

Berger massierte sich die Stirn, um klarer denken zu können. »Was für Cristobal spricht, ist, dass der Anruf des Inselrates getürkt war«, sagte er. »Das wird dadurch belegt, dass es gar keine gestohlene Klosterglocke gab. Die hing noch da und bimmelte im Wind, als der Kollege schon tot im Auto saß. Unser Freund wird sie ja wohl nach dem Mord kaum wieder an ihren Platz gehängt haben.«

»Das kann ich mir auch nicht vorstellen«, bestätigte Carmen. »Was aber gegen García Vidal spricht, ist die Tatsache, dass Ramos seinem passiven Verhalten nach seinen Mörder gekannt haben muss, sonst hätte er mit Sicherheit Abwehrverletzungen davongetragen. Das ergibt sich auch aus der Blutanalyse. Wenn ein bewaffneter Fremder zu ihm in den Wagen gestiegen wäre, hätte er Zeit gehabt, einen erhöhten Adrenalinspiegel aufzubauen, der post mortem im Blutbild nachweisbar wäre. Da war aber nichts.«

»Was soll das denn beweisen? Ramos hat vielleicht erst in dem Moment einen Schreck bekommen, als der Fremde auf ihn angelegt und abgedrückt hat. Für einen erhöhten Adrenalinspiegel hätte das kaum mehr gereicht, ebenso wenig für Abwehrverletzungen.«

»Einen Fremden lässt man aber wohl nicht einfach so in seinen Streifenwagen einsteigen, oder?«

Trotzig schüttelte Berger den Kopf. »Das sind alles keine stichhaltigen Beweise. Selbst wenn Ramos seinen Mörder kannte, muss es nicht der Comisario gewesen sein.«

»So geht das nicht«, fuhr die Gräfin dazwischen, »wir verzetteln uns in Einzelheiten. Brauchbare Informationen erhalten wir nur, wenn wir Cristobal finden. Und das sollten wir möglichst schnell tun, sonst kommt er noch auf die Fahndungsliste.«

Carmen schaute etwas verlegen. »Sorry, Condesa, das ist er schon.«

Berger fuhr erzürnt hoch. »Bist du von allen guten Geistern verlassen, Cristobal auf eine Stufe mit Verbrechern und Mördern zu stellen?«

»Moment«, ging die Gräfin dazwischen. »Das war ja wohl der Sachlage nach zwingend.«

»Hätte es denn nicht auch eine Suchmeldung getan?«

Angela Bischoff musste der Gräfin wohl oder übel beipflichten. »Nein, hätte es nicht. Der Comisario ist, so lächerlich es uns erscheinen mag, des Mordes dringend verdächtig und obendrein flüchtig. Jeder Kriminalkommissar vom Dienst, der ihn nicht sofort auf die Fahndungsliste setzen würde, hätte seinen Job vernachlässigt.«

Berger sackte in sich zusammen. »Verdammt, ihr habt ja recht. Wäre doch nur unsere alte Inselratspräsidentin noch im Amt, dann hätten wir genug Zeit bekommen, inkognito nach ihm zu suchen.«

»Mag sein.« Rosa goss sich noch etwas Kaffee ein. »Aber Señora Delgado-Bunyol hat augenblicklich alle Hände voll zu tun, um nicht selbst auf die Fahndungsliste zu kommen. Wenn man der Presse und der Staatsanwaltschaft glauben darf, dann hat und wurde sie kräftig geschmiert. Zwar muss ihr das erst noch alles zweifelsfrei nachgewiesen werden, zurückgetreten ist sie aber nun mal bereits und steht uns darum nicht zur Verfügung.« Sie klatschte aufmunternd in die Hände. »Auf Leute. Lasst uns in unserem Fall tätig werden. Vier Leute, zwei Teams?«

»Okay«, nickte Berger, »wer mit wem?«

Die Gräfin schaute Angela Bischoff aufmunternd an. »Angela und ich sollten ein Team bilden. Ich würde vorschlagen, dass wir erst einmal zu Cristobal nach Hause fahren, um dort nach dem Rechten zu sehen.«

»Sie werden doch wohl nicht annehmen, dass er sich dort verschanzt hat, oder?«

»Mit Sicherheit nicht«, beantwortete Carmen die Frage des Residente. »Das Haus wird observiert.«

»Ein Grund mehr, seiner Schwester ein wenig Mut zu machen. Vielleicht bekommen wir so etwas darüber heraus, wo sich Cristobal versteckt halten könnte.«

»Gut«, sagte Berger nickend, »dann fahren Carmen und ich zur Dienststelle. Dort dürfte nun langsam der komplette Bericht der Spurensicherung und der Ballistik vorliegen. Lass uns da noch mal genau reingucken, bevor wir uns auf die Suche machen.«

»Auf welche Suche? Wo wollen wir anfangen?«

Berger zuckte etwas mutlos mit den Achseln. »Keine Ahnung.

Irgendwo auf dieser Insel werden wir aber einen Anhaltspunkt für Cristobals Unschuld finden. Dessen bin ich mir sicher. Und wir werden ihn bald finden!«

***

Kong saß, von seiner kleinen Privatarmee umringt, auf dem Freiganghof des *Centro Penitenciario*. Die Morgenstunden waren beliebt bei den Gefangenen, denn dann war es für sportliche Aktivitäten noch nicht zu heiß, genauso wie die Abendstunden, in denen oft noch unter Flutlicht Fuß- oder Basketball gespielt wurde. Auch die Geräte der durch Maschendraht vom restlichen Areal abgetrennten Open-Air-Muckibude waren um diese Zeit stets voll belegt.

Victor gab seinem Chef einen Wink. »Boss, dahinten will jemand etwas von dir.«

Kong schaute zum Eingangstor, an dem ein Wärter stand und ihm mit dem Finger ein Zeichen machte, dass er zu ihm kommen sollte. Kong stand auf und ging auf den Justizangestellten zu. Auf dem Weg verfinsterte sich seine Mine zusehends.

»Señor«, zischte er sauer, als er bei dem Wärter ankam, »Sie lassen es mir gegenüber nicht noch einmal am nötigen Respekt fehlen, *comprendes*?«

Der Beamte sah ihn völlig entgeistert an. »Aber Señor Kong, hier ist ein Telefongespräch für Sie.«

»Das kann man auch etwas angemessener anzeigen, klar?« Kong verstand gerade bei solchen Kleinigkeiten keinen Spaß. Ihm war nur zu bewusst, dass in einer Subgesellschaft, wie die Belegschaft eines Gefängnisses nun einmal eine ist, auf das kleinste Zeichen schwindender Macht geachtet und reagiert werden würde. Ein daraus entstehender Machtkampf endete grundsätzlich mit einem oder mehreren Toten, und für einen derartigen Blödsinn hatte er momentan wirklich keine Zeit. Er nahm das Handy entgegen. »*Hola*, wer spricht?«

Es war sein Kontaktmann, auf dessen Anruf er schon lange gewartet hatte.

»Warum rufst du jetzt erst an? Ist etwas schiefgegangen?«

»Nein Kong, es ist alles in Butter. Wir haben den Comisario in unserer Gewalt, und es ist alles so abgelaufen, wie es geplant wurde. Euer Paket ist inzwischen auch entsorgt.«

»Wunderbar! So gründlich, wie wir besprochen haben?«

»Natürlich, du kennst uns. Von dem wird man nichts wiederfinden.«

»Okay«, kam es erleichtert von Kong. »Wir können uns also auf die Speziallieferung für unser Gefängnishospital vorbereiten?«

»*Sí*, Señor, es ist alles eingefädelt. Das Paket wird so schnell wie möglich bei euch eintreffen. Ihr müsst nur alles auf die Reihe bekommen, dann liefern wir sofort. Euren Arzt haben wir wie vorgesehen ›behandeln‹ können, sodass alle Argumente für eine fruchtbare Zusammenarbeit auf eurer Seite sind. Wir warten dann nur noch auf euren Rückruf.«

»Gut, das höre ich gern. Dann bis bald«

»Adíos.«

Kong gab das Handy zurück, ohne den Wärter eines weiteren Blickes zu würdigen, und ging zu seinen Männern.

»So, Leute, mir ist augenblicklich nicht so gut, ich sollte mich mal auf der Krankenstation durchchecken lassen. Ein kleines EKG wäre jetzt genau das Richtige.«

***

In der Polizeidienststelle von Santanyí herrschte betretene Stimmung. Man wagte weder, Berger und Carmen direkt anzusprechen, noch, ihnen freundlich in die Augen zu sehen.

Der Residente öffnete die Tür von García Vidals Büro und brüllte auf den Gang hinaus: »Hallo? Der Comisario ist weder tot noch überführt. Ihr könnt ruhig mit uns sprechen! Wer sich nicht zum Gegenteil berufen fühlt, könnte uns sogar dabei helfen, seine Unschuld zu beweisen!«

Er wandte sich zurück in García Vidals Büro. »Na, ist doch wahr. Die benehmen sich wie die Schulkinder«, sagte er auf Carmens tadelnden Blick.

Ein Kollege steckte seinen Kopf durch die Tür. »Wollt ihr Kaffee?«

Berger nickte. »Den können wir immer gebrauchen. Nur her damit!«

Als der Kollege mit den beiden Kaffeetassen zurückkehrte, war das Büro voll. Das Eis war gebrochen, alle wollten bei der Aufklärung helfen.

Zuerst starrten sich alle nur unsicher gegenseitig an.

Berger gab Carmen ein Zeichen, dass sie jetzt das Wort ergreifen müsse. Sie räusperte sich. »Also, Kollegen, was passiert ist, wissen alle. So tragisch der Tod des Kollegen aus Alcúdia auch ist, wir haben jetzt die undankbare Aufgabe, zum einen unseren Job zu machen und zum anderen unseren äußerst beliebten Kollegen und Chef aus der Scheiße zu ziehen.«

»Aber in erster Linie müssen wir unseren Job machen«, trompetete der Kaffeeholer dazwischen.

»*Sí*, Señor«, konterte Berger, »dann wissen wir auch gleich, in welches Lager wir Sie stecken.«

»Was für ein Lager?«, murmelten die Kollegen durcheinander.

»Eines von den zweien, die wir einrichten sollten.«

Alles schaute ihn fragend an.

»Meine Erfahrung ist«, holte Berger aus, »dass man nur in Konkurrenz überzeugend kämpfen kann. Ich würde darum vorschlagen, zwei Teams zu gründen. Eines sollte versuchen, den Comisario hinter Gitter zu bringen, das andere sollte sich zur Aufgabe machen, ihn mit allen Mitteln davor zu bewahren.«

Alles sah ihn entgeistert an. »Wie soll das denn funktionieren?«

»Indem jeder seinen Job so gut wie möglich macht. Und indem das Pro-Team Ermittlungsergebnisse, die gegen den Comisario sprechen, umgehend dem Kontra-Team zur Verfügung stellt und umgekehrt.«

Die Kollegen wirkten noch etwas unsicher.

»Und wer teilt die Teams ein?«, fragte ein Kollege aus der Tagesschicht.

»Wieso einteilen? Versuchen wir es doch mal so.« Carmen schaute in die Runde. »Niemand kennt den Comisario so gut wie der Residente, außerdem sind sie Freunde. Er wird also die Pro-Gruppe leiten, das macht am meisten Sinn.«

Alles nickte. Es hatte auch niemand etwas anderes erwartet.

Berger fuhr fort: »Und da es in diesem besonderen Fall nach Kennen und nicht nach Dienstalter geht, sollte Carmen die Kontra-Gruppe koordinieren.« Er schaute sich in der Runde um und sah überall Zustimmung, sogar beim Kollegen Cueto, der dafür bekannt war, dass er immer sehr auf Dienstalter und Weisungsbefugnis achtete. Dass Carmen nur koordinieren sollte, damit konnte er leben.

Die Kollegin Mendez war die Einzige, die noch Zweifel an der Vorgehensweise hatte. »Kolleginnen und Kollegen, ich bin immer dafür, etwas Neues auszuprobieren, aber worin soll bei dieser Art der Ermittlung der Vorteil liegen? Wenn wir uns die Ergebnisse gegenseitig vorenthalten würden, dann wäre das nur logisch, aber da wir sie weitergeben müssen, machen wir doch unseren eigenen Vorteil wieder zunichte.«

»Im Prinzip haben Sie recht. Die Teams arbeiten aber natürlich nicht wirklich gegeneinander. Sie alle sind Ihrem Dienstherrn gegenüber per Eid verpflichtet, alles für eine erfolgreiche Ermittlung zu tun. Ergebnisse nicht weiterzugeben würde zwar den Wettbewerb stärken, aber nicht die Ermittlungen.« Berger machte eine kurze Pause, um das Gesagte wirken zu lassen. »Sinn dieser Vorgehensweise ist, dass sich jeder, ob pro oder kontra, zielstrebig auf seine Aufgabe konzentrieren kann. Er muss nicht ständig alles objektiv abwägen. Wenn wir, jeder für sich, stur auf unser jeweiliges Ziel zugehen konnen, dann haben wir einen Zeitvorteil, hoffe ich.«

Auf Bergers Ausführungen folgte zustimmendes Gemurmel.

»Wer will bei Carmen mitmachen?« Der Residente schaute fragend in die Runde.

Die Kolleginnen Mendez und Santo meldeten sich.

Carmen schaute Pablo Negro an. »Was ist mit dir, Pablo, du hast doch keine Angst vor uns Weibern, oder? Du hast doch selbst vier davon zu Hause.«

»Kein Problem«, kam es zurück. »Von euch ist wenigstens keine mehr in der Pubertät oder schon in den Wechseljahren.« Er lächelte. »Da mische ich gerne bei euch mit.«

»Dann mischt der Rest unserer Gruppe beim Residente mit.«

Carmen war mit ihrem Team zufrieden. »Okay, aber erst müssen wir noch Alltagsarbeit machen.« Sie überflog einen Zettel, den man ihr reichte. »Der Ausbrecher, den man gestern überall gesucht hat, wurde zwischen Ca's Concos und Felanitx in einen Verkehrsunfall verwickelt. Die Angelegenheit gehört jetzt uns, denn der Fahrer, der den Unfall verursacht hat, ist flüchtig. Es handelt sich bei dem Ausbrecher um einen gewissen Estebán Dominguez. Der Mann liegt in Manacor auf der Intensivstation, wird aber so bald wie möglich auf die Gefängnisstation zurückverlegt.«

»Haben die denn da alles für die Intensivpflege?«

Carmen zuckte mit den Achseln. »Keine Ahnung, aber sie werden es wohl, wenn sie ihn in seinem bedenklichen Zustand wieder zurückhaben wollen.«

***

Gräfin Rosa und Angela Bischoff waren inzwischen auf dem Weg nach Calonge. Eigentlich lag kein Anlass vor, die Fahrt heute besonders zu genießen, dennoch taten es beide. Je gestresster das Auge, desto mehr kann es sich an der teilweise wirklich märchenhaft schönen Landschaft laben. Obwohl die Feldmauern die Straße doch erheblich einengten, entschädigte der Weitblick über sie hinweg wieder durch eine gewisse Großzügigkeit.

»Manche Mauern sehen ziemlich ramponiert aus, andere frisch hochgezogen, woher kommt das?«, fragte Angela Bischoff verwundert.

»Diese Mauern wurden die letzten Jahrzehnte über ziemlich vernachlässigt. Die Feldarbeiter, die solche Dinger noch schichten können – und ich sage Ihnen, das ist eine hohe Kunst –, können erst seit einiger Zeit wieder bezahlt werden.«

»Und woran liegt das?«

»Daran, dass diese Mauern von staatlicher Seite her zum Wahrzeichen der Insel erklärt wurden. Dadurch stehen für ihre Instandsetzung nicht unerhebliche Zuschüsse vom Fremdenverkehrsministerium zur Verfügung.«

»Und wer erklärt die Mauern für renovierungsbedürftig?«

»Das wird auf typisch mallorquinische Art geregelt.«

»Die da wäre?«

»Der eine kennt den, der wiederum den kennt, der mit jemandem aus dem Ministerium verwandt ist.«

»Aber das ist doch ungerecht«, brauste Angela Bischoff auf.

»Ruhig Blut, Gnädigste. Da hier jeder Einheimische jemanden kennt oder zumindest mit jemandem befreundet ist, der jemanden kennt, verteilt sich das letztendlich auf sehr gerechte Art und Weise.«

Sie schwiegen eine Weile.

»Rosa, ich würde Sie gerne etwas fragen. Sie siezen sich noch immer mit dem Residente, nicht wahr?«

»Ja.«

»Aber Sie sind doch ein Paar?«

Gräfin Rosa lachte. »Ja, aber sagen Sie es ihm bloß nicht. Er würde sofort Panikpickel bekommen und es glatt abstreiten.«

»Entschuldigen Sie bitte, wenn ich das so direkt sage, aber ich könnte nie mit jemandem ins Bett gehen, den ich sieze.«

Rosa lächelte etwas verklärt. »Das dachte ich auch zuerst, aber ich muss Ihnen sagen, dass es genau diese Distanz ist, die den Sex zwischen uns zu etwas ganz Besonderem und Wertvollem werden lässt. Dieses ›Sie‹ erstickt jegliche Herrschaftsansprüche schon im Keim, und jedes Mal beginnt ein wunderschönes Werben umeinander aufs Neue. Das möchte ich inzwischen nicht mehr missen.« Sie lachte vergnügt. »Apropos Paar: Treffen Sie heute zum ersten Mal auf Cristobals Schwester?«

»Ja, und ich muss Ihnen sagen, dass ich ein ganz gewaltiges Grummeln im Bauch habe. Ich komme mir vor, als würde ich zum ersten Mal der Schwiegermutter vorgestellt werden.«

»Im Prinzip ist sie das ja auch.«

»Und genau das macht mir etwas zu schaffen.«

»Keine Sorge. Die Gute wird den Kopf so voll haben, dass sie sich mit Sicherheit um andere Dinge zu kümmern hat, als an Ihnen herumzumäkeln. Seien Sie einfach so normal wie möglich, das wird das Beste sein.«

An García Vidals Privathaus eingetroffen, ärgerten sich die beiden über den ziemlich offensichtlich geparkten Wagen des Observationsteams.

»So auffällig, wie die sich benehmen, da könnten diese Idioten ja auch gleich mit einem Streifenwagen kommen. Es fehlt nur noch die berühmte Zeitung mit einem Guckloch in der Mitte.«

Sie hielten demonstrativ direkt vor der Haustür und scherten sich nicht weiter um die Polizisten. Mit Genugtuung registrierte Rosa, dass ihre Ankunft wohl prompt über Funk gemeldet wurde.

»Na, wenigstens eine kleine Reaktion«, murmelte sie bedient.

Ihnen wurde von einer völlig verheulten María geöffnet. Als sie die Haustür nach ihrem Eintreten wieder schloss, brachen alle Schleusen. Sie fiel der Gräfin, von Weinkrämpfen nur so geschüttelt, um den Hals.

Rosa begann, beruhigend auf sie einzureden.

Angela Bischoff ging währenddessen in die Küche, um Kaffee zu kochen. Etwas Normaleres fiel ihr nicht ein. María registrierte diesen Übergriff auf ihr Hoheitsgebiet zwar, wehrte sich aber nicht dagegen. Sie war zu sehr damit beschäftigt, die Fassung wiederzuerringen.

»So, María, nun erzählen Sie erst mal. Was ist denn los?«

»Ja, haben Sie denn keinen Kontakt zu Señora Lucas? Hat die Ihnen denn nicht erzählt, was Cristobal getan haben soll?« Marías Blicke waren vor Angst und Panik fast wirr. »Er wird verdächtigt, einen Kollegen kaltblütig getötet zu haben. Mein Bruder soll ein Killer sein, das ist doch Wahnsinn!« Ihr schlanker Körper wurde wieder von einem Weinkrampf erfasst.

»María«, beruhigte sie die Gräfin weiter, »wir sind auf Ihrer Seite, aber Sie müssen uns genau erzählen, was sich in den letzten Tagen ereignet hat.«

»Was heißt in den letzten Tagen? Bis heute Nacht war alles ganz normal. Die Nacht davor hat Cristobal wohl bei Ihrer Kollegin aus Deutschland verbracht.« Sie schaute demonstrativ in Richtung Küche. »Er war gestern Nachmittag nur kurz hier, um sich einen Abendanzug anzuziehen. Er war ja mit der Señora bei Freunden von Ihnen eingeladen.« Sie sah die Gräfin ängstlich an. »Condesa, das stimmt doch, oder?«

Rosa nickte bestätigend. »Ja, wir waren zusammen auf einer Gala.«

Diese Bestätigung beruhigte María etwas. »Und dann kamen mitten in der Nacht Beamte von der *Guardia Civil*, um Cristobal zu verhaften. Sie haben alles durchsucht und sind dann wieder gegangen. Seitdem wird unser Haus von diesen Kerlen da draußen beobachtet. Man kann keinen Schritt tun, ohne dass die Kerle das nicht gleich weitermelden.«

»*Sí* María, auch das hat seine Richtigkeit.«

»Heute Morgen wollte ich zur Bank, und da wurde meine EC-Karte eingezogen. Das Konto sei nicht mehr gedeckt, hieß es, der Dispokredit war gekündigt, und auch alle Kreditkarten waren mit einem Mal ungültig. Vorgestern war das Konto aber noch im Plus.«

Angela Bischoff kam mit Kaffee und Tassen aus der Küche. Durch die offene Tür hatte sie mithören können. »Ist das Ihr Konto oder Cristobals?«, hakte sie nach.

María schaute hilflos zwischen Angela Bischoff und der Gräfin hin und her. Es war ihr deutlich anzusehen, was in ihr vorging: Zuerst kochte die neue Freundin ihres Bruders in ihrer Küche Kaffee, und dann wollte sie auch noch Auskunft über finanzielle Dinge haben. Sie empfand das ganz offensichtlich als unerträglichen Eingriff, war sich aber gleichzeitig bewusst, dass diese Frau ihrem geliebten Bruder vielleicht helfen konnte, sie wusste ja von ihm, dass sie Polizistin war und eine gute obendrein. »Es ist unser Hauskonto, für das wir beide zeichnungsberechtigt sind«, sagte María schließlich und schnäuzte sich. »Condesa, was soll ich tun?«

»Am besten, Sie schließen erst einmal Frieden mit Frau Bischoff«, sagte die Gräfin ruhig. Sie wusste vom Residente, dass jede Mallorquinerin, die wie María den Haushalt ihres Bruders führte, dessen neue Freundin als Bedrohung empfinden musste. »María, ich weiß um Ihre Situation. Angela Bischoff weiß das auch. Egal was mit ihr und Ihrem Bruder einmal sein wird, sie wird Sie und Ihren Sohn niemals aus diesem Haus vertreiben. Aus dem Herzen Ihres Bruders schon gar nicht, das würde keine Frau dieser Welt schaffen.«

María schaute Angela Bischoff lange und durchdringend mit ihren großen braunen Augen an. Was sie sah, schien ihr in größerem Maße vertrauenerweckend als bedrohlich zu sein. »Señora, Sie werden mich nicht vertreiben aus diesem Haus?«

Angela Bischoff nickte ihr beruhigend zu. »Das verspreche ich Ihnen.«

María lächelte zaghaft, ließ die Mundwinkel aber sogleich wieder hängen. »Aber was nützt das alles? Mit dem Kredit für das Haus ist mit einem Mal auch etwas nicht in Ordnung. Ich habe einen Brief für Cristobal von der Bank ausgehändigt bekommen, für den ich unterschreiben musste.«

Gräfin Rosa fackelte nicht lange. »Holen Sie ihn her, wir werden ihn öffnen.«

»Aber der ist an Cristobal persönlich adressiert«, protestierte María.

»Leider ist der nicht hier, und bei solchen Briefen gibt es relativ kurze Einspruchsfristen. Also her damit.«

María holte den Brief und gab ihn der Gräfin. Die öffnete und las ihn.

»Hm, Cristobal wurde der Hauskredit gekündigt. Dem Schreiben nach wurden die Forderungen an ein mir völlig unbekanntes Bankenkonsortium verkauft, und die haben sämtliche Kredite in voller Höhe sofort fällig gestellt.«

María und Angela Bischoff reagierten gleichermaßen entsetzt. »Dürfen die denn das?«, fragten sie im Chor.

»Keine Ahnung.« Die Gräfin zuckte mit den Achseln. »Ich bin keine Expertin im spanischen oder europäischen Finanzrecht. So wie es hier steht, sind die im Recht. Das Hauskonto weist jetzt ein Minus von einhundertdreiundachtzigtausend Euro aus, und es ist kein Kreditrahmen festgelegt. Das geht richtig in die Zinsen. Achtzehn Prozent sind das per annum steht hier, das sind pro Tag locker einundneunzig Euro.«

»Sind Sie ein Rechengenie?«, fragte Angela Bischoff beeindruckt.

»Nein.« Gräfin Rosa schüttelte den Kopf. »Das steht hier.«

»Knapp hundert Euro pro Tag, das ist Wahnsinn. Das übersteigt meine Witwenrente um ein Vielfaches. Wie soll ich das jemals bezahlen?« María begann wieder zu weinen. »Wir werden noch aus unserem Haus vertrieben.«

»Bleiben Sie ruhig, María, wir fahren jetzt zur Bank und gleichen das Konto aus. Dann ist zumindest ein Problem gelöst, und Sie können wieder ruhig schlafen.«

»Aber nein, Condesa, wenn ich das bei der Bank nicht bezahlen kann, dann kann ich es auch Ihnen nicht zurückzahlen.«

Gräfin Rosa erhob sich. »Da machen Sie sich bitte keine Sorgen. Das hat Cristobal alles schon lange gutgemacht, María.« Sie nickte Angela Bischoff zu. »Wir gehen schnell zur Bank, die ist hier gleich um die Ecke, und Sie informieren den Residente. Ich bin mir zwar sicher, dass die Sperrung der Konten kein Grund für Cristobal wäre, Amok zu laufen. Es könnte aber rein theoretisch ein Motiv sein.«

Angela Bischoff sah sie entsetzt an. »Cristobal und Amok laufen? Das glauben Sie doch wohl selbst nicht!«

»Natürlich nicht, aber Carmen und der Residente müssen dennoch davon wissen.«

***

Kong betrat die Krankenstation des Gefängnisses, ohne nach seinem Klopfen auf Einlass zu warten. Der junge Arzt glaubte, seinen Augen nicht zu trauen.

»Was fällt Ihnen ein, hier einfach ohne Aufforderung einzutreten?«

»Nun«, lächelte der Riese ihn an, »nennen Sie mich ungeduldig.«

»Sind Sie völlig durchgeknallt?« Der Unglaube angesichts dieser Unverschämtheit stand Dr. Hernandez ins Gesicht geschrieben. »Was meinen Sie, was Ihnen passiert, wenn ich auf den Alarmknopf drücke?«

Kong nickte. »Dann kommt die Wache. Sie wird fragen, ob ich ein medizinisches Problem habe, und wieder gehen, wenn ich den Kopf schüttele.«

Aufgebracht drückte der Arzt den Alarmknopf.

Die Tür ging auf, und der Gefängnisbeamte erschien prompt. »Señor Kong, haben Sie ein Problem?«

Kong schüttelte den Kopf. »Nein, Sie können wieder gehen.«

Der Beamte drehte sich auf dem Absatz um und ging wieder hinaus.

Dr. Hernandez war fassungslos. »Was ...?«

»Das war die Realität, die zu akzeptieren Ihnen schwerfällt, Herr Doktor, aber das wird sich geben, das verspreche ich Ihnen.«

»Was wollen Sie von mir?«

»Es wird hier schon bald ein neuer Patient eintreffen, und ich werde Ihnen sagen, was er hat und wie Sie ihn zu behandeln haben.«

»Sie sind verrückt!« Der Arzt lachte auf. »Sie wollen mir doch wohl nicht vorschreiben, was ich zu tun habe?«

»Doch, Señor, genau das will ich und das werde ich.«

»Und was lässt Sie glauben, dass ich mich danach richte?«

Kong zeigte auf das Telefon auf dem Schreibtisch. »Rufen Sie doch mal bei sich zu Hause an.«

Mit einem unsicheren Blick auf Kong setzte sich Dr. Hernandez an seinen Schreibtisch und begann zu wählen. Doch bevor die Verbindung hergestellt wurde, drückte Kong auf die Gabel.

»Warten Sie. Es ist besser, Sie rufen Ihren Sohn an.«

»Meinen Sohn?«

»Ja doch, Ihren Sohn, der hat doch ein Handy.«

Ein ängstlicher Ausdruck schlich sich in Dr. Hernandez' Gesicht. »Die Handynummer kenne ich nicht auswendig«, flüsterte er.

Kong reichte ihm einen Zettel. »Da kann ich Ihnen aushelfen, Señor Médico.«

Dr. Hernandez griff mit zitternder Hand danach und wählte. Sein Sohn meldete sich.

»Hallo, Papa.«

»Hi, Junior, ist alles in Ordnung?«

»Ja, Papa, die Männer, die mich in ihrem Auto vom Kindergarten abgeholt haben, haben mir Schokolade geschenkt und gesagt, ich darf sie gleich essen.«

Dr. Hernandez wurde blass. Er rang um Fassung. »Das ist in Ordnung, mein Junge«, sagte er bemüht fröhlich. »Lass sie dir schmecken.« Er hielt die Muschel zu. »Sie werden ihn doch zu Hause abliefern?«

Kong nickte. »Vielleicht nicht direkt zu Hause, aber in Sicherheit, Ihre zuverlässige Mitarbeit vorausgesetzt.«

Dr. Hernandez nahm die Hand von der Sprechmuschel und unterbrach seinen eifrig plappernden Sohn: »Ich muss wieder arbeiten, Junior, hörst du? Sei brav. Ich hab dich lieb.« Er legte auf und schaute zu Kong. »Woher weiß ich, dass Sie meinen Jungen auch wirklich bei meiner Frau abliefern werden?« Er stutzte. »Und wieso haben Ihre Leute ihn überhaupt vom Kindergarten abholen können?«

Kong machte ein unbedarftes Gesicht. »Ach, habe ich das vergessen? Sie hätten eben auch mit Ihrer Frau sprechen können. Die saß mit im Auto.«

Dr. Hernandez zitterte jetzt am ganzen Leib. »Okay, Sie haben gewonnen, Señor Kong. Was erwarten Sie also von mir?«

Der Riese war sichtlich zufrieden. »So macht eine Zusammenarbeit doch Spaß. Sie werden einen Patienten überstellt bekommen, der im künstlichen Koma liegt. Es handelt sich dabei um unseren lieben Estebán Dominguez, der gestern ausgebrochen ist und glücklicherweise geschnappt werden konnte. Sie werden ihn brav im künstlichen Koma halten.«

Dr. Hernandez wirkte regelrecht erleichtert. Vermutlich dankte er insgeheim dem Herrn, dass Kong nicht von ihm verlangte, einen Patienten ins Jenseits zu befördern. »Okay, aber manchmal wachen Patienten in einem derartigen Zustand einfach auf, und es dauert eine gewisse Zeit, das rückgängig zu machen. Was wird dann?«

»Glauben Sie ihm dann einfach kein Wort, egal was er zusammenfaseln wird. Kümmern Sie sich einfach nicht darum. Sie schläfern ihn dann postwendend wieder ein, um den Rest werde ich mich kümmern.«

***

Cristobal García Vidal kämpfte sich langsam aus einem tiefen Dunkel an die Oberfläche seines Bewusstseins. Das Erste, was an sein Ohr drang, war ein seltsames Piepen. So hört es sich immer auf einer Intensivstation an, dachte er, dort entspricht jeder einzelne Piepton dem Herzschlag eines Patienten. Es kostete ihn unendlich viel Mühe, seine Augen zu öffnen, aber er schaffte es. Oder waren sie bereits offen gewesen und er konnte nur wieder bewusst sehen? Er wusste es nicht. Erst war alles um ihn herum nur gleißend weiß und verschwommen, doch mit der Zeit schärfte sich sein Blick, und die Pupillen stellten sich langsam auf das helle Licht ein. Nachdem er lange Zeit eine weiße Fläche angestarrt hatte, konnte er sie als abgehängte Zimmerdecke identifizieren.

Ihm war seltsam zumute. Ihm war, als würde er schweben. Er fühlte nichts, keine einzige Druckstelle am Körper, auch nicht irgendetwas an seiner Haut. Er hatte vor langer Zeit einmal in einem Entspannungstank voll warmen Salzwassers gelegen. Jetzt hatte er wieder dieses Gefühl der absoluten Schwerelosigkeit, das einem die lauwarme Lake vorgaukelt. Aber in so einem Tank war es stockdunkel, hier hatte er das Gefühl, im Scheinwerferlicht zu stehen, zu liegen oder vielleicht zu fliegen?

García Vidal versuchte, seinen Kopf zur Seite zu drehen. Es gelang ihm nicht. Sosehr er sich auch anstrengte, es ging einfach nicht, sein Körper gehörte nicht mehr ihm.

Er versuchte zu sprechen, auch das klappte nicht. Nicht der kleinste Laut ging ihm über die Lippen. Als er die Augen schließen und so dem grellen Licht ausweichen wollte, merkte er, dass er nicht einmal dazu in der Lage war.

Panik überkam ihn.

Das Piepen wurde immer schneller. Sollte das sein Herzschlag sein?

Plötzlich schob sich das Gesicht einer jungen Frau mit einer Kopfhaube und einem Mundschutz in sein Blickfeld.

»Nora«, rief sie, »hol mal den Arzt, ich glaube, der Verbrecher kommt wieder zu sich.«

Was für ein Verbrecher?, überlegte García Vidal. Warum trägt die Frau einen Mundschutz? Weil ich in einem Krankenhaus bin, beantwortete er seine Frage selbst, aber wieso haben die dort Verbrecher?

Die Frau beugte sich wieder über ihn. Von der anderen Seite schob sich ein Männergesicht neben ihres, ebenfalls mit Mundschutz und Kopfhaube. Eine Hand strich García Vidal mit einer Fingerspitze über die Wimpern.

»Keine Reaktion. Weiß der Teufel, ob der etwas mitbekommt. Wenn er anfängt, mit den Augen zu rollen, oder seinen Kopf bewegt, müssen wir noch etwas nachspritzen. Ansonsten hat er genug.«

Würde ihm sein Körper gehorchen, hätte der Comisario jetzt bitterlich geweint, aber es tat sich nichts. Ihm war klar geworden, dass er nicht in der Lage war, nicht mit der kleinsten Geste oder auch nur einem kurzen Zwinkern, seine Gemütslage der Außenwelt mitzuteilen. Es kam Angst in ihm auf, Angst, für tot erklärt und danach bei lebendigem Leibe beerdigt zu werden. Schlimmer als sein jetziger Zustand konnte das aber auch nicht werden. Im Grab war es wenigstens dunkel.

4

Berger war mit der Kollegin Arantxa Burguera, die zu seinem Pro-Comisario-Team gehörte, unterwegs nach Calonge zur Hausbank des Comisarios. Die Gräfin hatte dort bereits alles Finanzielle ins Lot gebracht, sodass der armen María nichts mehr geschehen konnte. Ihre Konten waren somit wieder für sie zugänglich, aber irgendetwas konnte da nicht stimmen, und Berger wollte sich selbst ein Bild machen.

»Señora Burguera, was halten Sie von der ganzen Sache?«

»Ich frage mich die ganze Zeit, ob das meinem Mann und mir auch passieren könnte, dass die Bank unsere Kredite eines Tages einfach weiterverkauft, nur um flüssig zu werden. Und ob sie der neue Besitzer dann auch gleich kündigen darf.«

»Ich kann Ihnen auch nicht sagen, ob das statthaft ist. Vermutlich könnte man dagegen klagen, aber ob das hilft? Recht haben und recht bekommen, vor allem gegen Banken, das sind oftmals zwei völlig verschiedene Dinge.«

Sie fuhren bei der Bank vor. Gerade kamen María und Gräfin Rosa aus dem Gebäude.

»*Hola*, Condesa, *hola*, María, alles wieder klar?«

María war völlig außer sich. »Ich weiß gar nicht, wie ich der Condesa dafür danken kann. Mein Bruder und ich werden ewig in ihrer Schuld stehen. Wie können wir das nur wiedergutmachen?«

»So wie ich die Gräfin kenne, wird das schon in Ordnung gehen. Und bald ist Cristobal ja auch wieder da, um alles Finanzielle mit ihr zu regeln.« Berger nickte María aufmunternd zu und wollte durch die Schwingtür gehen. Da hielt ihn ein Gedanke zurück. »María, können Sie mir vielleicht sagen, ob Cristobal vor seinem Verschwinden noch etwas von dieser Misere mitbekommen hat?«

Sie schaute Berger ratlos an. »Ich denke nicht, denn den Brief haben wir ja erst heute Morgen geöffnet.«

»Kann es sein, dass er einen Anruf vom Bankdirektor erhalten hat, der ihm von dem ganzen Desaster berichtete?«

»Ich denke nicht. Wenn so etwas geschehen wäre, dann hätte mich Cristobal bestimmt sofort informiert. Er wusste ja, dass ich heute Haushaltsgeld vom Konto abheben wollte.«

Das schien Berger logisch. »Dann werde ich jetzt mal den Direktor befragen. Der wird ja wissen, mit wem er darüber gesprochen hat.«

»Er ist nicht da«, bremste Gräfin Rosa seinen Elan. »Ich hätte ihn auch gern gesprochen, aber er hat es vorgezogen, heute nicht zum Dienst zu erscheinen.«

Berger lachte. »Sie vermuten offenbar, dass Cristobals Kredit der Grund dafür ist. Doch das setzt Unrechtsbewusstsein voraus, und so etwas bei einem Banker zu erwarten, halte ich für gewagt.«

Er nickte den beiden Frauen zum Abschied zu und betrat mit Arantxa Burguera das Gebäude. Sie gingen direkt auf einen Schalter zu, hinter dem ein sehr eloquent aussehender junger Mann sie lächelnd erwartete.

»Señora, Señor, was kann ich für Sie tun?«

Die Beamtin zückte ihren Dienstausweis. »Das ist Michael Berger, und mein Name ist Arantxa Burguera von der *Policía Nacional.* Wir ermitteln in Sachen García Vidal, das dürfte Ihnen doch bekannt sein.«

Der junge Mann nickte betreten. »Oh ja, Señora, das gab eben mächtig Wirbel. Die Condesa war etwas ungehalten.«

»Das können wir uns vorstellen.« Sie lächelte ihn an. »Könnten wir in dieser Sache bitte mit dem Chef sprechen?«

Er schüttelte bedauernd den Kopf. »Unser Chef ist heute nicht gekommen.«

»Und warum nicht? Ist er krank?«

»Vielleicht kann Ihnen da sein Stellvertreter weiterhelfen. Ich werde ihn holen.«

Einen Augenblick später kam ein sichtlich gestresster Mittvierziger auf Arantxa Burguera und Berger zu. »Señora, Señor, womit kann ich Ihnen dienen?«

Das war Berger schon zu viel. »Wenn Sie es nicht längst wüssten, wären Sie bestimmt nicht so genervt.«

Der Mann zuckte zusammen. »Fangen Sie jetzt bitte nicht auch noch an, uns einfache Mitarbeiter für Dinge verantwortlich zu machen, deren Veränderungen absolut nicht in unserer Macht liegen.«

»Wenn Sie, wie Sie behaupten, keinen Einfluss auf die Entscheidungen Ihrer Bank haben, dann kann uns doch sicher Ihr Chef aufklären.«

»Das könnte er sicher, er ist aber nicht da.«

Berger wurde ungeduldig. »Und wo ist er?«

»Zu Hause, nehme ich an.«

»Hat er sich krankgemeldet?«

»Soweit ich weiß, nicht. Er ist einfach nicht gekommen.«

Arantxa Burguera zog die Stirn kraus. »Ist das normal, dass er völlig kommentarlos nicht zum Dienst erscheint?«

»Eigentlich nicht. Wir wundern uns auch schon.«

Berger ging das alles viel zu langsam. »Würden Sie uns bitte seine Adresse und seine Telefonnummer aufschreiben, am besten auch die Handynummer?«

Der Mann nickte. »Selbstverständlich, aber ich kann Ihnen gleich sagen, dass da niemand ist. Wir haben längst versucht, ihn zu erreichen.«

***

Als die beiden Kriminalpolizisten Remondo Cueto und Andrea Bastos auf dem Polizeistützpunkt der *Guardia Civil* in Felanitx eintrafen, machten sie sich sofort daran, das komplette Material zu dem Unfall mit dem Strafgefangenen Dominguez aus der vergangenen Nacht zu sichten.

»Der Mann liegt auf der Intensivstation in Manacor?«

»*Sí* Señor«, bestätigte der Wachvorsteher, »dort wird er im künstlichen Koma gehalten, bis die Hirnschwellung abgeklungen ist.«

»Haben die irgendetwas gesagt, wann er zu dem Unfall vernommen werden kann?«

»Nein. Nur dass er wieder ins Gefängniskrankenhaus verlegt wird. Die sind dort wohl in der Lage, auch solche Fälle zu behandeln.«

Cueto lachte. »Und wenn nicht, interessiert das auch keine Sau. Ein schlimmer Finger weniger.«

Andrea Bastos durchstöberte die persönlichen Gegenstände des Ausbrechers. Ein Feuerzeug, ein Portemonnaie mit achtundzwanzig Euro und dreiundachtzig Cent sowie ein Personalausweis, ausgestellt auf den Namen Estebán Dominguez. Das war alles. Bastos stutzte. »Ich denke, der war gerade erst ausgebrochen? Wo hat der Mann so eine seltsame Summe Bargeld her? Wieso hat er sich in der gerade begonnenen Freiheit so schnell ein Feuerzeug besorgt, wenn er gar keine Zigaretten bei sich hatte, demnach also kein Raucher war?«

Cueto kam zu ihm und schaute auf die Habseligkeiten. Er griff nach dem Ausweis und hielt ihn prüfend hoch. »Wieso hat der vor allem einen Ausweis?«

»Stimmt. Normalerweise haben die Gefangenen keine Papiere und Ausbrecher schon mal ganz und gar nicht.«

Cueto konzentrierte sich auf eine Ecke der Karte. »Schau mal hier unten, das ist doch eine Fälschung. So ungleichmäßig sind doch keine echten Papiere gemasert.« Er gab die Ausweisnummer am Computer in das zentrale Melderegister ein. »Der Ausweis mit dieser Nummer gehört Estebán Dominguez, der zurzeit im *Centro Penitenciario* eine mehrjährige Haftstrafe absitzt. Das stimmt. Allerdings wurde der Originalausweis vor vier Jahren bei Dominguez' Haftantritt eingezogen und vernichtet.«

Bastos kratzte sich am Kopf. »Da brat mir doch einer einen Storch. Wir haben es hier mit jemandem zu tun, der seinen eigenen Ausweis eins zu eins kopiert und mit der Fälschung rumläuft. Was soll das? Das macht doch keinen Sinn, oder bin ich hier der Blödmann?«

***

Nach zwanzig Minuten Fahrt trafen Berger und seine Teamkollegin in der Carrer de Frare in Felanitx ein. Direkt vor dem Haus des Bankdirektors fanden sie einen Parkplatz. Sie stiegen aus und gingen zuerst auf die gegenüberliegende Seite der engen Straße, um sich einen Überblick zu verschaffen. Äußerlich war dem Haus nichts Ungewöhnliches anzusehen. Die *persianas*, die Fensterläden, waren geschlossen, um die Mittagshitze nicht hineinzulassen.

Sie gingen zur Eingangstür und schellten. Niemand öffnete. Berger legte sein Ohr an die Tür, doch sosehr er auch horchte, es tat sich absolut nichts im Inneren. Durch den leichten Druck bewegten sich die *persianas* aber ein wenig. Er öffnete sie. Die Eingangstür dahinter war ebenfalls nur angelehnt.

»Nanu, hier war wohl nicht abgeschlossen.« Er drückte die Tür ganz auf, und sie traten ein.

»Señor Balthasar?« Keine Antwort. Sie sahen sich in dem typisch mallorquinischen Entree um. Es war ein großer Raum, mit glatt gefliestem Boden, an dessen Wänden überall dort Stühle standen, wo die vielen Türen Platz dazu ließen. Als Blickfang dominierte eine ziemlich monströse Standuhr, deren sonores Ticken sicher im ganzen Haus zu hören war.

Sie riefen erneut, aber auch danach blieb alles still. Arantxa Burguera zog ihre Dienstwaffe. »Hier stimmt was nicht.«

»Wie kommen Sie darauf?« Berger war etwas verblüfft, dass seine Kollegin die gleiche Ahnung hatte wie er, nur konnte er seine noch nicht begründen.

»Schauen Sie mal dort, auf dem Seitentischchen. Dort liegt ein Schlüsselbund, und wer verlässt sein Haus schon ohne Schlüssel? Ergo ist hier jemand.«

Berger ärgerte sich, dass er das übersehen hatte. Auch er zog seine Waffe und brachte sie in Anschlag.

Innerhalb kürzester Zeit war das Haus durchsucht. Von dem Bewohner war nichts zu sehen oder zu hören.

»Und trotzdem, hier stimmt etwas nicht«, beharrte Arantxa Burguera. Berger konnte es ihr nachempfinden, er hatte selbst das untrügerische Gefühl, dass gleich noch eine Überraschung auf sie wartete.

Sie sahen sich im Fernsehzimmer um. »Schauen Sie mal, Residente, da stehen zwei Gläser, beide noch halb voll.«

Berger nickte. »Und die Brille liegt auch auf dem Tisch, als käme gleich jemand wieder zur Türe herein.«

Sie schauten sich fragend an. »Bliebe noch die Garageneinfahrt. Da sollten wir auch mal nachsehen«, schlug Arantxa Burguera vor.

Sie überquerten den Hof und blieben entsetzt in der Einfahrt stehen. Señor Balthasars Leiche war mit nach hinten gestreckten Armen an einem dicken Strang aufgehängt. Unter ihm hatte sich eine riesige Blutlache gebildet.

»Mein Gott.« Arantxa Burguera drehte sich angewidert zur Seite. »Haben sie den armen Kerl erst erschossen und dann weggehängt oder umgekehrt?«

Berger roch an der Leiche und verzog sein Gesicht. »So viel pinkelt eigentlich nur jemand, der Angst hat. Ich befürchte, dieser Mann hing erst und wurde dann erschossen.«

»Das heißt, er wurde gefoltert und dann exekutiert?«

Berger nickte. »Es sieht ganz danach aus.« Er zückte sein Handy. »Wir sollten Verstärkung rufen.«

In kürzester Zeit hatte er Carmen von den Vorfällen in Kenntnis gesetzt. Arantxa Burguera alarmierte inzwischen die Spurensicherung.

»Ich will mir gar nicht vorstellen, dass das der Comisario angerichtet haben könnte. Allein der Gedanke daran lässt mich erschaudern«, sagte sie, nachdem sie wieder aufgelegt hatte.

»Er hätte leider ein Motiv, und allein das reicht aus, um es in Erwägung zu ziehen.« Berger sah in ihr betroffenes Gesicht. »Kommen Sie, sehen wir uns noch mal im Haus um, bis die anderen eintreffen. Mir ist da noch was ins Auge gestochen«, sagte er.

Sie betraten erneut den Eingangsraum.

»Und was ist Ihnen aufgefallen?«

Er zeigte in den Fernsehraum, an dessen Wand ein großer Glasschrank mit Porzellan und Gläsern stand. »Sehen Sie doch mal da rein.«

Sie musterte den Schrankinhalt. »Was soll da sein? Ein Kaffeeservice, ein Teeservice und jede Menge Gläser und Krimskrams. Was ist daran so außergewöhnlich?«

»Ich meine das in Zusammenhang mit den Gläsern auf dem Tisch.«

Arantxa Burguera starrte auf den Tisch. »Es tut mir leid, ich kann Ihnen nicht folgen.«

»Das Glas, das am Fernsehsessel steht, passt zu denen im Schrank. Das andere, das vor dem Besuchersessel steht, nicht.«

Sie sah Berger erstaunt an. »Wollen Sie damit sagen, dass der Besucher sein eigenes Glas mitgebracht hat?«

»Das wäre doch einen Gedanken wert, oder?«

»Aber warum hat er es dann nicht wieder mitgenommen?«

»Weil es vielleicht doch nur das Besucherglas ist? Er könnte auch einfach ein Schlampert sein, oder er hat es mitgebracht, um es stehen zu lassen.«

Sie schüttelte verwirrt den Kopf. »Haben Sie öfter solche eigenartigen Ideen?«

»Ja, ich bin berüchtigt dafür, aber nicht selten habe ich damit in der Vergangenheit ins Schwarze getroffen.« Bergers Blick blieb am Abfalleimer in dem Raum hängen. Er machte zwei Schritte darauf zu und zeigte hinein. »Was ist denn das? Das sieht aus wie Kleidung.«

Arantxa Burguera hatte bereits Einmalhandschuhe übergezogen, griff hinein und hob ein übel riechendes, zerknülltes Sakko aus dem Abfalleimer.

»Es würde mich nicht wundern, wenn das Cristobals Smokingjacke ist«, murmelte Berger.

»Wie kommen Sie darauf?«

»Daran klebt eine Menge Blut, und das hier«, er zeigte auf eine eingetrocknete gelbe Masse, »könnte Hirn sein.«

»Woher? Señor Balthasar hat keine Kopfwunde, soweit ich das erkennen konnte.«

»Stimmt, es dürfte sich dabei auch um Blut und Hirn des bedauernswerten Kollegen handeln, den der Comisario erschossen haben soll.«

Arantxa Burguera war sich offenkundig nicht sicher, ob sie Berger für voll nehmen sollte. »Wollen Sie damit etwa sagen, dass der Mord dem Comisario auf diese Weise untergeschoben werden soll?«

»Genau das.« Berger zeigte auf seinen Hals. »Sehen Sie, meine Nackenhaare stehen hoch, das ist für mich das sicherste Zeichen, dass ich recht habe.«

»Für einen Freispruch reicht das aber nicht hinten und nicht vorn. Außerdem bleibt da noch der Mord am armen Señor Balthasar. Dafür hat der Comisario sogar ein Motiv.«

»Und genau das ist es, was mich stutzig macht.« Berger war jetzt in seinem Element. »Das passt alles viel zu gut zusammen. García Vidal weiß, dass er finanziell ruiniert ist. Er dreht völlig durch und meuchelt einen Kollegen, dann rennt er wie von Sinnen zum Bankdirektor, um auch hier zu wüten und zu foltern, und als besonderen Service für die Kolleginnen und Kollegen der Kriminalpolizei serviert er sämtliche Beweise auf einem goldenen Tablett.«

»Nur weil es so gut zusammenpasst, ist es doch noch lange nicht unwahrscheinlich, oder?«

»Was dem Comisario vorgeworfen wird, ist Mord im Affekt. Die Tatorte in Verbindung mit dem Motiv beschreiben einen rasenden Meuchelmörder. Aber bringt so ein Mensch sein eigenes Glas mit, um es danach stehen zu lassen? Allein schon das widerspricht der Affekttheorie.«

»Okay.« Auch Arantxa Burguera argumentierte jetzt mit ganzer Seele und redete mit Händen und Füßen. »Spinnen wir den Fall doch einmal weiter. Jemand versucht, dem Comisario eins auszuwischen. Derjenige bringt den Inselrat dazu, García Vidal in eine Falle zu locken. Er kann auch noch ein ganzes Bankenkonsortium dazu überreden, die Kredite dieses braven Mannes grundlos zu kündigen. Also ich muss schon sagen, selbst Stress mit dem König reicht da nicht aus, um solch eine furchtbare Rache auf sich zu ziehen. Da muss der arme Comisario schon jemandem mächtig auf die Füße getreten haben, der noch eine Stufe höher sitzt.«

Berger sackte in sich zusammen. »Klingt etwas an den Haaren herbeigezogen, meine Theorie, was?«

Sie nickte. »Und das ist noch gelinde ausgedrückt.«

***

Carmen und Carlotta Mendez, die eine Hälfte des Kontra-Teams, trafen kurz nach der Spurensicherung im Hause des Bankiers ein. Beide zuckten etwas zusammen, als sie den Mann da so hängen sahen.

»Warum geht ausgerechnet dann alles drunter und drüber, wenn der Comisario gerade nicht da ist?« Carmen war der Verzweiflung nahe. Sie hatte das Gefühl, dass ihr jemand ganz langsam den Boden unter den Füßen wegziehen würde.

Berger spürte das. »Komm, Mädel, Bangemachen gilt nicht. Es mag alles etwas verwirrend aussehen, aber wir bekommen den Knoten schon auseinandergepult.«

Sie sah ihn dankbar an.

»Jetzt erzähl erst mal. Was hat dich so aus der Fassung gebracht?«

»Remondo und Andrea haben sich eben gemeldet. Sie sind ja in Sachen Verkehrsunfall unterwegs. Denken Sie nur, der Ausbrecher, der dabei verletzt wurde, hatte einen gefälschten Ausweis dabei.«

»Das kommt bei Ausbrechern schon mal vor.«

»Stimmt, aber wer fälscht schon seinen eigenen Ausweis, mit allen Originaldaten, sogar mit dem eigenen Bild?«

»Da bleibt uns nichts weiter übrig, als abzuwarten, bis er aus dem Koma erwacht, und ihn dann zu befragen.«

»Dazu müssen wir dann aber in den Knast, denn da wird er heute oder morgen noch hinverlegt.«

»Ist sein Zustand wieder so stabil?«

»Die Kollegen meinen, ja.«

»Sind die beiden auf dem Weg hierher?«

»Nein, ich habe sie wieder ins Büro geschickt. Sie sollen sich um die Wirtschaftsverhältnisse dieses ominösen Bankenkonsortiums kümmern, das die hiesige Sparkasse übernommen hat.«

»Woher hast du denn die Information?«

»Angela und die Gräfin haben mir das erzählt. Das hat ihnen der wohl völlig überforderte Stellvertreter in der Bank gebeichtet.«

Berger pfiff durch die Zähne. »Eine ganz normale Sparkassenfiliale als Opfer einer feindlichen Übernahme! Wo gibt's denn so was?«

»Das soll absolut legal sein. Aber dennoch stellt sich natürlich die Frage, welches internationale Konsortium an so einer kleinen Bank überhaupt Interesse hat und vor allem warum.«

»Na, da halte mich mal auf dem Laufenden. Ich bin gespannt, was dabei herauskommt.«

***

Angela Bischoff und die Gräfin durchsuchten mit María zusammen das private Arbeitszimmer des Comisarios, doch sosehr sie auch alles auf den Kopf stellten, es war nichts zu finden, was auf eine drohende Finanzmisere hätte schließen lassen. Sämtliche Korrespondenz diesbezüglich war lückenlos und penibel abgeheftet. Gräfin Rosa fand es ohnehin viel interessanter, Cristobals Fotografien zu betrachten. Damit waren die Wände nur so gespickt. Besonders hatte es ihr eine Reihe Fotos angetan, die immer dieselbe Gruppe zeigten, wobei die Protagonisten jedoch von Bild zu Bild sichtlich alterten.

»María, was ist das für eine Truppe?«

María trat lächelnd neben die Gräfin. »Das ist unser Familienclan.«

»Und wo wurden die Bilder aufgenommen?«

»In Portocristo, in den Coves del Drac.«

»Was ist denn das?«

»Das sind die Drachenhöhlen, unsere Familie hat dort während des Bürgerkrieges vor den Franquistas Zuflucht gefunden. Als Erinnerung daran trifft sich die gesamte Sippe alle fünf Jahre zu einer Art Gedächtnistag in der Grotte, in der sie sich damals versteckt hielten.«

»Kannten die Franquistas die Höhlen denn damals noch nicht? Das waren doch auch Einheimische.«

»Doch, aber nur den vorderen Teil.«

Angela Bischoff sah von den Bankunterlagen auf. »War Cristobal denn als Kind auch dort?«

»Ja natürlich, wir beide waren da, jedes Jahr. Ein Cousin von uns lebt dort und arbeitet sogar in der Höhle.«

»Hm.« Gräfin Rosa ahnte, worauf Angela Bischoffs Frage gezielt hatte. »Nehmen wir einmal an, Ihr Bruder hat Kummer oder Probleme und will einfach mal für sich allein sein. Zieht er sich dann manchmal in die Höhlen zurück?«

»Er kennt sich zwar dort genauso gut aus wie unser Cousin Sew, als Kinder sind sie da ja ständig zusammen herumgeklettert, aber in letzter Zeit war er eigentlich nicht da. Aber er ist mir keine Rechenschaft schuldig, es kann durchaus sein, dass er manchmal dort ist, ohne dass ich etwas davon weiß.« María betrachtete versonnen die Fotos. »Aber eines sage ich Ihnen: Wenn er sich dort verstecken will, dann haben Sie keine Chance, ihn dort zu finden. Ich bin mir sicher, dass die Höhlen noch immer nicht vollständig erforscht sind. Die Felsen von Portocristo sind wie ein riesiger Schweizer Käse. Für die Maus sind sie das Eldorado, für die Katze sind sie die Hölle.«

Angela Bischoff wies auf den angeschalteten Computer. »Haben Sie daran gearbeitet, bevor wir kamen, oder läuft der immer?«, fragte sie.

»Das ist Cristobals Heiligtum. Der läuft Tag und Nacht. Cristobal ist ja oft weg, auch nachts, und dann kann er über sein Notebook auf das Zentralregister auf diesem Computer zugreifen. Hier hat er seine gesamten Fälle abgespeichert. Und seine Memoiren.«

Gräfin Rosa lächelte ungläubig. »Cristobal schreibt an seinen Memoiren?«

»Ja«, María nickte heftig, »daran schreibt er schon seit Jahren. Manchmal habe ich das Gefühl, er braucht das, um all das Furchtbare, was er sieht und miterlebt, verarbeiten zu können.«

***

Ohne dass sich Dr. Hernandez dagegen hätte wehren können, war die Krankenstation von Kong zum »Hauptquartier« erklärt worden. Bereits wenige Minuten danach war auch schon klar gewesen, dass das Personal von nun an zu fragen hatte, wenn es den Schreibtisch im Arztzimmer benutzen wollte. Ein Pfleger war in dieser Hinsicht etwas weit vorgeprescht. Augenblicklich war der Doktor damit beschäftigt, den Arm des Mannes fachgerecht einzugipsen. Seine Unterarmknochen waren Victors Argumenten schlicht nicht gewachsen.

Kong hingegen genoss es, nun sein eigenes Telefon zu haben.

Nachdem er seine Nummer mit dem Handy eines Wärters per SMS an alle wichtigen Stellen verteilt hatte, kam auch schon der erste Anruf.

»Guten Tag, Mashkin«, kam es fröhlich von Kong, nachdem er abgehoben hatte. »Wie geht es dem King?«

»Schlecht, er trauert noch immer um seinen Sohn.«

Kongs Miene verdüsterte sich. »Ich trauere mit ihm. Der Junior war im Herzen ein guter Junge.«

»Kong, hast du alles im Griff?«

»Natürlich.« Seine Brust schwoll vor Stolz an. »Das *Centro Penitenciario* ist ab sofort auch das Territorium des Chefs.«

»Dann kann ja der Krankenwagen aus Manacor bald kommen, der gute Comisario möchte nämlich endlich heimgeführt werden.« Aus dem Hörer quoll heftiges Gelächter, dann wurde eingehängt.

Kongs Reaktion auf diesen Witz war erheblich zurückhaltender. Obwohl García Vidal sein Gegner war, hatte er doch seine Hochachtung. »Und wenn wir alles richtig machen«, fügte er für sich hinzu, »dann geht uns der Residente gleich mit ins Netz.« Sein Gesicht verformte sich zu einem Grinsen.

***

Gräfin Rosa, Berger und Carmen trafen sich auf dem Touristenparkplatz vor der Drachenhöhle. Obwohl keine Hochsaison herrschte, platzte das Terrain aus allen Nähten. Rosa hatte sich auf Carmens Anraten trotz der Hitze eine Strickjacke unter den Arm geklemmt und kam sich damit ausgesprochen fehl am Platze vor. »Mein Gott, hier ist ja Himmel und Hölle los. Und alles nur wegen einer Höhle?«

Berger wunderte sich. »Ich denke, Sie haben die Fotos an der Wand gesehen?«

»Da war Cristobals gesamte Verwandtschaft drauf zu sehen, mit sehr wenig Hintergrund. Man konnte gerade eben noch erkennen, dass es sich um eine Höhle handelte«, verteidigte sie sich.

»Damit Sie sich kein Programmheft kaufen müssen, kann ich Sie ja kurz einweisen«, hob Carmen an. »Ich war ja schließlich nach der Schule im Touristikfach, und das gehörte mit zur Grundausbildung.« Sie setzte ihr »Fremdenführerlächeln« auf. »Die Coves del Drac sind vielleicht nicht die größten Tropfsteinhöhlen, aber, wie ich finde, die schönsten der Welt. Das Geflecht der Haupthöhlen ist ungefähr 2,4 Kilometer lang. Insgesamt gibt es dort vier größere Seen, von denen der Llac Martel mit mehr als hundertsiebzig Metern Länge, vierzig Metern Breite und knapp zehn Metern Tiefe der größte ist. Er wurde nach seinem Entdecker, dem Franzosen Eduard Martel, getauft. In diesem Tunnelgeflecht gibt es unzählige kleine Höhlen, in denen sich die Bewohner von Portocristo schon vor Hunderten von Jahren erst vor den Römern, dann vor den Arabern und immer wieder auch vor Piraten versteckt haben. Das Terrain ist derartig unübersichtlich, dass sich darin während des Bürgerkrieges sogar einheimische Kommunisten vor ebenfalls ortskundigen *›fascistas‹* verstecken konnten. Richtig erforscht wurden die Höhlen erst in den fünfziger Jahren des 20. Jahrhunderts. Es gibt dort mit Sicherheit heute noch bisher unentdeckte Nischen, in der sich der Comisario für längere Zeit verstecken könnte.«

»María hat aber nichts von einer Lieblingshöhle gesagt«, erkundigte sich Berger.

»Nein, sie wusste noch nicht einmal, ob er in den letzten Jahren überhaupt hier war. Aber mit seinem Cousin ist er in seiner Kindheit immer hier unten herumgekraxelt.«

Der besagte Cousin, den sie von unterwegs angerufen hatten, erwartete sie bereits vor dem Kassenhäuschen.

»Condesa, Señora Lucas, Señor Berger, ich freue mich, nun auch einmal Ihre Bekanntschaft zu machen. Cristobal hat schon so viel von Ihnen erzählt. Mein Name ist Sew Vidal, ich bin der Verwalter hier.«

Er schüttelte jedem freundlich die Hand. »Sagen Sie bitte, ist es wahr, was ich gehört habe, Cristobal ist verschwunden?«

»*Sí*, Señor, leider.«

»Einfach so, ohne ein Wort zu sagen?«

»Einfach so, Señor.« Berger versuchte, auf den Punkt zu kommen. »Wann war Cristobal zum letzten Mal hier, Señor Vidal?«

»Lassen Sie es ein halbes Jahr her sein, vielleicht auch etwas weniger. Damals hatte er sich gerade unsterblich verliebt.«

Carmen wurde hellhörig. »Kam er denn öfter, wenn er Probleme oder Liebeskummer hatte?«

»Nein, eigentlich nur, wenn er in so einer melancholischen Stimmung war. Dann setzte er sich an den Llac Martel und sah und hörte dem Orgelboot mit den Musikern zu.«

»Dem Orgelboot?«, fragte die Gräfin neugierig.

»Ja, darauf veranstalten wir zu jeder vollen Stunde ein Konzert für die Touristen. In der Hauptsaison natürlich öfter.«

»Condesa, das sollten wir uns einmal anhören, wenn wir Zeit haben, uns anzustellen. Das ist wirklich sehr schön«, sagte er.

»Ich bitte Sie, meine Damen, mein Herr, Sie können unserer kleinen Schiffskapelle natürlich auch jetzt zuhören. Wir müssen uns ja nicht an der Tribüne anstellen, wir nehmen ein Extraboot und halten uns damit etwas im Hintergrund. Dort hinten haben wir fast den besseren Klang.«

Sie gingen an den Drehkreuzen vorbei und stiegen danach eine lange Treppe hinab. Ihnen schlug eine kalte, feuchte Luft entgegen. Anfangs war das sehr angenehm, aber schon nach kurzer Zeit war Rosa für den Tipp mit der Jacke sehr dankbar.

Minuten später saßen sie in einem mit einem Batterieaußenborder betriebenen Holzboot. Sie glitten darin lautlos durch eine phantastische Welt der Formen und Farben. Einen besonderen Zauber verlieh diesem Wunder der Natur dabei die kunstvolle Beleuchtung.

»Señor«, fragte Berger, »kam es hin und wieder vor, dass Cristobal ganz allein hier unten war, ohne dass Sie es wussten?«

»Ach wissen Sie, Señor Berger, für uns war es immer ein Ausflug in unsere Kindheit, wenn wir zusammen hier unten waren. Wenn er den Haupteingang benutzen wollte, dann blieb ihm nichts anderes übrig, als sich von mir dort oben abholen zu lassen, aber es gibt auch Möglichkeiten, über geheime Stollen in die Höhlen zu gelangen. Den mag er schon hin und wieder genutzt haben, ohne dass ich etwas davon wusste.«

»Er kennt die also?«

»Ja, wir haben sie als Kinder genutzt.« Er zeigte hinter sich und flüsterte: »Jetzt sollten wir leise sein, die Musik wird gleich einsetzen.«

Lautlos glitten drei Boote an ihnen vorbei. Im mittleren waren drei Musiker, zwei Streicher und ein Organist. Als das Boot mit den Musikern auf ihrer Höhe war, begannen sie mit ihrem Konzert.

Die Musik, das geheimnisvolle Schweben auf dem Wasser, das Ambiente, all dies verzauberte sie ohne Ausnahme. Sie tauchten in eine Welt voller Farben und faszinierender Harmonie.

Ein etwas weiter entfernter dünner Peitschenknall riss sie aus ihrer Verzückung. Es folgten zwei weitere.

Rosa schreckte hoch. »Was war denn das?«

»Hinten in der Technik scheint irgendeine Containertür zugefallen zu sein«, sagte Sew Vidal.

»Nein, Señor.« Berger war sich sicher. »Das waren Schüsse.«

»Schüsse?« Sew Vidal reagierte schockiert. »Ich bitte Sie, wer soll denn hier unten schießen? Es ist doch viel zu dunkel, um etwas treffen zu können.«

»Richtig, Señor«, kam es trocken von Carmen. »Vor allem ist es dunkel genug, um als Schütze nicht entdeckt zu werden.«

***

In Calonge versuchte Angela Bischoff, sich mit dem Computer des Comisarios »anzufreunden«. Es wimmelte hier von Programmen, von denen sie ihr Lebtag noch nichts gehört hatte.

»María, kommen Sie bitte mal kurz?«

Cristobals Schwester kam aus der Küche, in der sie gerade das Abendessen für sich und ihren Sohn vorbereitete, zu ihr ins Arbeitszimmer. »Wenn Sie mit dem Computer nicht weiterkommen, dann kann ich Ihnen auch nicht helfen. Ich bin ja schon stolz, dass ich eine E-Mail schreiben kann, dann ist es aber auch schon zu Ende mit meiner Kunst.«

»Gibt es hier irgendwelche Passwörter?«

»Woher soll ich das wissen? Da müssten Sie schon Cristobal fragen. Ich nehme an, Ihnen würde er sie verraten, wenn es welche gäbe.« María strahlte sie herzlich an. »Aber Sie sehen nicht sehr glücklich aus.«

»Bin ich auch nicht. Ich komme hier einfach nicht weiter.« Sie überlegte kurz. »Darf ich mal bitte nach Deutschland telefonieren?«

»Aber natürlich«, kam es freundlich zurück.

Sie wählte eine Nummer des BKA.

»Hi, Freaky, hier ist Angela, ich habe ein Computerproblem, bei dem du mir helfen könntest.«

»Gern«, antwortete Freaky. »Damit ich dir helfen kann, musst du mir aber eine Mail von dem Computer aus schicken.«

»Und wozu?«

»Damit ich weiß, wo ich mich umsehen soll. Ich brauche ein Ziel.«

***

Nur Minuten nach den Schüssen legten sie mit ihrem Boot auf der Verwaltungsseite des Sees an. Dort rannte alles kopflos durcheinander.

»Sew, haben Sie Lampen?«, fragte Carmen.

»Ja, im Container.«

»Dann holen Sie welche. Ohne Licht können wir gar nichts ausrichten.«

Sew Vidal rief laut nach der Notbeleuchtung. Ein paar Baulampen an den Wänden glommen auf und spendeten spärliches Licht.

»Das reicht nicht, wir brauchen mehr Licht«, rief Carmen.

Ein Angestellter sprintete los, um Notfalllampen für sie zu holen.

Berger folgte Sew Vidal in die Richtung, aus der sie die Schüsse gehört hatten. Berger kam mit der Gräfin etwas langsamer nach.

In einer größeren Höhle, die ebenfalls nur wenig beleuchtet war, standen die Verwaltungscontainer in U-Form angeordnet. Durch die Fenster und aufgerissenen Türen drang zwar etwas mehr Licht auf den Vorplatz, das reichte aber natürlich nicht aus, um sich einen umfassenden Überblick zu verschaffen. Mitten auf dem Vorplatz bildeten mehrere Angestellte einen Ring um einen

Mann, der langsam in einem See seines eigenen Blutes zu versinken drohte. Mit fragendem Blick presste er die Hände auf seinen Bauch. Unmengen Blut flossen dennoch zwischen seinen Fingern hindurch. Er schloss entkräftet die Augen.

»Carlos, was ist denn passiert?« Sew Vidals Stimme zitterte. »Mein Gott, Junge, wer hat dir das angetan?« Er rüttelte ihn. »Nun sag doch was!«

Berger zog ihn von dem Mann weg. »Er kann Sie nicht mehr hören. Er ist tot.«

Entsetzt schlug Sew Vidal die Hände vors Gesicht. »Aber das kann doch nicht sein? Wer soll denn so etwas machen?« Verzweifelt kniete Sew Vidal neben dem Körper des Mannes nieder und begann mit einer Herzdruckmassage. Doch bei jedem Druck auf den Brustkorb des Toten quoll ein neuer Schwall Blut aus den Einschusslöchern im Unterbauch.

»Es hat keinen Sinn mehr«, sagte Berger. »Die Projektile müssen die Aorta zerfetzt haben. Selbst wenn er in einer Klinik angeschossen worden wäre, hätte er keine Chance mehr gehabt.« Er nahm Sew Vidals Arme und löste sie vorsichtig von dem Brustkorb des Toten. Der ließ sich das gefallen, ohne seinen Blick von dem Mann abzuwenden.

Nach und nach wurde es immer heller um sie herum. Einige Angestellte stellten die Notfallscheinwerfer auf, während Carmen die Umstehenden ein Stück vom Tatort weglotste, damit keine Spuren zerstört wurden. Berger sah sich anerkennend um. »Sie sind hier ja professionell ausgerüstet.«

»Das müssen wir auch«, kam es tonlos vom noch immer entsetzten Sew Vidal. »Durch den Publikumsverkehr sind wir dazu verpflichtet. Es kann ja immer mal etwas einstürzen. Wir haben hier eine anerkannte Grubenwehr und sind auch mit allem ausgerüstet, was man zur Menschenrettung aus Gruben und Schächten benötigt.«

Inzwischen leuchteten drei Halogenfluter den Tatort aus. Erst jetzt war zu erkennen, dass das Opfer Sew Vidal wie aus dem Gesicht geschnitten war.

»Nanu«, entfuhr es Carmen, die neben sie getreten war, »sind Sie mit dem Opfer verwandt?«

»Wir gingen davon aus«, erwiderte Sew Vidal traurig, »obwohl unsere Mütter das heftig dementierten.«

»Könnten Sie das bitte näher erklären?«

»Meine Mutter und seine Mutter waren Freundinnen. Meine Eltern arbeiteten früher beide auf einem Handelsschiff. Sie war Köchin und er Maschinist. Während des Schwangerschaftsurlaubs meiner Mutter sprang Tante Sophia für sie ein, die Mutter von Carlos. Als sie wieder zu Hause war, war auch sie schwanger. Schon als Kinder hat man uns damit aufgezogen, dass wir uns wie Zwillinge glichen. Irgendwann haben Carlos und ich unabhängig voneinander herausbekommen, dass wir beide dem ersten Offizier dieses Schiffes wie aus dem Gesicht geschnitten waren. Von dem Tag an, an dem wir unsere Mütter damit konfrontierten, sprach Tante Sophia nie wieder auch nur ein Wort mit Carlos. Bei meiner Mutter dauerte es über ein Jahr, bis wir wieder gut miteinander waren. Aber beantwortet wurden unsere Fragen nie.«

Berger grübelte.

»Wusste Cristobal von Ihrem vermeintlichen Halbbruder?«

»Natürlich. Er war der Einzige im Kreis der entfernten Verwandten, der uns auseinanderhalten konnte.« Sew Vidal erhob sich und bekreuzigte sich dabei. »Ich werde einen Priester holen lassen und mit seiner Frau telefonieren. Wir sollten ihr die Möglichkeit geben, von ihrem Mann an dem Ort Abschied zu nehmen, an dem er starb, bevor man ihn abtransportiert.«

Berger schüttelte bedauernd den Kopf. »Sosehr ich Sie verstehen kann, aber das ist ein Tatort, der genauestens untersucht werden muss. Da ist kein Platz für Abschiedsszenen.« Er schaute wieder auf den Toten. »Können Sie sich erklären, was Ihr Halbbruder hier wollte? Waren Sie verabredet?«

Der Verwalter schüttelte den Kopf. »Verabredet waren wir nicht, aber er kam öfter mal einfach so vorbei, vor allem dann, wenn er mal wieder mit seiner Frau Krach hatte. Außer mir hatte er niemanden, mit dem er darüber sprechen konnte.«

Carmen hatte inzwischen mit der Leitstelle telefoniert und ein Spurensicherungsteam angefordert. Sie nahm Gräfin Rosa und den Residente ein Stück beiseite. »Señor Berger, was geht hier vor?«

»Ich bin mir noch nicht ganz sicher«, murmelte er, »aber ich habe da eine Ahnung.«

»Und die wäre?«

»Kaum zwei Meter von dem Toten entfernt liegen drei Patronenhülsen und ein Papiertaschentuch.«

»Anhand der Hülsen sieht man, dass es sich um Kaliber neun Millimeter handelt.«

»Das ist mir nicht entgangen. Ich bin mir sogar absolut sicher, dass die Projektile aus Cristobals Dienstwaffe stammen und wir auf dem Taschentuch seine DNA finden werden.«

»Was Ihr Team, fürchte ich, schlagartig arbeitslos machen würde.« Es war offensichtlich, dass ihr nicht gefiel, was sie da sagte.

»Im Gegenteil, liebste Carmen, ganz im Gegenteil.«

»Aber klarer geht es doch gar nicht«, warf die Gräfin zweifelnd ein.

»Aber natürlich geht das!« Berger wurde ungehalten. »Der Comisario ist ein absoluter Profi. Wenn er plötzlich eiskalt mordend durch die Lande ziehen würde, dann würde er mit Sicherheit keine derartig klar zuzuordnenden Spuren hinterlassen. Außerdem bin ich fest davon überzeugt, dass der Mordanschlag nicht dem armen Teufel hier galt, sondern er mit Señor Vidal verwechselt wurde. Cristobal wäre das nie passiert. Er wusste, dass es einen Sew Vidal ähnlich sehenden Halbbruder gab, und konnte die beiden auseinanderhalten.«

***

Das Telefon klingelte. Angela Bischoff konnte auf dem Display erkennen, dass der Anruf aus Wiesbaden kam.

»Hi, Freaky, ich denke, du meldest dich hier auf dem Computer?«

»Leider nicht. Der ist bereits von irgendjemandem übernommen worden. Ich komme da nicht rein.«

Angela runzelte die Stirn. »Soll das heißen, dass dieser Irgendjemand gerade darauf zugreift?«

»Ja, und nur wenn er ein absoluter Spezialist ist, kann er sich so abschotten. Um einen zweiten ›Blackuser‹ wegzubeißen, bedarf es nämlich der geeigneten Software. Da ist ein Hacker am Werk, und der ist richtig gut.«

»Freaky, du bist garantiert besser. Was können wir machen?«

»Ist da noch ein PC am Netz?«

»Ja, die Schwester hat ein Notebook.«

»Okay, dann nimm bitte den gesperrten PC vom Netz, also einfach das Internetkabel rausziehen. Dann schickst du mir vom Notebook der Schwester eine Mail, sodass ich es von hier aus übernehmen kann.«

»Alles klar, bleib dran.« Sie ging rüber in Marías Zimmer und stellte mit deren Erlaubnis den anderen Computer an. Wenig später hatte sie die Mail verschickt.

»Okay«, bestätigte Freaky. »Ich habe ihn jetzt fest am Haken. So, nun ziehe bitte das Notebook von Strom und Internet ab und stelle es neben den PC. Dann schaltest du beide Geräte an und verbindest sie über ein Crossover-Netzwerkkabel, wenn es geht.«

»Wie sieht das aus?«

»Das weißt du nicht? Dann haben wir jetzt ein Problem«, sagte Freaky grübelnd. »Das sind nämlich ganz bestimmte Kabel.«

»Moment«, ging María dazwischen, die mitgehört hatte. »Die beiden Computer waren mal miteinander verbunden, als Cristobal vor einiger Zeit Daten überspielt hat. Ich weiß nicht, was für ein Kabel das war, aber wir haben es noch. Soll ich es holen?«

»Das wäre geradezu perfekt«, kam es vom anderen Ende der Leitung.

Glücklich darüber, derartig effektiv helfen zu können, holte María das Kabel und verband die beiden PCs miteinander.

Nach einigen Minuten sagte Freaky: »So, meine Liebe, ich bin drin und blockiere in diesem Moment unser Sorgenkind. Wenn du den ersten PC jetzt wieder ans Netz anschließt, kann ich dir vielleicht auch sagen, wer sich da so breitgemacht hat. Der versucht es nämlich mit Sicherheit wieder, und dann habe ich ihn an der Angel.«

5

Im hinteren Teil der Coves del Drac wimmelte es nur so von Polizisten, während vorn das Theater für die Touristen ganz normal weiterging.

Gräfin Rosa kam sich etwas überflüssig vor. »Würde es nicht Sinn machen, wenn ich wieder nach Calonge zu Angela fahre? Vielleicht kann ich ihr beim Durchstöbern des Computers helfen.«

Berger überlegte kurz. »Das würde sogar richtig Sinn machen. Und rufen Sie bitte Tomeu an. Er soll mit Shakespeare und Filou zu Ihnen kommen. Ich möchte nicht, dass Sie sich ohne Schutz in Cristobals Haus aufhalten.«

»Moment«, ging Carmen dazwischen. »Da sind zwei Polizeibeamte vor dem Haus.«

»Ach du großer Gott.« Berger rollte mit den Augen. »Diese beiden Schnarchnasen würden es noch nicht einmal mitbekommen, wenn Cristobal oder der, der sich für ihn ausgibt, auf einem Brontosaurus einreiten würde. Wir zwei beiden Hübschen«, er nahm Carmen freundschaftlich in den Arm, »sollten derweil unsere beiden Teams zum Abgleich zusammentrommeln. Oder das, was davon momentan greifbar ist.«

Sew Vidal hatte Berger und Carmen einen der Container zur Verfügung gestellt, in dem sie in Ruhe telefonieren und sich mit den Kollegen besprechen konnten, die mit der Spurensicherung nach Portocristo gekommen waren.

»Remondo und Andrea haben interessante Neuigkeiten«, sagte Carmen, während sie ihr Handy wegsteckte. »Die kleine Kreissparkasse, deren Direktor wir heute abhängen mussten, gehört mehrheitlich einer ziemlich unbedeutenden russischen Handelsbank.«

Berger wurde blass.

»Was ist los, Residente, ist Ihnen schlecht?«

»So ähnlich. Ich sehe gerade uralte Gespenster aus dem Nebel aufsteigen.«

»Meinen Sie Kong und seine finstere Truppe?«

»Allerdings.« Berger legte besorgt die Stirn in Falten.

»An die habe ich beim Stichwort ›russisch‹ auch gleich denken müssen, aber sowohl Kong als auch seine Handlanger treiben ihr Unwesen schon seit Monaten hinter Schloss und Riegel.«

»Ob ihr Arm bis nach draußen reicht, kann ich nicht beurteilen. Wenn ja, hat ganz sicher Schokotoff senior seine Finger mit im Spiel, und dann wird's brenzlig. Der hat nicht nur mit Cristobal ein Hühnchen zu rupfen, sondern auch mit mir.«

Carmen versuchte, ihn zu beruhigen. »Aber es ist doch gar nicht gesagt, dass Schokotoff dahintersteckt. Vielleicht gehört die Bank einem ganz anderen Konsortium.«

Berger wurde nachdenklich. »In Russland ist nicht wichtig, wem etwas gehört, sondern wer die Macht darüber hat. In der russischen Wirtschaft wimmelt es nur so von Strohmännern, das eigentliche Sagen haben hochrangige Politiker.« Er setzte sich. »Lasst uns kurz zusammentragen, was wir haben.«

Arantxa Burguera ergriff das Wort. »Ich habe mit der Gerichtsmedizin und der Ballistik telefoniert. Der Kollege Ramos wurde mit Sicherheit von jemandem erschossen, von dem er das nicht erwartet hatte. Da es sich bei der Tatwaffe um die Dienstwaffe des Comisarios handelt, muss angenommen werden, dass García Vidal auch der Mörder ist. Ramos' Adrenalinwerte waren leicht erhöht. Das deutet auf eine Überraschung unmittelbar vor seinem Tod hin, Ramos hatte also keine Zeit, in Panik zu geraten. Der gefundene Smoking gehörte ebenfalls Señor García Vidal, das Blut und die Hirnmasse darauf stammen von Ramos. Das hat die DNA-Analyse ergeben. Señor Balthasar, der Bankier, wurde wie Ramos mit García Vidals Waffe erschossen. Es ist sicher, dass der alte Mann erst an den Händen aufgehängt und danach erschossen wurde. Weitere Misshandlungsspuren waren aber nicht zu finden.«

Carmen sah böse drein. »Das grenzt ja wohl auch an Folter, oder?«

Arantxa Burguera nickte zwar, fuhr aber ohne Umschweife fort: »An einem der Gläser aus dem Wohnzimmer des Bankiers befanden sich genetische Spuren von García Vidal, ebenso wie Fingerabdrücke seiner linken Hand.«

Nun war es Berger, der sie unterbrach. »Und das sollte uns bei einem so ausgeprägten Rechtshänder, wie es Cristobal einer ist, aufhorchen lassen.«

»Bei Carlos Muntaner«, beendete Arantxa Burguera ihren Bericht, »ist sich der Gerichtsmediziner bisher nur darüber sicher, dass er tot ist. Die Ballistik hat ebenfalls noch kein Untersuchungsergebnis vorliegen. Was aber die Verwechslungstheorie des Residente stützt, ist die Tatsache, dass sich heute Morgen an der Kasse ein Mann nach Señor Vidal erkundigt haben soll.«

»Dazu hab ich auch noch etwas«, fügte Andrea Bastos hinzu. »Es wird gerade nach den Aussagen der Kassiererin eine Phantomzeichnung angefertigt.«

»Und ich weiß zu berichten«, komplettierte Berger, »dass der Privat-PC des Comisarios Besuch von irgendwelchen Hackern hatte. Frau Bischoff kümmert sich mithilfe des deutschen Bundeskriminalamtes um die Sache.«

»Die sind hier?«, fragte Carmen irritiert.

»Nein, das machen die von Wiesbaden aus. Der Hacker kommt ja auch nicht aus Calonge, nehme ich an.« Berger schaute in die Runde. »Hat sonst noch jemand etwas auf der Pfanne?«

Alles schüttelte den Kopf.

Carmen räusperte sich. »Wir sollten auf jeden Fall zweigleisig weiterfahren, also die Positionen pro und kontra beibehalten. Und in Anbetracht der Tatsache, dass sich sowohl die Indizien gegen García Vidal als auch die Hinweise auf fingierte Beweise häufen, sollten wir sicherstellen, dass wir nicht irgendein Lebenszeichen oder einen Hilferuf vom Comisario übersehen.«

»So etwas könnte er aber nur dann hinterlassen, wenn er auch wirklich an den Tatorten war«, warf Arantxa Burguera ein. »Nicht wenn uns nur suggeriert wird, dass er da war.«

»Tja, meine Lieben«, sagte Berger nachdenklich, »dann können wir auch weiterhin nichts anderes tun, als mit allen Sinnen zu ermitteln. Es mag im Augenblick vielleicht schlecht für ihn aussehen, aber ich bin dennoch sicher, dass wir Cristobal wohlauf und unschuldig wiederfinden.«

»Das hoffe ich auch«, kam es nun von Carmen. »Aber wenn es so weit ist, dann wird er uns dennoch einige Fragen zu beantworten haben. So, und nun lasst uns weiter unsere Arbeit machen.«

Alle erhoben sich von ihren Plätzen. »*Vamos!*«

***

Gräfin Rosa und Angela Bischoff trauten ihren Augen nicht. Unter dem Dateinamen »Mein Nachlass« war ein umfassendes Geständnis auf dem Computer des Comisarios abgespeichert. Und nicht nur das: Dort stand minutiös aufgelistet, wen García Vidal in den nächsten Tagen noch umzubringen gedachte und was er sonst noch erledigen wollte.

Angela Bischoff hatte Tränen in den Augen. »Das kann, das darf einfach nicht sein. Ich kann mich in einem Menschen nicht so täuschen. Das geht nicht.« Sie suchte nach einem Taschentuch.

»Sehen Sie mal.« Gräfin Rosa zeigte auf den Bildschirm. »An dieser Datei blinkt irgendetwas Rotes. Was hat das zu bedeuten?«

In diesem Augenblick klingelte das Telefon. Angela Bischoff erkannte die Nummer und hob sofort ab.

»Freaky, wie haben hier eine Datei geöffnet, und oben, in der blauen Leiste, da blinkt ein rotes Sternchen neben dem Dateinamen. Was hat das zu bedeuten?«

»Das habe ich gemacht. Diese Datei wurde definitiv nicht auf dem PC verfasst, auf dem sie sich jetzt befindet. Es dauert zwar noch eine Weile, bis ich das beweisen kann, aber ich bin mir fast sicher, dass sie von unserem Hackerfreund stammt.«

Angela Bischoff hatte das Telefon auf laut gestellt und kniff bei dieser Nachricht vor Freude der Gräfin in den Arm. »Du glaubst gar nicht, wie uns das freut.«

»Das ist schön, und ich will die Freude nicht trüben, aber eines kann ich euch mit Bestimmtheit sagen: Wer immer in eurem PC herumfuhrwerkt, ist keine kleine Leuchte, sondern ein international beleckter Spitzenhacker. Was ihr unbedingt an die spanischen Behörden weitergeben müsst. Der Kerl ist nämlich über diesen PC ins Intranet der *Policía Nacional* eingedrungen, und von da aus ist es nicht mehr weit zu den wirklich wichtigen Behörden- und Regierungsrechnern. Die sollten mal nachprüfen, was der da eventuell angerichtet hat.«

***

Auf der Station der *Guardia Civil* von Portals Nous war die Hölle los. Es schien schon wieder eine Betrügerbande über den Badeort hergefallen zu sein, jedenfalls standen die bestohlenen Touristen Schlange. Viele von ihnen waren über das, was ihnen widerfahren war, ausgesprochen ungehalten. Rodrigo Fuentes wartete seit über zwei Stunden geduldig darauf, dass er endlich an den Tresen des Wachhabenden treten konnte.

»*Buenos días*, Señor.«

Sein Gegenüber nickte nur, ohne Fuentes dabei anzusehen.

»Meine Name ist Rodrigo Fuentes, ich bin Chefpfleger hier nebenan im Marineland in der Tropenabteilung.«

Der Polizist sah erstaunt hoch. »Und haben Sie einen Raubfisch des Guppymordes überführt?«

»Keineswegs, Herr Wachtmeister. Ich habe etwas in meinem Becken gefunden, was da nicht reingehört.«

Der Polizist lachte gallig auf. »Dieses Problem hatte meine Tochter auch. Nun werde ich Opa.«

»Gratuliere«, kam es trocken von Fuentes. Ungerührt zog er eine Art beigefarbene Perle aus einem Briefkuvert. »Dieser Knochen hing im Filter des Piranhabeckens.«

Der Polizist erhob sich etwas von seinem Stuhl, um sich das Knochenstückchen genauer ansehen zu können. »Vielleicht hat einer von Ihren Fischen Appetit auf einen seiner Kumpels gehabt?«

»Das ist ein Menschenknochen.«

»Ein Menschenknochen?« Der Polizist setzte sich wieder. »Woher wollen Sie das wissen?«

»Meine Töchter studieren beide Medizin. Die eine wird Humanmedizinerin, die andere Veterinärin. Ich habe mit beiden für die anatomischen Prüfungen gepaukt. Mit Knochen kenne ich mich aus.«

Der Polizeibeamte war sich offenkundig nicht sicher, ob er

Fuentes ernst nehmen konnte. »Aha, und an was für ein Knöchelchen haben Sie bei diesem Exemplar so gedacht?«

»Ich denke, es könnte der Os radiale exterior sinister sein. Es wäre auch dexter möglich, aber der Größe nach von einem ausgewachsenen Menschen.«

»Ein Os radikale? Etwa von einem Selbstmordattentäter? Wenn die von der Arbeit kommen, sind ihre Knöchelchen auch nicht viel größer!« Der Mann lachte schallend über seinen Witz.

Fuentes ließ sich nicht aus der Ruhe bringen. »Sie mögen sich vielleicht über mich lustig machen, aber ich denke doch, dass sich das ein Fachmann ansehen sollte.«

»Und was für ein Fachmann sollte das sein?«

»Haben Sie keine Gerichtsmedizin hier in Palma?«

»Natürlich haben wir eine Gerichtsmedizin!«

»Dann bestellen Sie einen Streifenwagen, der es dorthin bringt.«

»Einen Streifenwagen? Für so einen Quatsch?« Der Polizist lief rot an vor Zorn. »Glauben Sie vielleicht, wir hätten nichts anderes zu tun? Haben Sie sich hier eigentlich einmal umgeschaut?«

»Machen Sie, was Sie wollen«, erwiderte Fuentes ruhig. »Meinetwegen schicken Sie einen berittenen Boten. Aber übergeben Sie das Knöchelchen der Gerichtsmedizin. Ich werde mich erkundigen, ob es dort angekommen ist.« Er drehte sich um und verließ das Polizeirevier.

Der Polizist war drauf und dran, den vermeintlichen Os radiale und so weiter im hohen Bogen in den Mülleimer zu werfen, es überfielen ihn dann aber doch Zweifel. Womöglich hatte dieser Irre ja recht.

***

García Vidal hatte noch immer keine Ahnung, was eigentlich mit ihm los war. Ihm war nur klar, dass er sich in einem Krankenhaus befinden musste, denn bei den Menschen, die sich ab und zu über ihn beugten, schien es sich um medizinisches Personal zu handeln. Mit Erleichterung nahm er wahr, dass ihm seine Augen wieder gehorchten. Zumindest seine Augäpfel, sodass er seine Blicke wenigstens ein klein wenig schweifen lassen konnte. Er erkannte, dass sein Blickwinkel links und rechts von weißem Verbandmull begrenzt wurde. Sein gesamtes Gesicht schien also verbunden zu sein.

Immer wieder versuchte er, seine Augenlider oder die Hände und Füße zu bewegen, doch sosehr er sich auch bemühte, es gelang ihm einfach nicht. Oder konnte er sie bewegen und merkte nur nichts mehr davon? Nein, das war unwahrscheinlich.

Ihn überfiel eine unglaubliche Verzweiflung, doch selbst das Weinen wollte ihm nicht gelingen. Er sehnte sich nach einem bekannten Menschen. Aber was sollte er mit dem, sagen konnte er ihm ja doch nichts, oder vielleicht doch?

Er versuchte, sich zu räuspern, jedoch ohne Erfolg.

Er überlegte, was Angela Bischoff wohl in seiner Situation tun würde. Die wäre bestimmt cool bis in die Zehenspitzen, dachte er, aber das bin ich auch. Die zucken ja noch nicht einmal.

Ihm fiel ein, wie Angela und er sich auf dem Schiff von Prinz Khalil, der Pearl of Bahrain, mit Morsezeichen bemerkbar gemacht hatten. Wie war das noch mal? Dreimal kurz, dreimal lang, dreimal kurz, das war das Zeichen für SOS. Das nächste Mal, wenn sich jemand über ihn beugte, würde er mit den Augen rollen, dreimal kurz, dreimal lang, dreimal kurz. Rettet meine Seele, wollte er so mit den Augen rufen. Doch würde es jemand erkennen?

Der Zeitpunkt kam schneller als erwartet. Plötzlich war, wie aus dem Nichts, wieder ein Gesicht über ihm. García Vidal schien kurz mit offenen Augen weggedämmert zu sein. Wie wild rollte er jetzt mit seinen Augäpfeln, um Aufmerksamkeit zu erregen.

Der Mann sah ihn aufmerksam an. »Schau doch mal, was der mit seinen Augen macht. Träumt er?«

Ich träume nicht, du Idiot, ich versuche, dir Zeichen zu geben!, wollte der Comisario schreien, aber es kam nichts.

Von der anderen Seite schob sich ein Frauenkopf in sein Blickfeld. Auch sie rollte er mit den Augen an.

»Das scheint die REM-Phase zu sein. Da machen die solche Sachen.«

Das ist keine REM-Phase, du dusslige Kuh, das ist Verzweiflung. Wie können zwei erwachsene Menschen nur so abgrundtief dämlich sein?, dachte García Vidal voller Zorn.

»Sollen wir dem Doktor Bescheid geben?«

»Nein.« Die Frau schüttelte den Kopf und war gleich darauf wieder aus García Vidals Blickfeld verschwunden. »Wir sollen, wenn er herumzuckt oder Sperenzchen macht, einen Teilstrich nachspritzen, hat der Doc gesagt. Außerdem habe ich keinen Bock, dass dieser Schwerverbrecher hier aufwacht. Was meinst du, was das für einen Papierkram gäbe.«

Bevor García Vidal wieder in einen tiefen Schlaf fiel, merkte er noch, wie sein Blick wieder starr wurde. Was machen die Schweine mit mir, fragte er sich träge, und welchen Schwerverbrecher meinen die? Er kam nicht mehr dazu, sich diese Frage zu beantworten.

***

Das Telefonat, das Carmen soeben mit Angela Bischoff geführt hatte, war wie ein Hilferuf gewesen. »Ich sitze hier vor einem aufgeklappten Leben und weiß nicht, wo ich anfangen soll«, hatte Angela Bischoff mit einer gewissen Verzweiflung in der Stimme gesagt. Carmen war klar, dass ihr das Ganze nahegehen musste, denn sie hatte mit García Vidal schließlich ein Verhältnis, aber andererseits war sie auch vom Fach. Sie versuchte sich vorzustellen, wie sie reagieren würde, wenn Tomeu plötzlich unter so unklaren Umständen verschwinden würde. Allein bei dem Gedanken daran krampfte sich etwas in ihr zusammen.

»Señor Residente«, sagte sie, »wir sollten einmal nach Calonge zu Angela Bischoff und der Gräfin fahren.«

»Wieso, haben die gesagt, dass sie Hilfe brauchen?«

»Nein, explizit gesagt haben sie nichts, aber es klang so.«

»Okay.« Berger erhob sich. »Dann fahren wir. Die anderen wissen, was hier zu tun ist, und du hast bisher immer den richtigen Riecher gehabt.«

Nachdem sie die den Rest der Truppe informiert hatten, machten sie sich auf den Weg. Carmen fuhr recht forsch, und als es ihr nicht schnell genug voranging, schaltete sie das Blaulicht an ihrem Streifenwagen an.

»Carmen, Mädchen, was brodelt in dir?«

»Ich weiß auch nicht«, kam es zurück, »aber je wahrscheinlicher es wird, dass der Comisario nicht Täter, sondern Opfer ist, desto größer wird meine Angst um ihn. Dass sich ein unschuldiger García Vidal so lange nicht bei uns melden konnte, deutet auf einen sehr schlechten Allgemeinzustand hin.«

Berger nickte grimmig. »Das hast du aber noch richtig nett formuliert. Wäre er nur halb tot, hätte er uns bestimmt schon ein Zeichen gegeben.«

»Sie meinen, er ist tot?«, fragte Carmen entsetzt.

»Nein, tot nicht, aber irgendwie beschleicht mich das Gefühl, dass er davon nicht weit entfernt ist.«

Im Haus des Comisarios war die Erleichterung der drei Damen über ihr Eintreffen deutlich zu spüren, obwohl Tomeu mit seinem Hund Shakespeare und dem gräflichen Schwein Filou ebenfalls zum Schutz zur Stelle war.

»Dieses seltsame Geständnis, das wir gefunden haben, das aber allem Anschein nach nicht vom Comisario stammt, sondern von einem fremden User eingepflegt wurde, ist wirklich … erschreckend. Wenn es nach diesem Schreiben geht, haben wir nämlich noch einige Morde vor uns.«

»Zeigen Sie her«, forderte Berger.

Angela Bischoff wählte das entsprechende Fenster, und das Dokument erschien auf dem Bildschirm. Berger und Carmen lasen es aufmerksam.

»Moment mal«, stutzte der Residente, »warum schreibt er vom Mord an Ramos in der Vergangenheit und vom Mord an seinem väterlichen Freund in der Zukunft? Wer ist überhaupt dieser väterliche Freund?«

»Señor Balthasar«, kam es von Gräfin Rosa. »Der hat schon zu Zeiten von García Vidal senior die Familienfinanzen geregelt. So konnten wir es jedenfalls den Memoiren entnehmen, die Cristobal geschrieben und ebenfalls hier abgespeichert hat.«

»Ist deren Ursprung zweifelsfrei?«, fragte Carmen.

»Ja. María hat uns die Existenz so einer Datei bestätigt.«

Berger überlegte kurz. »Also für mich steht fest, dass dieses Schreiben nach dem Mord an Ramos geschrieben wurde. Da stimmt alles auf bis das i-Tüpfelchen, bei dem väterlichen Freund sind die Angaben als Ankündigung formuliert und zudem recht vage. Was kommt denn sonst noch auf uns zu?« Er scrollte weiter runter. »Da schau an, er wird seiner großen Jugendliebe unendlichen Schmerz zufügen.« Berger schüttelte den Kopf. »Was hat er denn mit der vor?«

»Mit ihr gar nichts, denke ich.« Gräfin Rosa klickte auf das Fenster mit den Memoiren. »Hier steht, dass seine erste große Liebe, eine gewisse Victoria Sossa, den uns inzwischen bekannten Sewastopol Vidal geheiratet hat.«

»Ach was«, entfuhr es Carmen. »Da wurde aus dem Lieblingscousin aber ein rotes Tuch, nehme ich an.«

»Das denke ich nicht«, widersprach Angela Bischoff. »Von einem großen Groll ihm gegenüber ist hier nämlich nichts zu lesen.«

»Sie haben sich ja auch nach der Hochzeit noch getroffen«, warf María ein. »Zwar nicht mehr so oft wie früher, aber hin und wieder schon.«

»Unser falscher Geständiger macht daraus also gleich eine Blutfehde und will den Betrogenen umbringen.«

»Erwischt aber dessen ziemlich ähnlich aussehenden Halbbruder«, ergänzte Carmen. »Apropos Halbbruder: Wie kommt der eigentlich zu dem Namen Sewastopol?«

María musste lachen. »Seine Eltern fuhren zur See. Die Mutter als Köchin, der Vater als Maschinist. Sie benannten ihre Kinder nach den Städten, in denen sie entstanden sind. Sews Schwester heißt Rostock.«

Berger schüttelte pikiert den Kopf. »Auf Ideen kommen die Leute. Da müssen die Gören ja froh sein, dass Darmstadt keinen Seehafen hat.«

Carmen dachte nach. »Nehmen wir einmal an, dass der Täter sein Geständnis immer dann aktualisiert, wenn er tätig geworden ist. Dann müsste doch bald etwas Neues kommen?«

»Und sollte er gemerkt haben, dass er gar nicht Sew, sondern dessen verfemten Halbbruder erwischt hat, dann dürfte sich sogar die ganze Story ändern«, fügte Gräfin Rosa hinzu.

»Das wäre gut. Die Kollegen vom BKA haben von Wiesbaden aus eine Fangschaltung eingebaut. Wenn sie diesen Hacker einmal am Wickel haben, wird er sie nicht mehr los, und das Schöne daran ist, dass er davon nichts merkt. Wir hingegen bekommen umgehend Nachricht, wenn sich etwas tut.« Angela Bischoff goss sich frischen Kaffee ein, den María serviert hatte.

»Das ist toll, denn bei der Suche nach Cristobal sind wir noch keinen Zentimeter weitergekommen. Sollte er wirklich in der Gewalt von Entführern sein, dürfte dieser ›Blackuser‹, wie ihr ihn nennt, vorerst unsere einzige Spur sein.«

»Abgesehen vom Killer«, kam es von Carmen. »Ich kann mir nicht vorstellen, dass Hacker und Mörder identisch sind.«

Berger nickte. »Da hast du vermutlich recht. Aber um mit Cristobal weiterzukommen, müssen wir einen von beiden auf frischer Tat ertappen. Lasst uns doch mal nachlesen, wer als Nächstes auf der Liste steht.«

Sie sahen nach. »Señora Delgado Bunyol, die frühere Inselratspräsidentin«, las Angela Bischoff vor. »Sie hätte ihn betrogen, steht da.«

»Womit denn?«, fragte Berger.

Angela Bischoff hob die Schultern. »Keine Ahnung, das steht hier nicht. Wissen Sie nichts darüber?«

»Nein, tut mir leid. Und wer soll nach der Señora dran glauben?«

»Nach der Liste noch drei weitere Personen. Señor Martinez von der Küstenwache, Señora Barthscherer, seine inzwischen pensionierte Deutschlehrerin, und die Großherzogin.«

»Was denn«, rief Berger, »Tante Auguste auch?«

Angela nickte. »Aber keine Sorge, ich habe die deutschen Kollegen schon benachrichtigt. Sie wird überwacht.«

Um Bergers Gedanken waberte ein dichter Nebel. »Was will uns der unbekannte Verfasser mit dieser Datei sagen? Als ernst zu nehmendes Geständnis kann das wahrlich nicht gewertet werden. Das passt doch hinten und vorne nicht zusammen. Ich habe ja noch nicht viel gelesen, aber nach dem, was ich bisher gesehen habe, scheinen mir die Personen wahllos aus Cristobals Memoiren herausgegriffen. Entweder der Killer macht seine Hausaufgaben nur schlampig, oder er ist der spanischen Sprache doch nicht so mächtig, wie er es sein müsste, um diese Nummer bis zum Ende glaubhaft durchziehen zu können.«

Angela Bischoff sah plötzlich durch den Bildschirm, vor dem sie saß, hindurch. »Oder man will uns einfach nur beschäftigen, damit wir keine Zeit dazu haben, uns um das Wesentliche zu kümmern.«

Carmen horchte auf. »Und das wäre?«

»Wenn wir das wüssten«, stöhnte Berger auf, »dann wären wir schon ein ganzes Stück weiter.«

***

Der Kassiererin im Marineland von Portals Nous wurde es unheimlich. Immer mehr Polizeiwagen hielten vor dem Haupteingang, und jetzt kamen die vielen Beamten auch noch direkt auf sie zu. Sie öffnete für zwei Polizisten der Guardia Civil die Tür ihres Kassenhäuschens. »Meine Herren, was kann ich für Sie tun?«

»Wir suchen Señor Fuentes, Rodrigo Fuentes. Wo finden wir den?«

»Was hat er denn ausgefressen, dass Sie gleich eine ganze Armee mitbringen?«

Einer der Beamten sah die kleine Frau von oben herab an. »Was hat er nur ausgefressen, dass er mit einer solch neugierigen Kollegin zusammenarbeiten muss?«

»Wieso zusammenarbeiten?«, zeterte sie sofort los. »Der ist hinten bei den Tropen, da, wo er hingehört.«

Der Polizist bedankte sich. »Dann wird die Missetat ja nicht so groß gewesen sein, er arbeitet nämlich weit genug von Ihnen entfernt.«

Ohne die Frau eines weiteren Blickes zu würdigen, betraten die Polizisten das Marineland. Die vielen Touristen bildeten ehrfurchtsvoll eine Gasse.

Um sicher zu den Tropenbecken zu finden, mussten sie nur den Schildern folgen.

In der begründeten Erwartung, die Herren von der Spurensicherung heute noch zu sehen, hatte Rodrigo Fuentes die Piranhas bereits umgesetzt und war nun dabei, das gesamte Wasser aus dem Becken abzulassen.

»Señor Fuentes?« Die Polizisten bauten sich vor ihm auf. »Sie waren vorhin in Portals Nous auf der Polizeiwache?«

»*Sí*, Señor. Und, habe ich mit dem Knochen recht gehabt?«

Der Gerichtsmediziner trat aus dem Beamtenpulk hervor. »*Sí*, Señor, meine Hochachtung.« Er stellte sich als Dr. Sanchez vor. »Haben Sie noch weitere Knochenteile gefunden?«

Fuentes nickte. »*Sí*, Señor Médico. Das Abwasser lasse ich sicherheitshalber doppelt filtern, deswegen dauert das heute auch etwas länger.«

Dr. Sanchez war sichtlich angetan. »Das war wirklich nicht einfach, so ein kleines Erbsenbein zu klassifizieren.«

»Wie schon gesagt, ich habe zwei Töchter durchs Physikum gepaukt, da bleiben bei einem selbst auch einige Knochen im Hirn hängen. Apropos hängen bleiben: Hier habe ich noch etwas für Sie. Das sieht nach einem Fingerknochen aus.«

Dr. Sanchez schaute sich das Teil genau an. »Auch darin sind wir einer Meinung. Können Sie es sich erklären, wieso hier Menschenfleisch in der Futterküche verarbeitet wird?«

»Verarbeitet wird bei uns gar nichts. Hier wird nur angeliefert und portioniert. Die Fleischabfälle für die Piranhas werden in einem Nachsorgebetrieb für uns verarbeitet. Die Haie bekommen die großen Brocken, und für unsere kleinen Vielfraße jagen wir das Futter noch ein weiteres Mal durch den Wolf. Da wird wohl irgendjemand auf der Insel seine Beerdigungskosten gespart haben, denke ich.«

»Wo stehen die Tonnen, in denen die Abfälle angeliefert werden?«

»Hinter der Futterküche, aber ich fürchte, Sie werden da nichts mehr finden, die werden nämlich alle durch eine Reinigungsanlage gejagt, bevor sie wieder befüllt werden.«

Dr. Sanchez verzog das Gesicht. »Aber die Knochen, die Sie da rausgefischt haben, kamen doch nicht mit irgendwelchen Bleichmitteln in Berührung?«

Fuentes schüttelte den Kopf. »Nein, Señor, sonst würde hier kein Fisch mehr leben.«

»Wunderbar, vielleicht kann uns ja eine DNA-Analyse weiterhelfen. Es fragt sich nur, ob wir dann auch einen Namen zu dem Code finden.«

»Wenn Sie aber noch mehr Knochen dazu benötigen, dann dauert das noch bis morgen Mittag. Da müssen siebzig Kubikmeter durch Feinsiebe laufen, das benötigt seine Zeit.«

***

Langsam wurde es Abend. Carmen hatte mit Unterstützung von Andrea Bastos in der Dienststelle alles geregelt, um die gefährdeten Personen, die auf der Liste des Unbekannten standen, unter Polizeischutz zu stellen, und war mit Tomeu zur Finca der Gräfin gefahren. Angela Bischoff war nicht davon abzubringen gewesen, weiter am PC des Comisarios Ursachenforschung zu betreiben. María hatte ihr darum angeboten, über Nacht zu bleiben, und richtete gerade das Gästezimmer für sie her.

»Und was wird mit uns beiden?« Rosa stellte sich in der Küche hinter Berger und massierte ihm den Nacken.

Er machte genießerisch einen ganz langen Hals.

»Warum machen Männer das?«

»Ich nehme an, je länger der Hals, desto größer der Genuss. Ich habe aber noch nicht weiter darüber nachgedacht.«

Sie lächelte und massierte dabei weiter. »Ich denke mal, dass es momentan wichtigere Themen gibt. Was hielten Sie davon, wenn wir eine Art Klausurnacht auf Ihrem Boot verbringen würden? Es wird bestimmt auch ein schöner Morgen zum Fischen, und dabei hatten Sie bisher immer die besten Ideen.«

Er küsste eine ihrer Hände, die auf seiner Schulter lag. »Sie werden es nicht glauben, aber genau daran habe ich auch gerade gedacht. Das Einzige, was ich für Cristobal augenblicklich tun kann, ist, zur Ruhe zu kommen und nachzudenken.«

»Und wären dabei Frauen und Schweine an Bord erwünscht?«

»Schweine ja, Weiber nein. Aber für jeden guten Gefährten auf dem Schiff wäre ich dankbar.«

6

Es war schon dunkel, als sie von Cala Figuera aus starteten. Ihr Ziel war eine kleine, vom Land aus unzugängliche Bucht etwas südlich von Cala Romántica, auf der Ostseite der Insel.

»Cala Romántica, wie hört sich das denn an? Ich denke, Sie wollten mit einem Gefährten zum Fischen.«

»Sie haben das Schwein vergessen, liebste Gräfin. Außerdem nächtigen wir ja etwas südlich davon.«

Nach einer Dreiviertelstunde strammer Fahrt ankerten sie. Es war eine klare Vollmondnacht, und somit war die Orientierung kein Problem.

»Kinder, ist das ein schönes Fleckchen Erde. Was hat der liebe Gott sich nur dabei gedacht, als er das geschaffen hat?«

»Vielleicht wollte er einmal mit einem Himmelsschwein und einem Erzengel zusammen fischen gehen und hat sich dazu das ihm angenehme Ambiente geschaffen.«

Rosa lachte. »Der liebe Gott mit einem Erzengel in der Cala Romántica?«

»Ich sagte, wir sind südlich davon. Und woher wollen Sie außerdem wissen, dass Gott *nicht* schwul ist?«

»Michael, ich bitte Sie. Der Gedanke ist doch nun wirklich abwegig.«

»Warum das denn?«

»Menschenskinder«, versuchte sie zu argumentieren, »wenn Gott schwul wäre, warum macht dann heterosexueller Sex so viel Spaß?«

»Lesben oder Schwule sollen aber doch auch mächtig viel Vergnügen miteinander haben. Wenn nicht, dann hätte sich der gute Graf, Gott hab ihn selig, vermutlich etwas mehr um Sie gekümmert.«

Rosa öffnete eine Flasche Rotwein und fragte nonchalant: »Haben Sie eigentlich homosexuelle Erfahrungen?«

Berger sah sie entsetzt an.

»Warum gucken Sie wie eine Kuh, wenn's donnert?«

»Weil mich das noch nie jemand so direkt gefragt hat.«

»Dann betrachten Sie sich hiermit als verbal entjungfert. Also, haben Sie homosexuelle Erfahrungen?«

»Wenn ich ehrlich bin«, druckste er herum, »also ... so richtig nicht.«

»Was meinen Sie mit ›so richtig nicht‹?«

»Na ja, das war doch bloß im Internat. Ich war vielleicht vierzehn. Da wurde schon mal mangels Mädchen, zwecks Abbau irrsinniger Hormonmengen, hier und dort miteinander gefummelt. Aber mehr auch nicht.«

»Und als Erwachsener?«

»Wollen Sie eine ehrliche Antwort?«

»Ja.«

»Nein, da lief nichts. Aber es gab Situationen, da hätte ich es mir manchmal gewünscht.«

»Und was waren das für Situationen?«

»Wenn ich mal wieder an der eigentlichen Inkompatibilität von Mann und Frau verzweifelt bin.«

»Finden Sie denn einen schönen Mann nicht manchmal auch einfach nur ein wenig sexy, ohne jegliche Resignation vor dem Krieg der Geschlechter?«

»Ein schöner Körper ist sexy, egal welchen Geschlechts. Da bin ich anscheinend bisexuell geraten.« Er sah sie an. »Und wie war es bei Ihnen?«

Rosa lächelte. »Aber hallo! Es gab Zeiten, da dachte ich, ich hätte das Lesbischsein erfunden.« Sie goss Wein in die die Gläser, und beide tranken einen Schluck. »Als ich begriffen hatte, dass mein Mann zwar mein guter Freund, aber schwul war und mich nur geheiratet hatte, um die Familienehre zu retten, fühlte ich mich unendlich allein. Es hört sich komisch an, aber ich fühlte mich als Frau nach Strich und Faden betrogen. Irgendwann begriff ich aber, dass es mir in unseren Kreisen nicht allein so ging. Ein nicht unbedingt kleiner Teil der adligen Ehemänner umgab sich entweder mit großbusigen Barbiepuppen oder knackärschigen Bübchen. Das, was man eine glückliche Ehe nennt, war ganz selten. Diese glücklichen Paare waren dann eigentlich auch krasse Außenseiter.«

»Und Sie beschlossen als Reaktion darauf, asexuell zu werden.«

»Stimmt, aber das ging in die Hose. Irgendwann war das Bedürfnis, zu kuscheln, warme Haut zu spüren und Zärtlichkeit zu erfahren, so groß, dass ich quasi Freiwild war.«

»Für wen?«

»Für jeden, der es gut mit mir meinte. Oder besser gesagt: Für jeden, der vorgab, es gut mit mir zu meinen. Und plötzlich fand ich mich im Bett einer Frau wieder.«

»Und das war dann die Erfüllung?«

Rosa nahm einen großen Schluck Wein. »Eigentlich nicht, oder vielleicht doch? So absolut kann ich das gar nicht sagen. Ich hatte das erste Mal in meinem Leben einen Orgasmus. Ich durfte erfahren, dass Sex auch etwas anderes sein kann, als nur darauf zu warten, dass der andere, wenn er denn konnte, fertig wurde.«

»Das klingt, als hätten Sie dennoch Vorbehalte.«

»Das Dilemma war, dass ich einfach nicht lesbisch war. Ich fühlte mich nur zu dieser einen Frau hingezogen, sonst nur zu Männern, und das hat diese Dame so erzürnt, dass es mit ihr dann auch bald zu Ende war.«

»Und Sie sich an der Männerwelt schadlos hielten.«

Rosa lachte laut auf. »Da ich ein Mindestmaß an Anforderungen beibehielt, war die Auswahl in meinem direkten Umfeld gleich null. Sie werden lachen, ich war gezwungen, auf Batteriebetrieb umzustellen.«

Berger lächelte versonnen. »Da seid ihr Frauen im Vorteil.«

»Wieso, für euch gibt es doch Gummipuppen?«

»Vielen Dank, Durchlaucht. Sollten Sie mich irgendwann einmal mit so einem Ding erwischen, dann erschießen Sie mich bitte.«

Es entstand eine lange Pause, in der beide versonnen auf die vom Mond beschienene Steilküste sahen.

»Dieses dumme Wörtchen ›erschießen‹ bringt mich wieder auf unser anderes Thema«, sagte Berger nach einer Weile.

»Macht nichts, das schwingt sowieso immer mit. Cristobal ist schließlich mehr als nur ein Kollege.«

Er nickte versonnen. »Es hört sich vielleicht blöd an, aber ich spüre, dass er in Gefahr ist und an mich denkt. Es ist beklemmend.«

»Ich kenne das Gefühl. Haben Sie dann auch immer ein bestimmtes Bild im Kopf?«

»Ein Bild habe ich nicht direkt vor Augen, aber irgendwie habe ich immer den Eindruck, als wäre Cristobal in einem sehr engen Gefängnis eingesperrt und würde nicht nur an mich denken, sondern sogar versuchen, mich mit seinen Gedanken zu beschwören, mit ihm Kontakt aufzunehmen.«

»Deswegen sind Sie sich auch sicher, dass er die Morde nicht begangen haben kann.«

Berger nickte.

»Haben wir eine Chance, ihn zu retten?«

»Ja, indem wir den Killer erwischen. Und wir werden ihn erwischen. Er muss uns ja schließlich weiter beschäftigen und Cristobals angebliche Morde durchführen. Aber er weiß nicht, dass wir ihn erwarten.«

»Die Kunst wird vermutlich sein, ihn lebend zu erwischen.«

Berger nickte. »Aber auch wenn uns das nicht gelingt, hätten wir etwas gewonnen. Damit wäre nämlich bewiesen, dass Cristobal unschuldig ist, und wir könnten die andere Hälfte unserer Ressourcen wieder für ihn einsetzen und nicht gegen ihn.«

»Das wäre Ihnen sehr wichtig, nicht wahr?«

Er nickte.

»Lieben Sie Cristobal?«

Berger überlegte lange und zuckte mit den Achseln. »Ich glaube, ja. So wie einen Bruder, wenn Sie verstehen, was ich damit meine.«

Rosa legte ihren Arm um seine Schultern. »Ich denke, ja.«

Wieder saßen sie eine lange Zeit schweigend miteinander da.

»Michael, haben Sie auch so etwas wie Ihre Memoiren auf Ihrer Festplatte?«

»Ja, auf meiner mentalen.«

»Nehmen wir einmal an, Sie hätten so eine Datei auf Ihrem Computer. Wäre es Ihnen recht, wenn ich darin läse?«

Er lehnte seinen Kopf an ihre Schulter. »Nach diesem Gespräch eigentlich nicht mehr, oder vielleicht doch? Ich weiß es gar nicht.«

Sie drückte ihn kurz an sich. »Was würde ich denn dann lesen? Etwas über geheime sexuelle Vorlieben, Wünsche oder sogar Praktiken?«

Er lachte auf. »Da wäre ich selbst gespannt drauf. Noch sind diese Seiten leer.«

»Michael, Sie sind langweilig.«

»Ich habe nie etwas anderes behauptet.«

Sie lachte. »Aber wenn ich ehrlich bin, habe ich in diesem Punkt auch noch sämtliche Speicherkapazitäten frei.«

Berger lächelte geheimnisvoll. »Wenn ich aufrichtig bin, denke ich oft an Nutella.«

»Nutella statt Sex?«, fragte Rosa verwundert.

»Wie soll das denn gehen? Nein, als ich jung war, habe ich mal an so etwas wie einer Gruppensexfete teilgenommen. Da hat nicht alles kreuz und quer durcheinander, sondern nur mehrere Paare in ein und demselben Raum miteinander geschlafen. Unsere Nachbarn haben sich dabei mit Nutella eingeschmiert und sich gegenseitig abgeleckt.«

»Und, haben Sie mitgeleckt?«

Er schüttelte grinsend den Kopf. »Nein, nur neidisch zugeschaut, aber das hat mich doch ganz gewaltig angemacht.«

»Und Sie haben es niemals selbst probiert?«

Er lachte. *»Never ever!«*

»Was für ein Jammer!« Rosa löste sich von ihm, stand auf und setzte sich ihm zugewandt auf seine Knie. Sie küsste ihn. »Aber ich muss zugeben, dass mich dieser Gedanke in eine relativ ungräfliche Stimmung bringt, wenn Sie verstehen, was ich meine.«

Er küsste sie zurück. »Sie meinen die Stimmung, bei der eine mangels geeignetem Grafen sonst sittsame Gräfin mit dem Gedanken spielt, die Dienste eines Domestiken in Anspruch zu nehmen.«

Rosa zog ihr T-Shirt aus. »So in etwa.«

Er streichelte zärtlich ihre nackte Haut. »Wäre das also in Ihrem Sinne?«

»Aber hallo!«

Er küsste vorsichtig ihre Brüste, deren harte Brustwarzen sich durch den dünnen BH deutlich abzeichneten, während seine Hände versuchten, ihren BH zu öffnen. »Und was machen sexuell erregte Gräfinnen, wenn sie merken, dass ihr erwählter Domestik zu dämlich ist, den Büstenhalter zu öffnen?«

Rosa kicherte und hob die Arme über ihren Kopf. »Sie machen ihn darauf aufmerksam, dass man so eine Errungenschaft der Zivilisation auch vorsichtig abstreifen kann.«

Er tat wie ihm geheißen und genoss dabei den Anblick ihrer Weiblichkeit, die ihm in Form von zwei wunderbar weichen, köstlichen Früchten entgegensprang. Forschend und verlangend zugleich bedeckte er sie mit Küssen. Kurze Zeit später hatten beide nur noch ein Kleid aus Mondlicht gewoben an. Es verlieh ihren Körpern etwas unvergleichlich Betörendes, und sie erkundeten einander voller Lust und sinnlicher Hingabe.

Sie sanken auf den warmen Holzfußboden des Ruderstandes. Ihren Leib über und über mit erregenden Küssen bedeckend, schob Berger sich langsam über sie. Dabei wurde er zuerst von Rosas Armen, dann auch von ihren Beinen umschlossen. Beide genossen es mit jeder Faser ihres Körpers, miteinander eins zu sein.

Sie küsste ihn zärtlich. »Genau so möchte ich mit Ihnen die ganze Nacht verbringen.«

Er küsste sie schmunzelnd erst auf den Mund, dann auf die Nase und auf beide Augen. »Das geht leider nicht. Dann bekomme ich einen kalten Hintern.«

***

Gegen sechs Uhr morgens erwachte Gräfin Rosa in einer Koje unter Deck aus einem kurzen, aber dennoch erquickenden Schlaf. Sie griff neben sich, um sich zu vergewissern, dass sie die letzte Nacht wirklich mit dem Residente verbracht hatte. Ihr Griff ging aber ins Leere. Sie schreckte hoch und sah auf die Uhr. Noch bevor sie etwas darauf erkannte, spürte sie am verstärkten Seegang, dass sie sich nicht mehr in der kleinen schützenden Bucht befanden.

»Scheiße!« Blitzartig sprang sie in ihre Kleidung und stürmte nach oben ins Ruderhaus.

»Bleiben Sie geschmeidig, Gräfin. Es ist alles im grünen Bereich. Ich habe mir erlaubt, die Schaluppe schon mal in fischreiche Gewässer zu steuern. Wenn sich Durchlaucht nun gnädigst dazu herablassen würden, die Netze zu stellen, dann könnte ich Ihre und meine Wenigkeit danach mit Kaffee beglücken.«

Sie gab ihm einen Klaps auf den Hintern und trollte sich zum Bug des Schiffes, wo Filou schon ungeduldig auf den Fang wartete.

»Was war denn das, Gnädigste?«

»Ein sexueller Übergriff, was sonst.«

Berger lächelte. »Ist das in einem Angestelltenverhältnis erlaubt?«

»Nein«, rief sie zurück, »aber als Gräfin genieße ich ja auch die Vorzüge der feudalen Sklavenhaltung.«

Da sie bei der Fischerei schon ein eingespieltes Team waren, war das Stellen der Netze in einer Viertelstunde geschehen. Der Kaffee danach tat beiden sichtlich gut.

»Sie sehen müde aus«, forschte Rosa vorsichtig, »hat Sie die Sorge um Cristobal nicht schlafen lassen?«

Er lächelte sie an. »Dank der wunderbaren Zeit vor dem Einschlafen war das kein Thema mehr. Umso präsenter ist der Gute aber heute früh.«

Sie lächelte zurück. »Haben Sie deswegen ein schlechtes Gewissen?«

»Ich hätte es nie für möglich gehalten, dass wir trotz der Sorge um Cristobal eine so wunderschöne Nacht haben könnten.«

Rosa nickte. »Das geht mir genauso. Hat sich Ihr Gefühl oder Ihre Ahnung, wie es dem Comisario augenblicklich ergehen könnte, seit gestern Abend denn irgendwie verändert?«

»Verändert nicht, aber es kommt intervallartig und ist in diesem Augenblick sehr stark.«

»Vielleicht versucht er ja wirklich, telepathisch mit Ihnen Kontakt aufzunehmen.«

»Normalerweise wackelt bei so einer Nummer ein Tisch, und Kerzen beginnen zu flackern. Aber ich bin ja froh, dass er mir nicht auf diesem Wege erscheint, das wäre nämlich ein ziemlich schlechtes Zeichen.«

Sie sah ihn verwundert an. »Wieso das denn?«
»Weil sich so immer nur Tote melden.«

***

Angela Bischoff hatte die Nacht, von María und deren Sohn Cristobal junior rührend versorgt, im Hause des Comisarios verbracht. Bis spät nach Mitternacht hatte sie dessen Memoiren akribisch durchgearbeitet, um auf keinen Fall auch nur den kleinsten Anhaltspunkt zu übersehen. Das Problem dabei war, dass sie nicht wusste, was ein Anhaltspunkt sein könnte.

Nachdem sie ein paar Stunden geschlafen hatte, saß sie nun schon wieder vor dem Bildschirm. Mit einem Mal tat sich darauf etwas, was sie nicht zu verantworten hatte. Sie dachte zuerst, sie sei aus Versehen an die Maus gekommen, und hob beide Hände hoch. Doch der Cursor bewegte sich wie von Geisterhand weiter.

In diesem Augenblick klingelte das Telefon. Es war wieder die Wiesbadener Nummer ihres alten Kollegen. »Moin, Freaky, was treibt dich zu dieser frühen Stunde ans Telefon?«

»Schau mal auf deinen Bildschirm. Unser Freund ist wieder da.«

Sie setzte sich aufrecht hin. »Na klar. Zuerst dachte ich, du wärst das. Kannst du die Leitung zurückverfolgen?«

»Nichts anderes mache ich gerade. Aber so, wie es aussieht, hat der mehrere Tarnadressen. Dem auf die Spur zu kommen wird ein hartes Stück Arbeit.«

»Du schaffst es, Freaky, du schaffst jeden!«

Er musste lachen. »Stimmt, aber nur in meiner digitalen Cyberwelt. Dann bis nachher, meine Schöne.«

Angela Bischoff lächelte. »Bis nachher, und ich danke dir.«

***

Langsam wurden die undeutlichen Konturen vor García Vidals Augen wieder klarer. Er starrte an eine Zimmerdecke, nur war die irgendwie anders als die, auf die er bisher hatte schauen müssen. Wie lange war das her? Er schwebte völlig zeit- und hilflos irgendwo im Jetzt und Nirgends. Er wusste nicht, wie spät es war, auch nicht, wo er war. Er spürte nichts, nur eine unendliche Hilflosigkeit, die ihn schmerzte. Erleichtert stellte er fest, dass er noch immer mit den Augen rollen konnte. Aber was war mit dem Rest seines Körpers? Er bewegte einen Finger. Ihm war so, als würde er sich bewegen, aber tat er es wirklich? Sehen konnte er es ja nicht. Angestrengt versuchte er zu sprechen. Nichts, es tat sich absolut nichts. Sein Mund, seine Zunge, gehörten sie noch ihm? Vielleicht war er schon tot? Er überlegte, ob er schon irgendetwas darüber gehört oder gelesen hatte, wie sich Totsein anfühlt. Aber wer sollte schon verlässlich davon berichtet haben?

Menschen, die schon einmal tot gewesen waren, wenn auch nur für eine kurze Zeit, redeten manchmal vom Licht am Ende eines Tunnels, das sie gesehen hatten. García Vidal war sich nicht sicher, ob die Zimmerdecke als Licht galt. Hell war sie schon, aber hier war alles hell. Von einem Tunnel konnte er weit und breit nichts sehen. Der wäre ja nur hinten hell und vorn dunkel. Er war enttäuscht. Wäre er nur halb tot, sähe er mit Sicherheit einen Tunnel, durch den er dann ins weit entfernte Licht blicken könnte. Da war aber kein Tunnel, ergo war er ganz tot. Der Comisario überlegte angestrengt. Wenn ich wirklich tot wäre, dachte er, dann könnte ich doch gar nicht enttäuscht darüber sein, nicht nur halb tot, sondern ganz tot zu sein.

Eine Leiche zu sein war anstrengend und kompliziert. Er dachte an Berger. Michael, mein Freund, was würdest du als Toter tun oder denken? Tun ist Blödsinn, du würdest genauso dämlich herumliegen wie ich, aber was würdest du denken? Er stellte sich vor, jetzt in diesem Augenblick in so ein Wandgrab auf dem Santanyíer Friedhof geschoben zu werden und dann darin zu liegen. Dunkelheit, Hitze, Langeweile, endlose Langeweile. Jetzt bekam diese Metapher »sich zu Tode langweilen« eine ganz andere Bedeutung.

Eine Fliege setzte sich auf seine Nase. Es kitzelte. Wieso merke ich, dass da eine Fliege langkrabbelt?, fragte sich García Vidal überrascht, doch bevor er ausgiebig darüber nachdenken konnte, wurde das Kitzeln unerträglich. Mit aller Gewalt versuchte er, sich zu kratzen, aber er konnte sich keinen Millimeter bewegen. Plötzlich spürte er auch seinen Rücken, seine Beine und seine

Arme, konnte sie aber nicht bewegen, sosehr er sich auch bemühte. *Nobody's perfect*, dachte er erleichtert, aber wer fühlen kann, der lebt wenigstens. Oder etwa nicht? Alles andere wäre einfach zu furchtbar! Er beschloss vorsichtshalber, sich dennoch mit dem Gedanken, tot zu sein, anzufreunden. *Muerte, mi amor*, vielleicht lebte es sich damit besser.

***

Seitdem die Fahndung nach dem Comisario am frühen Morgen in Form einer Vermisstenmeldung auch über den Rundfunk verbreitet worden war, standen in der Santanyíer Dienststelle die Telefone nicht mehr still. Innerhalb einer Stunde liefen über siebzig Anrufe auf. Vier Kollegen saßen an den Apparaten und nahmen Hinweise entgegen, doch etwas Brauchbares war leider nicht dabei.

Carmen telefonierte ebenfalls, allerdings mit dem gerichtsmedizinischen Institut. Ihr Gesichtsausdruck war mehr als nur deprimiert. »Fingerabdrücke, Waffe, Speichel, es passt wirklich alles zum Comisario?«

»*Sí*, Señora. Jeder Zweifel ausgeschlossen. Selbst auf den Patronenhülsen waren seine Fingerabdrücke.«

»Könnten Sie uns dann bitte Ihren Bericht online zukommen lassen?«

»Sie haben ihn in drei Minuten auf dem Bildschirm.«

»Ich danke Ihnen.« Carmen beendete das Gespräch und wählte die Nummer des Residente.

»*Hola*, Carmen«, ertönte es aus dem Hörer, »gibt's was Neues im Drachenhöhlenmord?«

»Ja, leider. Und zwar schlechte Nachrichten.«

Berger schien zu ahnen, was da auf Carmens Schreibtisch geflattert sein musste. »Hat sich die Gerichtsmedizin gemeldet?«

»Aber wie, niederschmetternder könnte es gar nicht sein. Fingerabdrücke, Speichel, Patronenhülsen, in unseren drei Mordfällen stammt alles mit Sicherheit vom Comisario.«

Berger ließ sich nicht aus der Ruhe bringen. »Hast du wirklich etwas anderes erwartet?«

»Erwartet nicht, aber gehofft.«

»Ich dachte, wir wären uns einig, dass der Comisario seine Fingerabdrücke und seine DNA kaum derartig großzügig an den Tatorten verteilen würde, wenn er wirklich der Mörder wäre?«

»Señor Berger, es gibt inzwischen mit Sicherheit viele Argumente, die für den Comisario sprechen, aber ich muss die Fakten auch weiterhin ins Kalkül ziehen. Kollege Cueto hat sich da schon kräftig beschwert.«

»So ein Quatsch, der ist nur eifersüchtig, dass eine Kriminalassessorin in dem Fall das Sagen hat.«

»Das ist ja auch mehr als ungewöhnlich, und es wirft vor allem kein gutes Licht auf die Kolleginnen und Kollegen, die diesen Job schon jahrelang machen.«

»Die müssen sich damit abfinden, dass du im höheren Dienst eingestuft bist, basta. Und wäre man ganz oben nicht von deinen Leistungen überzeugt, dann hätte man schon längst dazwischengefunkt.«

Während Berger sprach, öffnete Carmen die Mail, die sie soeben vom gerichtsmedizinischen Institut erhalten hatte.

»Danke für die Blumen, Residente. Übrigens ist gerade die schriftliche Auswertung der Forensik gekommen. Hier haben wir noch einmal alles schwarz auf weiß.« Sie stutzte. »Das ist ja seltsam. Hier steht, dass auf dem Glas und auf den Patronenhülsen Abdrücke des linken Zeigefingers gefunden wurden. Da kann etwas nicht stimmen!«

Berger seufzte befreit. »Und was, wenn ich fragen darf?«

»Die Patronen drückt man mit dem Daumen ins Magazin. García Vidal ist da keine Ausnahme. Der Primärabdruck müsste von seinem rechten Daumen stammen.«

»Sind im Haus Spuren von Cristobal gefunden worden? Hautschuppen, Schweißabdrücke, Haare oder Sonstiges?«

»Abgesehen von denen im Jackett und dem Speichel am Glas? Absolut null.«

»Dann steht für mich leider zweifelsfrei fest, dass unser guter Comisario niemals an diesem Tatort war.«

»Wieso leider?«

»Weil es bedeutet, dass er irgendwo unter Verschluss gehalten wird und damit richtig in der Scheiße sitzt.«

»Was sagt Ihnen denn Ihr so oft von Ihnen zitierter Blaseninhalt?«

»Der sagt, dass er noch lebt. Sie benutzen ihn, um die Spuren zu legen, und lassen ihn vielleicht sogar frei, wenn sie sicher sind, dass er festgenommen und für Morde verurteilt wird, die er nie begangen hat. Dennoch sollten wir alles dransetzen, unseren Cristobal da ganz schnell rauszuhauen. Es fragt sich nur, wo raus.«

»Vielleicht hat er die Patronen sogar absichtlich mit dem Zeigefinger für uns markiert. Um uns zu zeigen, dass nicht er es ist, der seine Waffe benutzt.«

»Das wäre durchaus möglich« sagte Berger hörbar erfreut.

»Señor Residente, könnten Sie vielleicht ab zwölf Uhr die Observierung von Señora Barthscherer übernehmen?«

Berger nickte. »Mit wem zusammen?«

»Dürfen Sie sich aussuchen.«

»Okay, dann borge ich mir von dir die Kollegin Santo, wenn sie frei ist. Meine Truppe ist komplett beschäftigt. Ich treffe sie dann dort.«

***

Der Fischfang war eine Katastrophe gewesen. Mit dem Erlös konnte Berger noch nicht einmal die Spritkosten decken. Normalerweise hätte ihm diese Tatsache Verdruss bereitet, aber heute, nach dieser Nacht?

»Verbuchen wir das als Vergnügungssteuer«, hatte er fröhlich zur Gräfin gesagt und sich auf den Weg gemacht.

Pünktlich um zwölf Uhr traf er, zeitgleich mit der Kollegin Santo, am Ortsrand von Felanitx ein. Den Rest der rund zweihundert Meter bis zum Haus von García Vidals ehemaliger Lehrerin legten sie zu Fuß zurück. Sie wollten den etwaigen Killer ja schließlich auf frischer Tat ertappen. Ihre Vorgänger waren glücklich über die pünktliche Ablösung und trollten sich, während Berger und Marga Santo sich noch der alten Dame vorstellten.

»Ach«, sie musterte Berger von Kopf bis Fuß, »Sie sind Deutscher?«

»*Sí*, Señora Barthscherer, aus dem Kölner Raum.« Um der Kollegin gegenüber nicht unhöflich zu sein, unterhielten sie sich auf Mallorquin.

»Und nun sind Sie bei der *Policía Nacional*?«

»Nein, ich arbeite nur hin und wieder für sie.«

Sie lächelte. »Um zum Beispiel alte Frauen wie mich zu bewachen?«

Berger nickte ihr freundlich zu. »Machen Sie sich bitte keine Gedanken, Señora, wir haben schon ältere Knochen bewacht.«

Die alte Schulmeisterin lachte herzlich. »Junger Mann, Sie haben Humor. Das passt nicht zu Ihrer Nationalität.« Sie bat die beiden herein und erlaubte ihnen, sich zunächst im Haus umzusehen.

Das Grundstück maß um die tausend Quadratmeter, wusste Berger aus dem Bericht der Kollegen, die sich gestern Nacht hier umgesehen hatten, um die Bewachung zu organisieren. Das Haus selbst war ebenerdig, nicht unterkellert und bestand aus Wohn-, Schlaf- und einem kleinen Gästezimmer. Bad und Küche waren für eine Person ausgelegt. Das Gebäude selbst war in Form eines L angelegt; da aber die große Terrasse überdacht war, schien es quadratisch gebaut worden zu sein.

Auf dem Grundstück standen ein Orangen- und ein Zitronenbaum, und in der äußersten Ecke gab es einen relativ großen Gemüsegarten. Ansonsten wurde das Anwesen von riesigen Oleanderbüschen und anderen blumigen Harthölzern dominiert. An der äußeren Ecke der Terrasse befand sich die Zisterne des Hauses.

»Haben Sie auch fließend Wasser?«

»Natürlich«, kam es fast beleidigt von Señora Barthscherer. »Ich bin zwar ein Fossil, lebe aber dennoch im 21. Jahrhundert. Auf die Zisterne möchte ich dennoch nicht verzichten. Sie finden nirgends weicheres Wasser. Für Wäsche und Garten gibt es nichts Besseres.«

Sie nahmen auf der schattigen Veranda Platz.

»Señora Barthscherer, Sie wissen ja, warum wir hier sind.«

»Um aufzupassen, dass ich meine Rente auch weiterhin bekomme. Aber sagen Sie, ist diese Sorge wirklich berechtigt?«

Berger nickte. »Ich fürchte, ja. Leider darf ich Sie nicht über Einzelheiten informieren, aber glauben Sie mir, aus Jux und Dollerei fallen wir Ihnen hier nicht auf den Wecker.« Er sah sie freundlich an. »Sie waren also Señor García Vidals Lehrerin?«

»Er bezeichnete mich immer als seine Schulmeisterin, und das sagt bereits viel über unser Verhältnis.«

»So richtig herzlich war das wohl nicht, oder?«

»Was auch nicht meiner Berufsauffassung entsprochen hätte. Bei mir herrschten noch Zucht und Ordnung, Señor. Da redete nur der, der gefragt wurde.«

»Und warum diese Strenge?«, beteiligte sich nun auch Marga Santo an dem Gespräch.

»Ohne eine gewisse Ordnung kann es keine Gerechtigkeit geben, Señora. Würde alles wild durcheinanderquatschen, könnten sich nur die Stärksten mit ihrer Leistung durchsetzen. Herrscht Disziplin, habe ich Zeit, mir alle anzuhören.« Sie lachte auf. »Für Cristobal war das die Hölle. Er war ein absolut introvertierter Junge. Aber was sollte ich machen? Er konnte ja alles, nur wollte er nicht raus damit, also habe ich ihm sein Wissen auf diese Weise einzeln und fast schon gewaltsam aus der Nase gezogen. Hätte ich das nicht gemacht, hätte er heute keine so exponierte Stellung bei der Polizei.«

Berger war fasziniert von der Frau. »Können Sie von allen Ihren Schülern und Schülerinnen so ein Exposé aus dem Hut zaubern?«

»Aber natürlich, von allen eintausenddreihundertzweiundsiebzig, die bei mir in vierzig Dienstjahren die Schulbank gedrückt haben.«

Marga Santo wirkte nicht so beeindruckt von Señora Barthscherer. Wie Berger wusste, hatte sie selbst eine Tochter, die gerade auf eine weiterführende Schule gekommen war, und eine Lehrerin dieses Kalibers wäre für Sie vermutlich ein Graus. »Also ich finde es schon sehr hart, wie Sie über Ihre Tätigkeit berichten, Señora.«

»Das kann ich durchaus verstehen, junge Frau, aber ich bitte Sie herzlich, mir meine jahrzehntelange Erfahrung zuzugestehen. Kinder, egal welchen Alters, können mit Grenzenlosigkeit nichts anfangen. Sie müssen im wahrsten Sinne des Wortes eng gewickelt werden. Das hat nichts mit Einengen zu tun. Sehen Sie es bitte wie eine Art schützenden Kokon. Mit der wunderbaren Grenzenlosigkeit dieser Welt kann nur der etwas anfangen, der seine eigenen Grenzen genau kennt. Wenn Ihr Kind über Bänke und Tische geht …«

Marga Santo bekam einen roten Kopf: »Woher wissen Sie das?«

Señora Barthscherer lachte herzlich. »Das tun sie fast alle, aber nur, weil sie ihre Grenzen austesten wollen. Und wenn die Eltern ihnen keine setzen, werden sie ihr Leben lang orientierungslos danach suchen. Sie als Polizistin wissen am besten, wozu das führt.«

Berger sah während ihres Gesprächs quer durch den Garten und weit über die für Mallorca so typischen Grundstücksmauern hinweg, als er plötzlich ein kurzes Aufblitzen von irgendetwas Reflektierendem bemerkte. Es konnte von einer Sonnebrille stammen oder von einer Armbanduhr. Auf jeden Fall gehörte es nicht in die Natur hinein.

Ohne durch seine Körpersprache irgendetwas von seiner Anspannung preiszugeben, beendete er das Gespräch.

»Es könnte sein, dass wir Besuch bekommen, meine Damen. Wir werden uns jetzt überschwänglich von Ihnen verabschieden, Señora, aber glauben Sie uns bitte, dass wir Sie jederzeit im Auge behalten werden.« Er sah sie fragend an. »Sagen Sie mal, Señora, warum tragen Sie keine schusssichere Weste? Die müsste man Ihnen doch gegeben haben?«

»Mein Gott, was soll ich mich bei dieser Hitze mit so einem Ding herumplagen? Verschonen Sie mich bitte.«

Berger war unerbittlich. »Nein, Señora, Wenn wir Sie schon beschützen, dann machen wir das richtig. Marga, würden Sie Señora Barthscherer bitte im Haus dabei behilflich sein, die schusssichere Weste anzulegen, die die Kollegen im Flur statt an der Dame deponiert haben? Danach, Señora, setzen Sie sich bitte zum Kartoffelschälen hier auf die Veranda. Und meine Kollegin und ich werden mal sehen, ob und was der Besucher dahinten im Schilde führt.«

***

Angela beobachtete fasziniert, was sich ohne ihr Zutun auf dem Bildschirm vor ihr tat. Das Telefon hatte sie auf laut gestellt, damit auch María mithören konnte.

»Jetzt hat er die überarbeitete Datei eingestellt. Ihr könnt ja gleich mal darauf zugreifen, wenn er wieder weg ist. Vielleicht kündigt er darin neue Morde an.«

»Weißt du inzwischen, wer das ist oder woher er kommt?«

»Bisher konnte ich die Spur über vierzehn Rechner bis nach Kiew zurückverfolgen.«

»Mein Gott, bis in die Ukraine?«

»Mein Tipp ist, dass wir letztendlich in Moskau landen werden.«

»Die russische Mafia?« Angela Bischoff wurde blass.

»Nicht direkt – das kann auch ein ganz normaler Hacker sein, der aber von denen angeheuert wurde. Da Internetkriminalität in Russland noch ein Kavaliersdelikt ist, versuchen viele Studenten auf diesem Weg, sich etwas dazuzuverdienen.«

»Okay, und wann kannst du uns was Definitives sagen?«

»Das kommt ganz darauf an, wie gut der Junge ist. Ich kann aber jetzt schon sagen, dass er in der digitalen Champions League spielt.« Freakys Tastatur war zu hören. »So, meine Damen, nun ist er weg. Ihr könnt euch ansehen, ob und was er an dem Geständnis verändert hat.«

Angela schüttelte skeptisch den Kopf. »Er muss doch erkennen können, dass wir da inzwischen dran waren.«

»Natürlich kann er das, aber vermutlich will er euch glauben machen, dass es der Comisario selbst ist, der auf die Datei zugreift. Und mal im Ernst – wisst ihr hundertprozentig, dass er es nicht ist?«

Angela und María sahen sich entsetzt an. »Wir sind uns zweihundertprozentig sicher. Wir beide legen für den Mann alle Hände ins Feuer, die wir haben, und ich bin mir sicher, dass das alle seine Freunde für ihn machen würden.«

»Je sicherer du bist, dass er es nicht gemacht hat, desto wahrscheinlicher ist es, dass diese Datei in seinem Namen frisiert wird«, kam es aus Wiesbaden. »Ob es die Mafia ist, kann ich nicht mit Bestimmtheit sagen, aber die Spuren deuten darauf hin.«

***

Es war überhaupt nicht Bergers Ding, sich in der glühenden Mittagshitze an einer niedrigen Steinmauer entlangzudrücken. Einen anderen Weg gab es aber nicht, um den Fremden, der sich anzuschleichen schien, zu umgehen. Vorsichtig lugte er über die Steine. Und tatsächlich, da war jemand. Ein Mann, so darauf konzentriert, sich immer außerhalb des Blickfeldes von Señora Barthscherer zu halten, dass er seine Verfolger absolut nicht bemerkte. Vorsichtig zog der Kerl eine Waffe. Berger hätte schwören können, dass es sich dabei um die Dienstwaffe des Comisarios handelte. Langsam schlich der Mann weiter in Richtung Terrasse. In diesem Augenblick schaute Marga Santo von der anderen Grundstücksseite über die Mauer. Auch sie war sofort im Bilde, das sagte Berger ein kurzer Blickwechsel.

Wenn sie in diesem Augenblick versucht hätten, die hüfthohen Steinhindernisse zu überwinden, um dem Mann nachzusetzen, wäre ihre Tarnung allein schon durch die Geräuschentwicklung aufgeflogen. Da Señora Barthscherer aber ohnehin noch nicht im Schussfeld des Mannes sein konnte, stellten sie ihn einfach aus der Entfernung.

»Hände hoch, Polizei«, rief Marga Santo, ihre Dienstwaffe im Anschlag.

Vorsichtig drehte sich der Mann mit erhobenen Händen zu ihr um.

»Und diese Seite ist auch zu«, kam es nun von Berger, »legen Sie Ihre Waffe auf den Boden und stoßen Sie sie mit dem Fuß weit von sich.«

Der Mann erstarrte. Es war deutlich zu sehen, wie es in ihm arbeitete. Schließlich legte er seine Waffe zu Boden und wollte sie gerade mit dem Fuß wegstoßen, da wurde er urplötzlich von etwas erfasst und zu Boden geschleudert. Dort blieb er regungslos auf dem Rücken liegen. Nicht mal ein letzter Atemzug drang aus seinem Körper. Berger hatte so etwas noch nie in seinem Leben gesehen. Der Brustkorb des Mannes war nur noch eine riesige Austrittswunde.

Einem ersten Impuls nach wollte Berger über die Mauer springen, doch er stutzte. Genau genommen hatte er so etwas doch schon mal gesehen. In einem Fernsehbeitrag, der gezeigt hatte, wie im Kosovo ein Mensch von einem Scharfschützen getötet wurde.

»Achtung, Marga«, rief er Marga Santo zu, die bereits halb über ihre Mauer geklettert war. »Runter! Hier sitzt irgendwo ein Sniper. Bleiben Sie in Deckung. Señora Barthscherer, sofort ins Haus mit Ihnen und flach auf den Boden legen.«

Dem Geräusch eines umfallenden Stuhls auf der Terrasse entnahm er, dass die alte Dame verstanden hatte.

»Señor Residente, ist bei Ihnen alles klar?«

»Natürlich, Frau Kollegin«, bestätigte Berger, »sonst hätte ich nicht ›Deckung‹, sondern ›Aua‹ gebrüllt. Haben Sie ungefähr sehen können, woher das Geschoss kam?«

»Wie sollte ich? Ich habe noch nicht einmal so etwas wie einen Schuss gehört. War das wirklich ein Heckenschütze?«

»Na, denken Sie vielleicht, dem ist vom Schluckauf die Lunge explodiert?«

In weiter Entfernung hörten sie einen Motor aufheulen und einen Wagen mit durchdrehenden Reifen wegfahren.

Marga Santo rief unsicher: »Ist die Luft jetzt rein?«

»*Si*, Señora, ich denke schon.«

Beide sprangen über die Mauer und rannten auf die Terrasse.

»Señora Barthscherer«, rief Marga Santo, »sind Sie im Haus?«

»Das sollte ich doch. Oder etwa nicht?«, kam es fragend aus dem Haus. »Habe ich da etwas falsch verstanden?« Señora Barthscherer erschien auf der Terrasse. »Was war überhaupt los? War das ein Einbrecher? Haben Sie den Kerl schnappen können?«

Berger steckte seine Waffe ins Holster. »Ja, Señora, leider liegt er tot in Ihrem Garten.«

»Ich habe gar keinen Schuss gehört. Haben Sie ihn erwürgt?«

»Nein, Señora, er wurde aus großer Entfernung erschossen.«

Die alte Dame verstand die Welt nicht mehr. »Ja, wer macht den so etwas?«

»Das wüssten wir auch gern«, kam es von der sichtlich beeindruckten Marga Santo. An den Residente gewandt, fügte sie hinzu: »Danke für die Warnung, Señor, ich Depp wäre denen glatt vor die Flinte gelaufen. Aber ich kann mich nur der Frage der Señora anschließen. Wer macht so etwas?«

»In Gaunerkreisen nennt man das ›Doppelsicherung‹.«

»Und wer bitte wurde da gesichert?«

»Das Unternehmen«, bemerkte Berger trocken. »Wird einer erwischt, eliminiert man ihn aus sicherer Entfernung, sodass er nichts mehr aussagen kann.«

»Das war ein recht junger Kerl. Für seine Familie ist das mit Sicherheit kein Trost.«

»Da machen Sie sich mal keine Sorgen. Bei der Mafia bekommen die Angehörigen eine bessere Pension als bei der Polizei. Aber jetzt sollten Sie erst mal das übliche Programm in Gang setzen.«

»Natürlich.« Marga Santo war peinlich berührt, nicht selbst daran gedacht zu haben. »Soll ich auch eine Fahndung nach dem Wagen herausgeben?«

Berger schmunzelte. »Aber natürlich. Gesucht wird ein Auto. Besondere Merkmale: Motor und Reifen.«

7

Carmen traf mit dem ersten Wagen in Felanitx ein. »Mein Gott«, entfuhr es ihr, als sie den Toten sah. »Haben Sie den mit einer Panzerfaust gestoppt?«

»Die Wirkung wäre ähnlich gewesen«, antwortete Berger nickend, »das muss ich zugeben. Aber der Schuss wurde irgendwo hinten auf den Feldern abgegeben. Ich nehme an, mit Schalldämpfer, sonst hätten wir etwas gehört.« Er zeigte auf die linke Hand des Toten. »Das dürfte noch *muy interesante* sein. Siehst du die Fingerkuppen des Mannes?«

Carmen beugte sich vor. »Was hat der denn da? Das sieht aus, als ob er seine Fingerspitzen in Wachs getaucht hätte.«

»Wachs ist das nicht, sondern Silikon. Und darauf wirst du mit Sicherheit die Fingerabdrücke des Comisarios finden.«

»Während wir hier drauf«, Marga Santo hielt eine Plastiktüte hoch, in der ein Glas steckte, »ziemlich sicher Speichelreste von García Vidal finden werden.«

Berger zeigte auf eine zweite Tüte. »Das hier wiederum dürfte seine Dienstwaffe sein.«

»Okay«, sagte Carmen grimmig, »der Chef wäre rehabilitiert, nur geht es ihm deswegen noch kein bisschen besser.«

Der Gerichtsmediziner traf ein. »Kinder, warum stört ihr mich bloß immer bei den wirklich interessanten Fällen?«, fragte er statt einer Begrüßung.

Berger zeigte auf den Toten. »Weil, werter Dr. Sanchez, so etwas dabei herauskommt, wenn man ein Herz für die Mafia hat. Es schlägt nur kurz, aber dafür heftig.«

Dr. Sanchez untersuchte das, was von dem Brustkorb noch übrig war. »Du lieber Gott, das kann nur ein Dumdum-Geschoss aus sehr weiter Entfernung verursacht haben. Solche Dinger benutzen die Scharfschützen der Taliban. Da bekommt man schon einen tödlichen Schock, wenn man nur am Bein getroffen wurde.« Er schaute zu Carmen und Berger auf. »Ich muss zugeben, das ist nicht uninteressant, dennoch möchte ich zurück an meinen Seziertisch.«

»Was gibt es denn da?«, fragte Berger neugierig.

»Lauter kleine Menschenknöchelchen beziehungsweise Reste davon, die man aus dem Piranhabecken der Tropenabteilung des Marinelands gefischt hat.«

»Getötet, zerstückelt und dann verfüttert?«

»*Sí*, Señor, in der Reihenfolge.«

»Meine Herren, da war aber jemand gründlich. Der Mörder trägt bestimmt Gürtel und Hosenträger.«

»Weiß man schon, um wen es sich bei dem Opfer handelt?«, fragte Carmen mit besorgtem Blick.

»Du denkst doch wohl nicht etwa an unseren Comisario?«

Sie sah Berger traurig an. »Ich muss im Moment an alles denken.«

Der Residente nahm sie freundschaftlich in den Arm. »Ich habe absolut keinen Bock darauf, demnächst Piranhas verhören zu müssen. Also wird er es nicht sein.«

»Das kann ich Ihnen erst mit Sicherheit sagen, wenn es uns gelungen ist, aus den Fragmenten die DNA zu extrahieren. Also etwas Geduld, wenn ich bitten darf.« Dr. Sanchez schaute wieder hoch. »Weiß man schon, aus welcher Entfernung der Schütze geschossen hat?«

»Wir meinen, dass er dort hinten bei der Straße gewesen sein muss. Mit der Mauer hatte er eine geeignete Auflage für sein Gewehr, und direkt nach dem Schuss ist dort in großer Eile ein Pkw weggefahren. Die Reifen quietschten, als sie durchdrehten, doch es war keine Staubentwicklung zu sehen. Das dahinten ist die einzige asphaltierte Straße in dieser Richtung.«

Dr. Sanchez erhob sich, um über die angrenzenden Felder sehen zu können. »Ach, Sie meinen die Mauer dahinten. Was denken Sie, wie weit wird das entfernt sein?«

Berger zuckte mit den Achseln. »Lassen Sie es vielleicht fünfhundert Meter sein.«

»Das passt«, murmelte der Arzt. »Dann wurde mit Schalldämpfer geschossen, sonst wäre die Wirkung des Geschosses noch heftiger gewesen.«

»Danke, Señor Médico.« Carmen gab Berger ein Zeichen, ihr doch bitte zu folgen. Er tat es. »Señor Berger, ich habe Sie beobachtet, was braut sich in Ihrem Schädel zusammen?«

»Du kennst mich gut, das muss ich dir lassen.« Er kratzte sich am Kopf und überlegte, wie er seine Sätze formulieren sollte.

»Sträuben sich wieder Ihre Nackenhaare?«, unterbrach sie ihn dabei.

Berger strahlte. »Besser hätte ich es nicht formulieren können.«

»Und was veranlasst Sie dazu?«

»Dass es sich bei diesem Meisterschuss um kollegiale Grüße aus Moskau handeln könnte.«

Carmen winkte ab. »Jetzt kommen Sie bitte nicht wieder mit Ihrer russischen Mafia. Kong und seine Truppe sitzen hinter Schloss und Riegel. Der alte King Schokotoff hat sich hier auf Mallorca heftig die Finger verbrannt und obendrein seinen einzigen Sohn verloren. Der wird um Mallorca einen riesigen Bogen machen.«

»Du hast in allem recht, was du sagst. Und auch wieder nicht. Kong wäre nicht Kings Kong, wenn er sich nicht auch im Gefängnis ein eigenes Imperium aufbauen würde. Ich denke mal, der kann sich inzwischen im Knast freier entfalten als du auf deiner Dienststelle. Und dass der Alte sich nicht auf der Insel blicken lässt, das ist mir auch klar, aber dafür hat der seine Leute. Um sich an Cristobal zu rächen, muss er nicht selbst kommen.«

»Okay, das stimmt. Aber was an diesem Fall lässt Sie an eine Mafia-Nummer denken? Leute mit der Dienstwaffe des Comisarios zu erschießen kommt mir nicht besonders russisch vor.«

»Schau dir doch mal den armen Jungen hier im Garten an. Der ist ganz klar exekutiert worden, bevor er singen konnte. Um Siliconprints herzustellen, bedarf es außerdem eines ganz speziellen Fachwissens und eines gut ausgerüsteten Labors. Dann das professionelle Eindringen in Cristobals PC. Und erinnere dich an die russische Bankengruppe, die mal eben die hiesige Sparkasse aufgekauft hat. Allein betrachtet, wäre das vielleicht ein gewöhnlicher Vorgang, aber so … Nein, meine liebe Carmen, das ist für einen Wald- und Wiesenknacki einige Nummern zu groß. Dahinter steckt eine große kriminelle Organisation. Entweder die Mafia oder ein Geheimdienst.«

Carmen war entgeistert. »Was soll denn bitte schön ein Geheimdienst gegen den Chef haben?«

»Darüber denke ich auch gerade nach.«

»Und gibt es schon ein Resultat?«

»Ehrlich gesagt nicht.«

***

García Vidal kämpfte sich aus dem Halbschlaf. Er hörte plötzlich eine ihm bekannte Stimme.

»Nun, Herr Doktor, wie geht es denn unserem kranken Hühnchen?«

Die Stimme, die antwortete, kannte er nicht.

»Es geht ihm den Umständen entsprechend gut. Das aber nicht mehr lange.«

»Und warum nicht?«, fragte die bekannte Stimme.

»Weil er in spätestens zwei Tagen eine Beatmungspneumonie entwickeln wird. Es wird höchste Zeit, dass wir ihn wieder zurückholen, sonst garantiere ich für nichts.«

»Das müssen Sie auch nicht, Doktorchen. Holen Sie ihn ruhig zurück, aber langsam und nicht vollständig. Ich will, dass er sich nicht bewegen kann, aber dennoch alles mitbekommt, was mit ihm geschieht.«

Die unbekannte Stimme versuchte noch einmal aufzubegehren. »Aber ich bitte Sie, ich habe einen medizinischen Eid geleistet.«

»Blödsinn. Sie sollten lieber an Ihre Frau und an Ihren Sohn denken. Es wäre doch schade, wenn meine Freunde außerhalb der Mauern dieses schönen Etablissements über ihre Gattin herfallen würden. Und ich denke, dass auch der Zuckerpopo Ihres Filius nicht mehr der alte wäre, wenn die Jungs erst mit ihm fertig sind.«

»Sie sind ein Tier, Señor, wissen Sie das?«

»Aber ja doch, Doktorchen, nur stehe ich in der Nahrungskette sehr viel weiter oben als Sie.« Mit hämischem Gelächter entfernte sich die Stimme, die dem Comisario so bekannt vorkam, aber er wusste nicht, woher.

Plötzlich schob sich das ihm unbekannte Gesicht eines jungen

Mannes in sein Blickfeld. »Na, mein Guter, sind Sie wach?«, fragte er, und García Vidal erkannte dessen Stimme als die des Arztes, der eben gesprochen hatte.

Er versuchte zu antworten, aber es ging nicht. Ein Augenzwinkern wollte ihm auch nicht gelingen, nur mit den Augen rollen, das klappte einigermaßen.

»Ich sehe schon, Sie sind wach. Es tut mir leid, dass ich Ihnen das hier antun muss, aber ich muss an meine Familie denken!« Er schaute sich ängstlich um, dann zog er eine Spritze auf. »Ich darf das zwar nicht, aber es ist das Einzige, was ich für Sie tun kann. Das hier wird Sie ein wenig beruhigen, damit Sie mir hier keinen Herzkasper bekommen.«

García Vidal versuchte trotz des Zornes, den er über seine ihm zugefügte Machtlosigkeit empfand, dankbar zu gucken. Mehr konnte er ja auch nicht tun.

***

Auf Bergers Bitten hin traf sich die gesamte Ermittlertruppe im Hause der Gräfin. Der lang gezogene Esstisch im Wohnzimmer bot ihnen allen ausreichend Platz. Angela Bischoff hatten sie hingegen nach Hause geschickt, um sich dort etwas auszuruhen.

Carmen erhob das Wort. »Kolleginnen und Kollegen, wundert euch bitte nicht, dass wir uns hier schon fast konspirativ treffen, aber es hat seinen Grund.«

»Und welchen?«, fragte Remondo Cueto ungehalten.

»Alle Anzeichen deuten darauf hin, dass wir es hier mit einer ausgesprochen mächtigen Verbrecherorganisation zu tun haben. Einer Organisation, die dazu in der Lage ist, sämtliche Diensträume abzuhören und sogar Kolleginnen und Kollegen massiv unter Druck zu setzen.«

»An welche Organisation denkst du dabei?«, kam es irritiert von Pablo Negro.

»Wir befürchten, dass es sich um die russische Mafia handelt.«

Cueto entwickelte hektische Flecken im Gesicht. »Das ist ja wohl das Lächerlichste, was ich jemals gehört habe. Das kommt dabei heraus, wenn man ein Greenhorn ermitteln lässt!«

»Das hat sie aber bis jetzt verdammt gut gemacht«, wandte Carlotta Mendez ein. Sie wirkte verärgert. »Und selbst wenn Carmen einen Fehler gemacht haben sollte, wäre das noch lange kein Grund, dass du sie derartig anpisst. Was ist los mit dir, Remondo?«

»Was heißt hier anpissen? Ich bin nur sauer, dass die so einen Scheiß erzählt.«

Berger wurde aufgrund dieser überzogenen Reaktion hellhörig. »Sie reagieren wie ein vierzehnjähriger Pennäler, den die Religionslehrerin beim Onanieren erwischt hat.« Alles lachte über diesen Scherz. »Stehen Sie etwa auf deren Gehaltsliste?«

Cueto sprang so heftig auf, dass sein Stuhl hinter ihm umfiel. Er zitterte am ganzen Leib. »Ihr habt ja alle keine Ahnung! Ich habe Familie, ihr Idioten.« Ohne sie eines weiteren Blickes zu würdigen, rannte er über die Veranda auf das Gelände hinaus.

»Was ist denn mit dem los?«, fragte die Gräfin verwundert.

Ein heller Schrei ertönte im Garten.

»Mein Gott«, rief Berger und rannte Cueto, gefolgt von den anderen, hinterher. »Was ist denn da los? Das hörte sich nach Tomeu an.«

Im Garten trafen sie auf den sichtlich geschockten Tomeu, der eine Pistole in der Hand hielt. Kaum fünf Meter vor ihm kauerte der völlig aufgelöst wirkende Cueto, die rechte Hand mit der linken an den Körper gepresst, und weinte hemmungslos.

Tomeu zeigte auf Cueto und hielt die Pistole hoch. Dabei stotterte er: »Ch-chef, d-d-der w-w-w-wollt-t-te s-s-sich d-d-d-das L-l-l-leben n-n-nehmen, d-d-da h-h-h-hab-be i-i-ich i-i-ihm d-d-die P-p-pist-t-tole aus d-d-der H-h-hand ger-r-r-rissen.« Völlig entsetzt über seine Tat ließ er die Waffe fallen.

»Du bekommst keinen Ärger, Tomeu, das hast du gut gemacht. Reg dich nicht auf und geh mit Shakespeare zurück auf deine Position.«

Die Kollegen kümmerten sich inzwischen um den weinenden Remondo Cueto, dem bei dieser Aktion ein Finger ausgerenkt wurde, was ihn höllisch schmerzte.

»Kann mir mal jemand sagen, was in den gefahren ist? Warum will der sich denn plötzlich erschießen?« fragte Carmen.

»Mit der Gehaltsliste der Mafia habe ich wohl ins Schwarze getroffen, was?« Berger stieß den armen Kerl leicht in den Rücken. »Mann, Cueto, jetzt rücken Sie endlich raus mit der Sprache. Wie sollen wir Ihnen denn sonst helfen?«

»Mir ist nicht mehr zu helfen. Begreifen Sie das denn nicht?«

»Nein, Cueto, da müssten Sie schon deutlicher werden«, mischte sich Carmen ein.

Bergers Ton wurde milder. »Hören Sie, Remondo, was ist mit Ihrer Familie? Wird sie nur bedroht, oder haben sie sie schon entführt?«

»Sie haben sie seit gestern«, sprudelte es jetzt nur so aus dem Mann heraus. »Ich kam nach Hause und habe einen Zettel auf meinem Küchentisch vorgefunden, dass ich meinen Computer anschalten solle. Das habe ich dann auch getan, und dort stand, dass sie meine Frau und Kinder in ihrer Gewalt haben und was ich alles für sie machen sollte.«

»Und was war das?«

»Ich sollte alles, was auf der Dienststelle vor sich ging, bei mir als Datei auf den Desktop legen. Nur dann würde ich nach einer Woche meine Lieben wiedersehen.«

»Und was haben Sie denen auf diese Weise so mitgeteilt?«

»Ich habe die Aufgaben, die die Kollegen im Pro- und Kontra-Team jeweils übernommen haben, dokumentiert und den ganzen Tag über immer wieder aktualisiert. Zuletzt haben sie von mir Informationen darüber bekommen, wie die ehemalige Inselratspräsidentin überwacht wird.«

Berger nickte. »Jetzt wird ein Schuh draus. Deshalb haben die Señora Delgado Bunyol auf der Liste übersprungen und sind stattdessen zur Lehrerin gefahren.« Berger richtete sich auf. »Carlotta, ich möchte, dass Sie Folgendes in die Wege leiten. Es ist zwar unkonventionell, aber effektiv, denn wir haben nicht genug Leute, um die Zielpersonen und alle Familien rund um die Uhr bewachen zu lassen. Sie fordern sofort einen Zug Bereitschaftspolizei aus Palma an, die sollen umgehend die Musikschule von Santanyí besetzen und Raum für Raum nach allem, was die Mafia so draufhat, durchfilzen.« Er sah auf die Uhr. »Informieren Sie die *Telefónica*, dass wir bis fünfzehn Uhr dort mindestens vier DSL-Leitungen benötigen, und eure EDV-Leute, dass sie die nötigen PCs mit einer supersicheren Firewall hinstellen. In zwei Stunden, wenn alles erledigt ist, werden dort alle an dieser Ermittlung beteiligten Kolleginnen und Kollegen mit all ihren Familienmitgliedern ersten Grades eintreffen. Wir müssen sicher sein, dass diese Schweine keine weiteren Erpressungen mehr organisieren können. Sollte sich jemand weigern, freiwillig mitzugehen, so wird er mit Polizeigewalt dorthin geschleppt.«

Carlotta Mendez hatte alles notiert und wollte bereits loslegen, da hielt Berger sie zurück. »Moment noch. Das Rote Kreuz muss informiert werden, wir benötigen Feldbetten und Decken.«

Er schaute in die Runde. »Jeder informiert jetzt außerdem seine Familie, dass sie das Nötigste einpacken und sich in unsere neue Einsatzzentrale begeben soll. Und in dieser Musikschule wird alles so lange zusammenbleiben, bis sich die einzelnen Clans entweder untereinander erschlagen haben oder wir die Kerle dingfest machen konnten.«

Die Gräfin hatte aufmerksam zugehört, war aber wenig zuversichtlich. »Das Erstere wird eintreffen, befürchte ich.«

»Und was machen wir mit unserem Unglücksraben?« Carmen zeigte auf das Häuflein Elend am Boden. »Den müsste ich eigentlich hopsnehmen lassen und umgehend der Revision melden.«

»Nichts da. In seiner Situation hätten wir doch nichts anderes gemacht als er. In deinem Bericht könntest du es ja so aussehen lassen, dass er uns nach der Entführung seiner Familie sofort davon in Kenntnis gesetzt und für uns als eine Art Kontaktmann fungiert hat.«

»Glauben Sie, dass die mir diesen Quatsch abnehmen werden?«

»Die Wahrheit muss eben manchmal aus dramaturgischen Gründen geopfert werden.« Berger lächelte sie verschmitzt an. »Remondo kann uns noch behilflich sein. Er wird denen über die Datei auf seinem Desktop verklickern, dass er nichts von Señora Barthscherers Überwachung wusste. Das stimmt ja sogar. Wenn die Kerle das schlucken, haben wir dadurch womöglich einen Trumpf in der Hand. Doch gleich danach sollten wir ihn ins Krankenhaus bringen, damit die dort seinen Finger wieder einrenken können.« Berger klopfte Cueto aufmunternd auf die Schulter. »Kopf hoch, Kollege, und nicht wieder versuchen, sich selbst zu erschießen! Wer soll denn den Dreck wegmachen?«

Carlotta Mendez machte sich mit der Unterstützung von Marga Santo und Pablo Negro daran, die ihr aufgetragenen Aufgaben zu erledigen, während sich die Kollegen Bastos und Burguera um Cueto kümmerten.

»Meine ›Familie‹ ist bereits komplett in dem Fall involviert. Für die Musikschule muss ich nichts organisieren. Kann ich trotzdem etwas Sinnvolles machen?«, fragte Gräfin Rosa.

»Aber klar doch. Wir drei werden die uns verbleibenden zwei Stunden sinnvoll nutzen und uns noch einmal auf dem Klosterberg umsehen. Filou nehmen wir mit. Er hat schon mal sein Frauchen erschnüffelt, vielleicht klappt es diesmal ja auch mit Cristobal. Ich habe noch eine Jacke von ihm im Auto, die dürfte als Köder reichen.«

***

Eine knappe halbe Stunde später waren sie auf dem Parkplatz des kleinen Klosters in Startposition. Berger hielt die Jacke von García Vidal vor Filous kleinen Rüssel. Aufgeregt schnüffelte das Schwein daran. Es spürte ganz genau, dass es in diesem Augenblick die Hauptrolle spielte, und genoss das offensichtlich. Dabei war vom Verlust seiner Männlichkeit nichts mehr zu spüren.

»Sehen Sie, Gräfin, Kastraten können nicht nur gut singen, sondern auch gut riechen.«

Filou nahm noch einen tiefen Atemzug, dann stürmte es, an der Hundeleine ziehend, los.

Berger konnte kaum folgen. »Na bitte, es scheint zu klappen.«

Schon nach wenigen Schritten die Straße bergab schoss Filou plötzlich ins Unterholz, drehte sich ein paarmal um sich selbst, rannte wieder auf die Straße, drehte sich dort ebenfalls im Kreis und setzte sich auf den Asphalt.

Berger sah das Tier fragend an. »Was willst du Schwein uns damit sagen?«

»Dass hier Ende mit Schnüffeln ist«, kam es von Carmen. »Aber was wollte Filou dort neben der Straße?«

»Gehen wir doch mal nachsehen.« Berger drückte der verdutzten Gräfin die Leine in die Hand und ging mit Carmen an die Stelle zurück, an der García Vidal im Unterholz gestanden haben musste. Beide sahen sich gründlich um.

»Vielleicht musste er mal pinkeln?«

»Nein«, lehnte Berger diese Möglichkeit ab. »Dann hätte Filou bei dem Urin im Boden mehr Theater gemacht. Außerdem pissen Männer nicht einfach so frei stehend in die Gegend. Wir brauchen immer ein Ziel, zumindest aber Deckung, zum Beispiel einen Baum oder so.«

»Auch im Dunkeln?«

»Sogar im Schneesturm, liebste Carmen.« Berger stutzte. »Was sind denn das hier für Reifenspuren?« Er wies vor sich auf den Erdboden.

Carmen trat neben ihn. »Für ein Auto sind die zu schmal und auch nicht tief genug. Ich kenne das Profil. Meine Vespa hat solche Reifen.« Sie schüttelte den Kopf. »Da haben die von der Spurensicherung aber ganz schön gepennt.«

»Tja«, kam es von Berger, »bei der Polizei arbeiten eben zu wenig Schweine.« Er drehte sich zu Gräfin Rosa um, die mit Filou auf der Straße wartete. »Sie haben doch einen Handfeger im Auto, stimmt's?«

Sie nickte.

»Können Sie den bitte mal holen?«

Carmen wirkte unsicher, ob sie Berger jetzt noch ernst nehmen sollte. »Wollen Sie den Wald fegen?«

»Exakt. Die vielen Piniennadeln stören mich. Um die Reifenspuren können wir ja herumfegen.«

Nach fünf Minuten war die Stelle für ausgiebige Betrachtungen hergerichtet. Carmen rief währenddessen die Spurensicherung.

»Da, schau mal, die Reifenspuren enden dort an dem Baum.« Er ging an die Stelle, kniete sich nieder und roch an einem dunklen Fleck auf dem Sandboden. »Dachte ich's mir doch. Das ist ein Bezin-Öl-Gemisch, eins zu fünfzig, würde ich sagen. Und sieh mal hier.« Er zeigte auf eine kleine Vertiefung im Sand. »Ich könnte wetten, hier hat ein Motorroller älteren Baujahrs gelegen.«

»Nun dreht Mr. Holmes aber durch«, hämte die Gräfin. »Woher wollen Sie denn wissen, dass das ein Roller älteren Baujahrs war?«

»Weil die neueren Modelle alle nur noch Super brauchen. Die ziehen sich das Zweitaktöl aus einem separatem Tank.«

Rosa hob erstaunt die Augenbrauen, dann nickte sie anerkennend.

Berger zeigte auf den Boden. »Das Loch hier ist von der Fußraste für den Sozius, und weil das Ding hier gelegen hat, ist etwas Sprit ausgelaufen.«

Carmen überlegte. »Der Baum ist nicht beschädigt, also ist hier auch niemand gegengebrettert. Warum legt man sein Moped hierhin?«

»Ich denke, ich hab's«, kam es von Berger. »Es sollte so *aussehen*, als sei jemand gegen den Baum gebrettert. Der Comisario musste anhalten, weil hier ein Motorrad lag. Vielleicht auch noch ein um Hilfe winkender Fahrer. Cristobal stieg aus und wollte nachsehen. Dann bekam er eins über den Kopf gezogen, und aus war es.«

»Klingt nicht ganz abwegig«, murmelte Carmen. »Wir haben also einen bewusstlosen Comisario. Was dann?«

»Dann muss er irgendwo hingebracht worden sein, mit einem Auto vermutlich. Aber wohin?« Berger zuckte mit den Achseln.

Carmen klopfte ihm grimmig lächelnd auf die Schulter. »Sie wollen doch für Ihre Arbeit bezahlt werden, stimmt's?«

Er nickte.

»Dann sollten Sie das aber ganz schnell herausbekommen, Señor Residente. Solange der Comisario es nicht kann, werde nämlich ich Ihre Rechnungen abzeichnen müssen.«

»Also gut, dann werden wir jetzt kurz nach Santanyí auf die Plaça fahren. Für eine derartig geistige Arbeit brauche ich nämlich einen Cortado.«

***

Angela Bischoff war doch nicht nach Hause gefahren, sondern hatte sich zum Haus von García Vidal aufgemacht, um dort María und deren Sohn beim Packen zu helfen. Cristobals Schwester reagierte entsetzt auf die Nachricht, dass sie ihr Heim verlassen musste, aber vor allem schreckte sie der Gedanke, dass auch ihr Sohn bedroht sein könnte.

»Wir können das Haus doch nicht einfach so verwaist lassen. Stellen Sie sich doch mal vor, es bricht jemand ein!«

»Und wenn? Das ist alles ersetzbar. Aber das Leben von Cristobal junior und auch Ihres, María, ist in der Musikschule nicht in Gefahr, und nur darauf kommt es an.«

Angelas Handy klingelte.

»Hi, hier ist Freaky. Wo steckst du?«

»Ich sitze neben dem PC, den du überwachst. Warum?«

»Weil ich schlechte Nachrichten habe.«

»Mach's nicht so spannend, raus damit.«

»Ich befürchte, dass sich dein Comisario mit der russischen Mafia angelegt hat.«

Angela seufzte. »Dieser Verdacht hat sich hier auch schon ergeben.«

»Was wollt ihr jetzt machen?«

»Erst einmal konzentrieren wir uns darauf, den Comisario aus ihren Fängen zu bekommen, danach könnte man über eine größer angelegte Operation nachdenken. Wohin genau konntest du denn die Leitung zurückverfolgen?«

»In die Zentrale eines internationalen Callgirlrings in Moskau.«

»Spielt da der Name Schokotoff eine Rolle?«

»Was heißt eine Rolle? Dieser Mann ist dort der Zar der Unterwelt! Er …«

Sie unterbrach ihn. »Freaky, keine Lehrstunde jetzt bitte, steckt dieser Mann dahinter?«

»Ich würde sagen, ja, aber man kann es ihm absolut nicht nachweisen.«

»Okay, hast du von Wiesbaden aus die Möglichkeit, ein wenig in deren Netzen ›spazieren zu gehen‹, wie du immer sagst?«

»Was meinst du, was ich gerade mache?«, kam es beleidigt zurück.

»Gut, dann halte mich bitte weiterhin auf dem Laufenden. Ich bin jetzt nur noch über Handy zu erreichen. Tschö.« Sie legte auf, ohne eine Antwort abzuwarten.

María packte inzwischen ihre Siebensachen und die ihres Sohnes. So lange hatte Angela etwas Zeit, sich einmal ungestört und ohne Rechercheaufgaben im Reich ihres Freundes umsehen zu können, die Familienfotos an den Wänden zu betrachten und seinen Platz am Schreibtisch einzunehmen, um seinen Blick durch den Raum nachzuvollziehen. Sie genoss es, sich ihm auf diese Weise ganz nahe zu fühlen. Angela schloss lächelnd die Augen und flüsterte: »Cristobal, wenn du mich hören kannst, ich glaube, ich liebe dich.«

***

Berger, Gräfin Rosa und Carmen hatten in der Bar Sa Seu schon ihren ersten Cortado hinter sich, der zweite war auf dem Weg zu ihnen, da klingelte Carmens Handy.

»Señora Lucas?«

»Sí.«

»Hier ist die Gerichtsmedizin, Dr. Sanchez.«

»Was kann ich für Sie tun?«

»Es gibt hier ein paar Ungereimtheiten.«

Sie stellte auf laut, damit Berger und die Gräfin mithören konnten. »Immer raus damit.«

»Ich habe Ihnen doch von den Knochenfunden im Piranhabecken erzählt.«

Carmen nickte. »Stimmt. Was ist mit denen?«

»Wir konnten die DNA einem gewissen Estebán Dominguez zuordnen. Ich sehe aber im Computer, dass der angeblich im Zentralgefängnis einsitzt.«

»Das stimmt«, kam es trocken von Carmen. »Da müssen Ihnen die Knochen etwas Falsches gesagt haben.«

»Menschen lügen vielleicht, aber Knochen können nur die Wahrheit sagen, Señora.«

»Okay, ich werde mich darum kümmern. Vielen Dank für Ihre Nachricht.«

Sie klappte das Handy zu und schaute in die Runde. »Kann mir mal jemand sagen, was das jetzt nun wieder ist? Estebán Dominguez ist aus dem *Centro Penitenciario* ausgebrochen, hatte irgendwo zwischen Ca's Concos und Felanitx einen Unfall, wurde daraufhin ins Krankenhaus nach Manacor gebracht und von dort aus ins Gefängniskrankenhaus zurückverlegt. Soweit ich weiß, waren an ihm nach dem Unfall noch alle Gliedmaßen dran. Wie kommen dann bitte Knochen mit seiner DNA in das Piranhabecken vom Marineland?«

Berger zuckte mit den Achseln. »Vielleicht hat er Lepra?«

»Haben Sie eventuell eine etwas ernsthaftere Begründung?«

Er überlegte. »Knochen lügen nie, hat Sanchez gesagt. Wenn das stimmt, hatte dieser Dominguez seinen letzten großen Auftritt bei der Fischfütterung. Dann kann der Mann auf der Krankenstation folglich nicht Estebán Dominguez sein.«

»Aber wer ist er dann?«, fragte Carmen irritiert.

Bergers Augen leuchteten auf, als ihm die Antwort bewusst wurde. »Einen Fahrradunfall hat es nie gegeben. Nachdem die Kerle Cristobal niedergeschlagen hatten, wurde er fachmännisch ins künstliche Koma gelegt und nach Manacor verfrachtet.«

Carmen schüttelte den Kopf. »Die Ärzte dort sind doch nicht blöd!«

»Sie haben aber vielleicht genauso eine Familie wie unser Kollege Cueto.«

Das leuchtete ihr offenbar ein. »Dann frage ich mich aber, was die mit dieser Scharade bezweckt haben?«

»Dass Cristobal ins Gefängniskrankenhaus verlegt wird, damit sich Kong an ihm austoben kann.«

»Das wäre schlichtweg furchtbar.« Carmen schluckte.

Auch Gräfin Rosa war reichlich blass geworden. »Der Comisario wäre ihm vollkommen ausgeliefert«, sagte sie geschockt.

»Wir brauchen Beweise für Ihre Theorie, Residente. Bevor wir das nicht belegen können, dürfen wir bei unseren Vorgesetzten in Palma mit einer derartigen Räuberpistole gar nicht aufschlagen.«

»Dann wird uns wohl nichts weiter übrig bleiben, als nach Manacor zu fahren und uns die Krankenunterlagen anzusehen. Vielleicht finden wir dort Beweise.«

»Was ist mit Filou und mir?«, kam es von der Gräfin.

»Ihr werdet mitkommen. Nur so kann ich auf Sie aufpassen, Durchlaucht. Kong hat Sie schon mal weggefangen. Das muss ja nicht schon wieder sein.«

Sie hatte nur wenig innere Ruhe, um die Fahrt nach Manacor wirklich genießen zu können, obwohl das Licht Mallorcas Natur wieder einmal in betörende Farben tauchte.

»Kinder, was ist das schön«, seufzte Gräfin Rosa.

»Schön ist es schon«, kam es von Berger, »für meinen Geschmack wird hier aber in letzter Zeit ein wenig zu viel gemordet. Das stinkt mir!« Viel mehr Konversation gab es auf dem halbstündigen Weg nicht zwischen ihnen.

Da sie mit einem Polizeiwagen unterwegs waren, war es kein Problem für Carmen, auf das Krankenhausgelände zu kommen. Sie parkten direkt neben der Rampe für die Krankenwagen.

»Filou lassen wir am besten hier. Ein Schwein wird im Krankenhaus sicher nicht geduldet.« Rosa wollte sich gerade daranmachen, Filou alles zu erklären, da war das Tier bereits völlig außer sich. Hektisch Luft in seinen kleinen Rüssel saugend, rannte es immer im Kreis herum.

»Seltsam«, bemerkte Carmen. »Das hat er doch schon gemacht, als er die Spur vom Chef verloren hat.«

Berger schnippte mit den Fingern. »Und vielleicht macht er es wieder so, weil er sie wiedergefunden hat. Lassen wir ihn doch einfach raus und sehen, was passiert.«

Gräfin Rosa öffnete die Heckklappe des Streifenwagens, und das Schwein schoss förmlich heraus. Sie hatte keine Chance, Filou wieder an die Leine zu nehmen. Wie ein geölter Blitz stürmte das Tier die Rampe hoch und verschwand durch die offene Flügeltür der Eingangshalle. Carmen, Berger und Gräfin Rosa hetzten hinterher. Als sie am Pförtner vorbeihasteten, schaute der drein, als sei ihm gerade der Leibhaftige begegnet.

»Hier müssen wir richtig sein«, rief Berger, »der guckt so, als sei ihm gerade ein Schwein erschienen.«

Vereinzelte Warnhinweise wie »OP-Bereich« oder »sterile Zone« ignorierte Filou. Er tobte schnurstracks auf den ersten

Schockraum zu. Der Sensor reagierte auch auf Ferkel, sodass die Tür aufging. Ein Arzt war gerade dabei, die Kopfplatzwunde einer angetrunkenen Frau zu nähen. Er glaubte, seinen Augen nicht trauen zu können.

»Schwester«, brüllte er, seine Gummihände in die Höhe reckend, »welcher Idiot hat dieses Schwein hier reingelassen!«

Seine Patientin richtete sich unter dem sterilen OP-Tuch wie ein Gespenst auf und lallte: »Mein Mann ist hier? Schmeißt das Ferkel raus!«

Filou drehte, ständig schnüffelnd, zwei Runden um den Operationstisch und verließ den Raum auf dem Weg, auf dem es gekommen war.

Berger rief nur ein kurzes: *»Perdona me«* und rannte, gefolgt von Carmen und Gräfin Rosa, ebenfalls wieder auf den Gang, immer Filou hinterher. Der nahm den kürzesten Weg zu den Aufzügen. Vor einer der acht Türen blieb er aufgeregt grunzend stehen.

Völlig atemlos gelang es der Gräfin, ihn einzufangen und wieder anzuleinen. Als die Aufzugtür aufging, zog Filou sie hinein.

»Welche Etage soll ich drücken?«, fragte Gräfin Rosa ratlos.

»Versuchen wir's direkt auf der Intensivstation«, beschied sie Carmen.

Als die Tür wieder aufging, stürmte Filou mit der Gräfin an der Leine in Richtung Intensivbereich. Wieder gingen die Türen, wie von Geisterhand gesteuert, vor diesem seltsamen Gespann auf, und Filou stürmte mit Karacho hinein. Laut quiekend zog er wie wild in den ersten Wachraum hinein und blieb dort, immer wieder gierig die Luft einsaugend, vor einem leeren Bett stehen.

Ein Arzt, der das Ganze von Weitem beobachtet hatte, stürmte nach ihnen herein. »Sagen Sie mal, sind Sie wahnsinnig, hier mit einem Schwein rumzulaufen? Das ist die Intensivstation!«

Sich nicht für die Aufregung der Menschen interessierend, wollte Filou schon wieder raus aus dem Raum. Die Gräfin konnte ihn nur mit Mühe zurückhalten.

Carmen zog ihren Dienstausweis aus der Tasche und hielt ihn dem verdutzten Mann vor die Nase. »Carmen Lucas von der *Policía Nacional.* Das hier ist ein Dienstschwein. Wurde in diesem Bett ein gewisser Estebán Dominguez behandelt?«

Der Doktor war völlig verblüfft. »Ein Dienstschwein? Ja, seit wann gibt es denn Dienstschweine?«

Carmen herrschte ihn an: »Beantworten Sie gefälligst meine Frage. Wurde in diesem Bett ein gewisser Estebán Dominguez behandelt?«

»Ja doch«, kam es von dem völlig überrumpelten Arzt. »Aber der ist inzwischen ins Gefängnishospital zurückverlegt worden.«

Berger zog nach. »Jetzt wissen wir auch, warum Filou wieder runterwill. Hatten Sie hier auch einen Cristobal García Vidal?«

Der Doktor schüttelte eingeschüchtert den Kopf. »Nein, wer soll das denn sein? Den Namen kenne ich gar nicht.«

»Dann möchte ich bitte sofort die Krankenakten dieses Falles einsehen.«

»Das werden Sie so lange nicht, bis Sie hier mit einem richterlichen Beschluss aufschlagen!«

»Danke für Ihre große Hilfe.« Carmen ließ den Mann einfach stehen.

Sie folgten Filou, der erneut in Richtung Aufzüge stürmte.

»Moment mal«, stoppte Berger den wilden Zug. »Nun lasst uns mal kurz Luft holen und nachdenken. Ich deute Filous Benehmen so, dass er hier die Fährte von Cristobal wiedergefunden hat. Die Krankenhausleute sagen aber, dass das nicht seine Spur ist, sondern die von Estebán Dominguez. Ich glaube dem Schwein mehr. Für mich ist das Beweis genug dafür, dass der arme Cristobal derzeit als Estebán Dominguez im Gefängniskrankenhaus im künstlichen Koma gehalten wird.«

»Aber dann kann man ihn doch jederzeit von den Wärtern befreien lassen«, wandte Carmen ein.

»Es fragt sich nur, wie viele davon auf Kongs Gehaltsliste stehen oder zur Mitarbeit gezwungen wurden. Nein, Carmen, uns sind so lange die Hände gebunden, bis wir alle Geiseln, die Kong hat nehmen lassen, befreit haben. Und im Augenblick weiß nur Gott allein, wie viele das sind und vor allem wo sie verwahrt werden.«

Carmen sah Berger völlig entgeistert an. »Da müsste ja der gesamte Justizapparat korrupt sein! Das ist doch wohl nicht Ihr Ernst?«

»Man muss sich in so einer Hierarchie nur genug auskennen, dann kann man sie für sich instrumentalisieren, ohne dass sich der einzelne Beamte wissentlich an offensichtlich unrechten Aktionen beteiligt.« Berger zog die Stirn kraus. »Wir müssen davon ausgehen, dass Kong innerhalb und außerhalb der Strafanstalt über eine gut funktionierende Infrastruktur verfügt. Ich bin fest davon überzeugt, dass ihm, wenn er darauf Appetit hat, innerhalb einer Stunde ein halbes Pfund gut gekühlter russischer Kaviar in seiner Zelle serviert wird.«

»Wollen Sie, dass ich den Glauben an unser Rechtssystem verliere?«, protestierte Carmen.

»Nein, das will ich nicht, im Gegenteil. Es ist das beste System, das wir in Europa bisher hatten. Nur solltest du langsam damit anfangen, deinen festen Glauben so zu gestalten, dass er mit der Realität kompatibel ist. Kong hat auch als Gefängnisinsasse die russische Mafia hinter sich, mit allen Vor- und Nachteilen eines derartig riesigen und mächtigen Apparates. Und dagegen ist so ein mickriger Gefängnisdirektor ein ganz kleines Licht.«

Carmen wirkte niedergeschlagen. »Nur der Gedanke daran macht mich krank. Es wird uns, fürchte ich, nichts weiter übrig bleiben, als das Gefängnis zu stürmen.«

Berger lehnte das energisch ab. »Das wäre Schwachsinn. Cristobal wäre der Erste, der dabei ums Leben käme, und neben ihm zig Unschuldige. Diese Nummer ist, wenn sie denn so gelaufen ist, wie wir im Moment vermuten, sensationell geplant und durchgezogen, das muss der Neid Kong lassen. Wir haben nur eine Chance: Wir müssen besser sein als die.«

Carmen nickte bedient. »Wenn's weiter nichts ist. Und wie wollen wir das anstellen?«

»Wir müssen etwas machen, womit die nicht rechnen.«

»Und was zum Beispiel?«

Berger lächelte grimmig. »Wir sollten zuallererst deren Hauptquartier hier auf Mallorca ausschalten und durch unsere Leute ersetzen. Der Comisario hat nur so lange eine Chance, wie sich Kong in Sicherheit wiegt.«

Sie wollten gerade die Eingangshalle verlassen, da baute sich der Pförtner, von zwei Wachleuten flankiert, drohend vor ihnen auf. »Sagen Sie mal, Herrschaften, sind Sie eigentlich wahnsinnig, hier alles mit einem Tier zu kontaminieren, noch dazu mit einem Schwein?« Der Mann wurde derartig laut, dass sich alles im Empfangsbereich nach ihnen umsah.

»Na, endlich gibt das mal jemand vom Krankenhaus zu«, konterte Berger ebenso lautstark.

Der zu einem Giganten aufgeblähte Kerl schrumpfte schlagartig auf Normalmaß zurück. »Was soll ich zugeben?«

Bergers Stimme überschlug sich vor Zorn. »Das, was ich hier an der Leine führen muss, ist meine Tochter, Señor! Nachdem Ihre Ärzte ihr für viel Geld eine neue Nase gemacht haben, sieht sie aus wie ein Schwein! Dafür werden Sie bezahlen, Señor, Sie alle hier!«

Verdattert machten die drei ihnen Platz. Sie waren sichtlich froh, in diesem Hause nur angestellt zu sein. Von den umstehenden Patienten hingegen fassten sich einige erschrocken an die Nase und überdachten vermutlich gerade noch mal ihre Entscheidung, sich in diesem Krankenhaus operieren zu lassen.

8

Die Familienangehörigen der Polizeibeamten, die unmittelbar mit diesem Fall zu tun hatten, hatten sich inzwischen vollzählig in der Musikschule von Santanyí versammelt. Viele waren zuerst ungehalten über ihren Zwangsurlaub vom eigenen Haushalt. Mit einer kurzen Ansprache konnte Carmen aber auch die letzten Unverständigen vom Sinn dieser Maßnahme überzeugen. Als sie erfuhren, dass Frau und Kinder des Kollegen Cueto entführt worden waren, schlug die anfängliche Abneigung sogar in uneingeschränkte Befürwortung dieser Maßnahme um. »Endlich wird auch mal was für unsereins getan«, murmelten einige.

Gräfin Rosa sorgte dafür, dass Musiklehrer zur Verfügung standen, um mit den Kindern und den Müttern zusammen musizieren zu können. Instrumente waren ja von Haus aus genug da. Die Kollegen von der EDV-Abteilung hatten einen normalen Klassenraum in eine attraktive Multimedialandschaft verwandelt, sodass die Kids auch noch etwas zu »daddeln« hatten.

Das Ermittlungsteam sammelte sich zu einer kurzen Besprechung in dem zum notdürftigen Revier umgewandelten Raum. Nur Angela Bischoff, María und Cristobal junior fehlten noch, waren aber bereits unterwegs zu ihnen.

Berger ergriff das Wort. »Liebe Kolleginnen und Kollegen, unsere Maßnahme mit diesem Familienausflug hierher erscheint dem einen oder anderen vielleicht höchst ungewöhnlich, aber wir müssen davon ausgehen, dass die Rechner des Intranets in der Polizei von Hackern überwacht werden, um unsere Schritte für sie berechenbar zu machen. Mit dieser Lösung hier haben die mit Sicherheit nicht gerechnet. Wir denken auch, dass der Kollege Cueto nicht der Einzige bleiben könnte, dessen Familie direkt bedroht wird. Mit dieser Maßnahme sind wir jedoch auf der sicheren Seite.«

Er erläuterte kurz den Stand der Ermittlungen. Er schrieb dabei die Fakten an eine große Schultafel an der Wand. Alle hatten Probleme damit, zum einen die Macht ihres Gegners und zum anderen die Hilflosigkeit und Verletzbarkeit ihres eigenen Systems zu akzeptieren. Nach seinem Vortrag stand zunächst fassungsloses Schweigen im Raum.

»Sollte jemand eine gute Idee haben, wo und wie wir den Feind treffen können, dann wäre jetzt der beste Zeitpunkt, die auch loszuwerden«, sagte Carmen.

»Wir sollten im Krankenhaus von Manacor das Unterste zuoberst kehren und die Spurensicherung durchjagen, dann finden wir mit Sicherheit etwas«, rief Andrea Bastos.

»Keine Chance«, erwiderte Carmen ruhig. »Unser einziges Indiz dafür, dass der Comisario dort festgehalten wurde, ist der Geruchssinn eines neurotischen Ferkels. Kein Untersuchungsrichter der Welt wird deswegen eine Durchsuchungsanordnung für ein Krankenhaus ausstellen.«

»Moment mal«, protestierte Gräfin Rosa. »Wieso bitte neurotisch?«

»Ihr Schwein, liebste Gräfin, ist entzückend, intelligent, einfühlsam und mutig«, kam es von Berger. »Das alles sind Attribute, die man der gemeinen Fleischwurst auf seinem Pausenbrot im Normalfall nicht nachsagen würde.«

Gräfin Rosa begnügte sich mit dieser Antwort. Es war auch nicht die richtige Zeit, über derartige Lappalien in Streit zu geraten.

Angela Bischoff öffnete die Tür. »Hallo zusammen! Ich hatte gerade einen interessanten Anruf aus Wiesbaden. Mein Kontakt konnte eine Spur im Internet bis hierher nach Mallorca verfolgen.«

Alles staunte.

»Da surft man also einmal um die halbe Welt, nur um wieder auf Mallorca zu landen?«

»So ist es, Señor Residente. Und zwar auf einer Finca nördlich von Sineu. Sie gehört einem gewissen Jan van Veveren, einem Niederländer, dem extrem gute Kontakte zur russischen Mafia nachgesagt werden. Er selbst ist Produzent von Hardcorepornos. Auf seiner Luxusfinca werden auch sehr viele von diesen Schmuddelfilmen gedreht.«

Carmen erschien diese Nachricht wie ein rosa Streif am Horizont. »Dann sollten wir van Veveren einen Besuch abstatten.«

»Wobei wir uns eine blutige Nase holen dürften«, bremste sie ein Kollege der *Guardia Civil.* »Ich war einige Zeit in Sineu stationiert. Wir haben öfter Hinweise darauf erhalten, dass dort Mädchen aus dem Ostblock für die Prostitution eingeritten werden.«

»Was soll das denn nun wieder heißen?« Carmen wirkte allein schon durch das Wort angewidert.

»Das heißt, dass sie dort so lange mehrmals am Tage brutal vergewaltigt werden, bis sie freiwillig ihrem neuen Job als Prostituierte in russischen Edelbordellen nachgehen.«

»Und warum hat man dem nicht schon lange einen Riegel vorgeschoben?«

»Weil diese feinen Herren bisher immer von einflussreichen Leuten im Inselrat oder in dessen Dunstkreis gedeckt wurden. Wir waren damals mehrfach mit ganzen Hundertschaften auf dem Weg dorthin, das ist nämlich ein riesiges Grundstück, aber wir wurden jedes Mal, kurz bevor wir dort waren, wieder zurückgepfiffen. Das ging so lange, bis der Sektionschef ausgewechselt wurde. Seitdem haben die ihre Ruhe.«

»Und genau damit ist jetzt Schluss!« Carmen hieb mit der Hand auf den Tisch. Sie schien felsenfest entschlossen zu sein. »Den Herren werden wir jetzt das Handwerk legen.«

»Bist du wahnsinnig?« Pablo Negro war völlig entgeistert. »Das kriegen wir nicht durch. Du bist quasi noch in der Ausbildung.«

»Richtig«, sie grinste ihn an, »und somit bin ich unkündbar. Es kann mir zwar passieren, dass ich den Rest meiner Ermittlertage nur noch Kaffee kochen und ausfegen darf, dann ginge es mir aber besser als vielen Hausfrauen. Die machen die gleiche Arbeit, bekommen dafür aber kein Geld.«

Arantxa Burguera rief dazwischen: »Was ist denn nun genau das Ziel dieser Aktion?«

»Wir wollen erstens alle Geiseln aus der Gewalt dieser Organisation befreien, zweitens wollen wir Kong und seine Leute im Gefängnis von der Außenwelt isolieren, und drittens will ich versuchen, Mafialeute durch einige von uns zu ersetzen, um Kong eventuell beeinflussen zu können«, gab Berger bereitwillig Antwort.

»Haben wir denn Leute, die Russisch können?«

»Ja.« Berger nickte. »Ich habe hier schon mit Dolmetschern zusammengearbeitet, die dieser Aufgabe gewachsen wären.«

Andrea Bastos protestierte erneut. »Aber wir können nicht einfach eine derartig große Aktion durchziehen, dazu fehlen uns die Leute. Wir müssten Unterstützung vom SEK haben.«

»Da machen Sie sich bitte keine Sorgen«, versuchte Berger, eine etwaige Diskussion darüber im Keim zu ersticken. »Gerade die Herren vom SEK waren bisher ganz begeistert von unserer Carmen, und nun könnten sie mal unter Beweis stellen, wie ernst es ihnen damit ist.« Er schaute in die Runde. »Okay, liebe Kollegen, Sie werden jetzt dafür sorgen, dass wir in, sagen wir um ...«, er schaute auf seine Uhr, »um exakt einundzwanzig Uhr in Sineu zuschlagen können. Das SEK wird hierher nach Santanyí bestellt, damit niemand von den ›Großkopferten‹ Verdacht schöpfen kann. Wir müssen leider davon ausgehen, dass die Zentrale in Palma unterwandert wurde. Ich brauche in zwanzig Minuten alles, was ihr an Bauplänen und Satellitenaufnahmen dieser Finca auftreiben könnt.«

Wortlos standen einige der Kolleginnen und Kollegen auf, um sofort mit der Arbeit zu beginnen.

Andrea Bastos schüttelte den Kopf. »Man wird uns erneut zurückpfeifen, wenn wir mit dem ganzen Tross nur in die Nähe dieser Finca kommen.«

»Das wird man zumindest versuchen«, sagte Berger und grinste. »Aber wie soll man uns erreichen, wenn Funk und Handys aus sind?«

Nun erhob sich auch der Rest der Leute, um alles gründlich vorzubereiten. Carmen hingegen blieb wie benebelt sitzen.

»Was ist mit dir, hast du nicht jede Menge Arbeit?«

»Ich wollte nur noch mal kurz meinen Job genießen. Schade, ich hätte ihn gern noch länger gemacht.«

»Bist du zur Berufspessimistin geworden?«

»Nein, Residente, aber zur Zwangsrealistin.«

»Carmen, mein Mädchen, du bist zweifelsohne die mutigste junge Frau, die mir jemals begegnet ist. Sollte Tomeu irgendwann einmal die Nase voll von dir haben, dann sage mir Bescheid, dann werde ich dich sofort heiraten.«

Sie lächelte ihn dankbar an. »Ich fühle mich geehrt, Señor Berger. So viel Mut hätte ich dann aber doch nicht.«

***

Langsam öffnete Comisario García Vidal seine Augen. Das gleißende Licht schmerzte furchtbar. Was ihm darüber hinweghalf, war die Hoffnung, vielleicht einmal etwas anderes zu sehen als nur immer wieder eine weiße Zimmerdecke, doch diese Hoffnung trog. Es hatte sich nichts geändert, die Zimmerdecke war noch da. Da war aber doch etwas Neues. Er nahm erfreut zu Kenntnis, dass er nicht nur die Augenlider kontrollieren konnte, sondern auch seine Augäpfel.

Ihn störte hingegen, dass die Piepfrequenz, die das Gerät neben ihm nervtötend beständig von sich gab, plötzlich erheblich schneller wurde. Eben waren es vielleicht noch sechzig Piepser in der Minute gewesen, jetzt war sein Puls locker auf das Doppelte hochgeschnellt. Das Zischen der Beatmungsmaschine wurde aber nicht schneller. García Vidal spürte, wie ihn eine Woge der Angst ergriff. Sein Puls raste förmlich, jetzt piepte es durchgehend. Ein Pfleger und eine Schwester kamen herbeigeeilt.

»Der arme Kerl ist aufgewacht«, kam es mitleidvoll von ihr. »Kann er dann nicht extubiert werden?«

»Einen Teufel werden wir tun. Dr. Hernandez hat ganz deutlich die Anweisung gegeben, dass wir ihn die kommenden achtundvierzig Stunden nicht abhängen dürfen.«

»Sollte dann nicht lieber ein Luftröhrenschnitt gemacht werden? So ist das doch eine einzige Quälerei für ihn.«

»Na und?«, kam es gelangweilt vom Pfleger. »Das ist doch nur ein Knacki.«

Der Comisario wollte aufschreien: Ich und ein Knacki? Wissen Sie denn nicht, mit wem Sie es hier zu tun haben? Er spannte alle Muskeln an, um sich entrüstet aufzurichten, aber sie gehorchten ihm nicht.

»Pass auf, der kommt uns noch ins Kammerflimmern!« In der Stimme der Schwester lag etwas Besorgtes.

»Dann geben wir noch etwas Sedativum.«

Die Wirkung des Beruhigungsmedikaments setzte schlagartig ein. García Vidals Augen schlossen sich, ohne dass er etwas dagegen tun konnte. Auch sein Pulsschlag beruhigte sich wesentlich. Immerhin etwas.

***

Auf dem Weg nach Palma saßen Gräfin Rosa und der Residente eine Weile schweigend nebeneinander auf der Rückbank des Dienstwagens. Der wilde Fahrstil des jungen Polizeibeamten am Steuer und das ewige Geheul der Sirene waren auch nur wenig einladend, ein Gespräch zu führen.

»Könnten Sie mir denn vielleicht jetzt sagen, was wir in Palma wollen?«, forderte die Gräfin nach einer Weile.

»Wir werden Capitán Ramirez einen Besuch abstatten. Ich habe mich vorhin mit dem SEK recht weit aus dem Fenster gehängt. Darum muss ich mich jetzt persönlich kümmern. Und da wir bei diesem Gespräch doch sehr in medias res gehen werden, ist ein Telefonat ausgeschlossen. Wir können keine Mithörer gebrauchen, schon gar keine digitalen Lauscher aus Moskau.«

»Ich denke, die Leitungen in Santanyí sind wieder sauber?«

Berger winkte ab. »Die müssen nur jemanden bei der Telefónica schmieren, dann können die alle Anrufe mitschneiden. Das hatten wir doch alles schon mal.«

»Stimmt, und das darf uns nicht wieder passieren. Übrigens, wo ist eigentlich Angela, die wollte doch zuerst mitkommen?«

»Sie versucht gerade, ihren alten Kollegen, der heute beim BKA ist, zu bezirzen.«

»Mit welchem Ziel, wenn ich fragen darf?«

»Wenn wir es geschafft haben sollten, die Finca einzunehmen, dann darf weder in Moskau noch im Gefängnis jemand etwas davon bemerken. Und dafür müssen die BKA-Leute von Wiesbaden aus sorgen. Die scheinen die weitaus besseren Hacker zu beschäftigen als die hiesige *Policía Nacional*«

***

»Hi, Freaky, hier ist Angela.«

»Hallo, ich habe dich schon vermisst. Alles klar auf der Insel?«

»Das frage mich bitte morgen, ich hoffe, dann haben wir das Schlimmste hinter uns.«

»Wollt ihr den Laden stürmen?«

»Wenn du die Finca meinst, dann ja.«

»Und was können wir dabei noch für euch tun?«

»Eine Menge. Könnt ihr es irgendwie schaffen, den Computer auf der Finca in eure Gewalt zu bekommen? Es muss uns irgendwie gelingen, dass weder Moskau noch das Gefängnis etwas von der Stürmung mitbekommen.«

»Wie meinst du das?«

»Na, Moskau und die im Gefängnis sollen denken, sie telefonieren, chatten oder mailen mit der Finca bei Sineu.«

Freakys Reaktion sprach Bände. »Aber sonst geht es dir noch gut, hoffe ich?«

Angelas Stimme wurde flehentlich. »Siehst du denn gar keine Möglichkeit?«

»Das habe ich nicht gesagt. Ich denke nur darüber nach, was wir dafür alles benötigen würden.«

»Kann ich euch eventuell dabei helfen?«

»Lass mal überlegen: Der technische Aufwand wäre ein Klacks, das haben wir alles hier. Was ein Problem werden könnte, sind Leute, die Russisch und Mallorquin zumindest in Schrift beherrschen. Aber da fallen mir schon zwei ein, die ich fragen könnte. An die Protokolle der Mails komme ich spielend heran, das sind ebenfalls Peanuts. Deine Hilfe benötige ich bei den Protokollen der Telefonate zwischen Mallorca und Moskau. Aber ich bin mir sicher, dass die im russischen Konsulat gespeichert wurden. Das ist bei denen und bei den Amis gang und gäbe. Könntest du da rankommen?«

Angela war erleichtert. »Bestimmt. Ich habe den russischen Konsul erst vor drei Wochen auf einem Empfang der deutschen Botschaft kennengelernt. Er ist ein erklärter Feind der russischen Mafia. Vor Jahren haben die seinen Bruder erschossen. Außerdem war der Mann so scharf auf mich, dass er mir beinahe ins Dekolleté gekrochen ist.«

»Was denn, habt ihr neuerdings Wonderbras als Dienstkleidung?«

»Sei nicht so frech, Freaky. Ich meine es ernst. Um einen Russen zu ködern, brauchst du Geld oder Titten. Möglichst beides.«

»Okay, dann gib dein Bestes, meine Schöne, Geld hast du ja keines. Ich werde hier alles vorbereiten.«

Sie legte erleichtert auf. »Himmel, wenn das alles klappt …«, murmelte sie aufgeregt, während sie Bergers Nummer wählte. »Das werde ich nie wiedergutmachen können.«

***

Der Comisario döste halb wach vor sich hin. Was sollte er auch anderes machen? Mit einem Male hörte er wieder diese seltsame, ihm bekannte Stimme, nur hatte er sich bisher umsonst sein Hirn zermartert, wem sie zuzuordnen war.

»Na, mein Freund, wie geht es dir?«

García Vidal erwartete, dass sich jeden Augenblick das Gesicht, das zu der Stimme passte, in sein Gesichtsfeld schieben würde, aber er wartete vergebens. Er spürte nur, dass diese Stimme Unbehagen in ihm auslöste.

»Ich weiß, dass du mich hören kannst, ich weiß aber auch, dass du dich nicht bewegen kannst. Tja, mein Lieber, das gönne ich dir. Was würde ich dafür geben, wenn in dem noch freien Bett hier neben dir endlich auch dein unsäglicher Schatten läge. Aber mach dir keinen Stress, kleiner Bulle, mein Wunsch wird sich bald erfüllen, und dann wird dein Residente neben dir liegen, und ihr werdet gemeinsam sterben.«

Dem Comisario gefror das Blut in den Adern. Jetzt wusste er, wer zu ihm sprach, in wessen Gewalt er sich befand. Das war King Schokotoffs Kong, Oleg Druschkoij, wie dieser gefährliche Riese mit bürgerlichem Namen hieß. Wer ihn als Freund hatte, konnte sich glücklich schätzen, wer sein Feind war, lebte in tödlicher Gefahr. Obwohl García Vidal von einer Sekunde auf die andere bewusst wurde, dass seine Überlebenschance größer wäre, wenn er sich ohne Fallschirm vom Eiffelturm stürzen würde, blieb er seltsamerweise cool, was sich an seinem Herzschlag zeigte.

Das weiterhin gleichmäßige Piepen verwunderte offenbar selbst Kong, denn der beugte sich jetzt über den Comisario, um sicherzugehen, dass sein Opfer ihn auch erkannte. »Ich bin es, mein Junge. Kings Kong, dein Todesengel.«

Der Riese konnte nicht ansatzweise erahnen, was für eine mentale Anstrengung García Vidal erbrachte, um in diesem Augenblick seine Nerven unter Kontrolle zu halten. Es funktionierte, sein Puls blieb gleichmäßig. Kong hingegen war die Enttäuschung ins Gesicht geschrieben.

»Was ist los, Doc, sind Sie sicher, dass er mich hören und sehen kann?«

Dr. Hernandez beugte sich ebenfalls über García Vidals Kopf. »Nach medizinischem Ermessen ja, aber hundertprozentig wissen kann man das nie.«

Kong riss den Arzt am Arm zu sich herum. »Hören Sie, Doc, ich will, dass der sich vor Angst in die Hosen scheißt.«

Hernandez nahm seinen gesamten Mut zusammen, um Kong Paroli zu bieten. »Wenn Sie echte Liebe wollen, dann dürfen Sie keine Bewusstlosen vögeln.«

Kong sah aus, als ob er diese Frechheit sofort mit einem seiner mächtigen Hiebe bestrafen wollte, aber er hielt sich im Zaum, bedachte Dr. Hernandez nur mit einem abgrundtief bösen Blick.

García Vidals Blutdruck und Puls stiegen etwas an, was aber vermutlich der unendlichen Genugtuung geschuldet war, die er in diesem Augenblick mit jeder Faser seiner geschundenen Seele genoss. Endlich bot mal jemand diesem Riesen mutig die Stirn.

***

Berger und Gräfin Rosa saßen seit einer Viertelstunde im Büro des Kommandeurs des Spezialeinsatzkommandos der Insel. Capitán Ramirez hörte Bergers Bericht aufmerksam zu.

»Ich bin zutiefst betrübt, García Vidal in so einer bedrohlichen Situation zu wissen. Dabei erscheint mir Ihre Darstellung des gesamten Falles die einzig mögliche Auslegung zu sein. Was Sie jetzt von mir verlangen, Señor, ist jedoch mehr als nur ungewöhnlich.«

Bergers Magen krampfte sich zusammen. Er hatte zwar eine Ablehnung seines unkonventionellen Planes erwartet, dennoch tat sie in diesem Augenblick weh.

»Ich muss Ihnen sagen, dass Sie um weitaus weniger bitten, als ich in der Lage bin zu bieten.«

Berger benötigte eine ganze Weile, den Sinn dieser Worte zu begreifen. »Habe ich das richtig verstanden? Sie wollen mir noch mehr entgegenkommen?«

Ramirez lächelte ihn an. »*Sí*, Señor.« Er drückte einen Knopf seiner Sprechanlage. »Señor Bogol, wenn ich bitten dürfte?«

Berger staunte erst Ramirez an, dann starrte er fassungslos auf den Mann, der nun das Büro betrat.

»Da brat mir doch einer einen Storch«, sagte er perplex. »Ich fasse es nicht. Durchlaucht, darf ich Ihnen den am meisten gefürchteten Mann in Moskaus Unterwelt vorstellen?« Er erhob sich, um den Neuankömmling zu begrüßen. »Aleksandar Bogol!«

Die beiden umarmten einander freundschaftlich.

»Aleksandar, darf ich Ihnen Gräfin Rosa von Zastrow vorstellen?«

»Michail, mein Freund.« Bogols warmer Bass dröhnte durch den Raum. »Es ist wunderbar, Sie hier zu treffen. Sehe ich Sie tatsächlich in Begleitung einer Gräfin? Ein kleiner Rückfall ins Feudalsystem?«

»Nein, Aleks, mitnichten. Hätte Gospodin Lenin diese wunderbare Gräfin kennenlernen dürfen, wäre die Zarenfamilie an Altersschwäche gestorben.«

Aleksandar Bogol strahlte Gräfin Rosa an und gab ihr einen formvollendeten Handkuss.

»Aleksandar war damals, als wir uns zuletzt in Moskau sahen, Chef der OMON-Einsatztruppen«, erklärte Berger. An Bogol gewandt fragte er: »Und was machen Sie heute?«

»Nichts anderes, Michail. Ich bin noch immer Oberst der OMON.«

»Ach, dann sind Sie hier auf Urlaub?«, fragte Berger erstaunt.

»Nein Michail, den hänge ich aber vielleicht noch dran, wenn wir hier fertig sind.«

»Womit, wenn ich fragen darf?«

»Señor Residente«, warf Ramirez freundlich ein, »Sie beide spielen nicht nur in der gleichen Liga, sondern auch dieselbe Partie.«

Berger legte die Stirn in Falten. »Wie soll ich das verstehen?«

»Es kommt Ihnen bei Ihrem Vorhaben nicht nur die spanische Infanterie, sondern mit der OMON auch die russische Kavallerie zu Hilfe.«

Berger war begeistert. »Und Sie werden mir sicher auch erklären, wie dieses Glück zustande kommt?«

»Gern. Mit dem Moskauer Bürgermeister fiel kürzlich auch dessen gesamte milliardenschwere Seilschaft beim Kreml in Ungnade. Pech für die, Glück für uns.« Ramirez lächelte vielsagend.

»Soll das etwa heißen, dass es King Schokotoff an die bisher so blütenweiße Weste geht?« Ein Strahlen machte sich auf Bergers Gesicht breit.

»Sie wissen, dass uns die Machenschaften dieses Herrn schon lange ein Dorn im Auge waren. Mit dem Tod seines Sohnes nahmen die finsteren Geschäfte auf Mallorca ja noch lange kein Ende. Und die von Ihnen genannte Finca steht schon lange unter unserer Beobachtung. Uns war bereits bekannt, dass auf dem Besitz des Holländers junge Frauen für die Prostitution gefügig gemacht werden. Vor Kurzem sind dort außerdem spanische Frauen, teils mit Kindern, untergebracht worden, und dank Ihres Besuchs wissen wir nun zumindest von einigen auch, wer das ist.«

Ramirez legte ein Satellitenfoto des Anwesens auf seinen Schreibtisch. Er zeigte auf einen großen, hallenartigen Bau neben dem Stammhaus. »Hier sind sie untergebracht.«

Berger versuchte, sich alles so genau wie möglich einzuprägen. »Weiß jemand, wie viele Leute dort stationiert sind?«

»Wir wissen definitiv von zwölf Mann. Für so ein riesiges Areal also eine recht überschaubare Gruppe.«

Berger war mit der Information noch nicht zufrieden. »Sind Ehemalige von Ihnen dabei, Aleksandar?«

»Ja, leider, und keine Schlechten.«

»Niemand, der in Ihrer Truppe war, ist schlecht«, warf der Capitán bedauernd ein.

»Haben Sie schon einen Plan, wie Sie vorgehen wollen?«, fragte Berger.

Ramirez schüttelte den Kopf. »So weit waren wir noch nicht.«

»Aber wenn Sie so fragen, Michail, dann haben Sie sich vermutlich schon etwas zurechtgelegt, oder?«

Berger nickte. »Die Gräfin kam während der Fahrt hierher auf die Idee, die Herren mit einer etwas weiter entfernten Explosion aus der Deckung zu locken.«

»Und wie soll das genau gehen?«

»Wenn das nächste Mal jemand Brötchen holen fährt, nehmen wir ihn hops. Das Fahrzeug wird von uns so präpariert, dass es unmittelbar vor dem Gelände, natürlich für alle in den Gebäuden gut hörbar, in die Luft fliegt. Unsere Leute sind bis dahin so auf dem umliegenden Terrain postiert, dass die neugierigen Mafiosi automatisch in einen Hinterhalt geraten.«

»Das könnte klappen.« Bogol betrachtete die Satellitenaufnahme. »Aber ich denke, ein Ablenkungsmanöver allein wird nicht ausreichen, um das Gelände ohne Risiko für die Geiseln zu sichern. In circa einer Stunde treffen zwei Männer auf der Insel ein, die wir vor gut einem Vierteljahr in Schokotoffs Moskauer Gruppe eingeschleust haben. Wenn wir die erst einmal auf dem Gelände haben, können wir die Geiseln bei einem Zugriff besser schützen.«

Berger sah auf seine Uhr. »Dann sollte ich meine Leute zurückpfeifen, wir wollten schon heute Abend um neun reingehen.«

»Eile hat noch nie etwas gebracht. Wir würden dabei nur Menschenleben gefährden.« Ramirez rollte das Foto wieder zusammen. »Als Erstes sollten wir unser Hauptquartier in dieser Angelegenheit näher an das Geschehen, nach Sineu verlegen. An der Cami Vell de Costix liegt ein Sportzentrum mit einer riesigen Turnhalle. Jetzt, in den Ferien, ist der Komplex so gut wie verwaist. Dort können wir schalten und walten. Vor morgen früh sehe ich keine Chance für uns, einen geordneten Angriff zu starten.«

Bogol nickte. »Außerdem sollten wir zeitgleich zuschlagen, hier in Sineu und in Moskau.«

Gräfin Rosa hatte sich bisher alles schweigend angehört. »Und was wird mit dem Comisario?«, fragte sie jetzt. »Der liegt unter falschem Namen im Gefängniskrankenhaus und wartet auf unsere Hilfe. Wer weiß, was die ihm dort antun? Ich mag mir gar nicht vorstellen, wie ihm zumute ist. So ein Gefängnis, das ist doch eine staatliche Einrichtung. Warum holen Sie ihn da nicht einfach raus?«

»Ich fürchte«, antwortete Aleksandar Bogol und nickte ihr freundlich zu, »dass Sie Ihre Vorstellung von Gefängnissen ein wenig überdenken sollten.«

»Wollen Sie damit sagen, dass das rechtsfreie Räume sind?«

»Im Gegenteil, Condesa, die mallorquinischen Gefängnisse haben jedoch ganz eigene Gesetze, viel restriktivere sogar als unsere russischen. So ein Gefängnis ist eine eigene Welt mit einer eigenen Subkultur, mit einer eigenen Legislative und vor allem einer eigenen, äußerst brutalen Exekutive.«

»Das klingt ja so, als ob Kong somit der Präsident eines kleinen Staates im Staate ist?«

»Besser hätte ich es nicht umschreiben können. Ich denke, dass wir da mit einem offiziellen Staatsbesuch nicht weiterkommen werden.«

»Aber man sollte doch zumindest schon mal jemanden über das, was da vor sich geht, informieren! Den Gefängnisdirektor zum Beispiel!«

Ramirez machte eine abwiegelnde Geste. »Und woher wissen Sie, dass dessen Angehörige nicht auch in Sineu sitzen? Sollte Kong durch eine Unachtsamkeit mitbekommen, dass seine kriminelle Infrastruktur weggebrochen ist, wird er noch viel unberechenbarer, als er jetzt schon ist.« Er sah Gräfin Rosa eindringlich an. »Señora, jetzt Geduld zu bewahren könnte für den Comisario lebensrettend sein, so grausam es Ihnen im Moment auch erscheinen mag.«

Berger fischte sein Handy aus der Jeans. »Wir sollten Carmen langsam mal über diese äußerst positive Entwicklung unserer Chancen informieren, wenn sie auch noch so klein sind.«

»Und sagen Sie ihr bitte, dass sie ihre Aufmerksamkeit jetzt auf das Gefängnis richten soll«, fügte Ramirez hinzu. »Wir brauchen die Namen der Insassen und Angestellten inklusive aller

Angehörigen. Sie soll überhaupt schon einmal eine Basis in der Nähe des Gefängnisses für unseren ganzen Tross einrichten. Wenn wir in Sineu fertig sind, ziehen wir dorthin um.«

***

García Vidal schreckte aus einem seltsamen Dämmerschlaf auf. Er hatte das Gefühl, dass sich jetzt, da er sich nicht bewegen und nichts außerhalb seines Gesichtsfeldes sehen konnte, sein Gehör um ein Vielfaches verbessert hatte. Die Brüllerei, die in seinem Zimmer stattfand, schmerzte ihn höllisch in den Ohren. Dr. Hernandez und Kong lieferten sich ein gewaltiges Wortgefecht. Für den Comisario entwickelte sich ein grausiges Hörspiel.

»Meine Anweisungen waren doch klar«, brüllte Kong. »Er darf sich nicht bewegen, muss aber alles spüren können. Ist denn das so kompliziert zu verstehen?«

»Ja, begreifen Sie denn nicht? Der Mann ist intubiert, er hat also einen Atemschlauch im Hals, der sich entzündet, wenn ich ihm nicht hohe Dosen an Antibiotika verabreiche. So hoch dosiert können die leicht zu Halluzinationen führen. Außerdem muss ich ihn medikamentös beruhigen, damit sein Schluckreflex unterdrückt wird. Sonst kommt der Mann derartig in Stress, dass er uns glatt an einem Herzkasper stirbt. Wollen Sie das?«

Kong war außer sich vor Wut. »Er soll nicht nur sterben, er wird auch sterben, aber wann und wie ich es will. Haben Sie das verstanden, Doktor?« Er brüllte: »Hol mir den Pfleger rein!«, und García Vidal hörte auf der anderen Seite des Raumes jemanden aus dem Zimmer gehen.

Dr. Hernandez versuchte weiter, Kong zu beruhigen. »Aber Señor Kong, nun lassen Sie den armen Mann in Ruhe, Sie haben ihm doch schon einen Arm gebrochen. Was kann er denn dafür, dass die Medizin auch Grenzen hat?«

Wieder ging die Tür, und García Vidal hörte, wie jemand ins Zimmer geschleift wurde.

»Was wollt ihr denn von mir? Ich habe doch gar nichts getan«, fragte eine ängstliche Stimme.

»Halt deine jämmerliche Fresse, du Wurm«, herrschte Kong

den Mann an und sagte an Dr. Hernandez gewandt: »Stellen Sie sich vor, da stünde Ihr Sohn.«

»Hören Sie doch auf, Señor Kong«, kam es verzweifelt vom Arzt, »ich habe ja begriffen, was Sie wollen.«

»Ja«, erwiderte Kong böse, »aber manchmal wirkt so ein wenig Nachhilfe Wunder.«

Der Comisario hörte entsetzt, wie zwei Schüsse abgefeuert wurden und etwas neben ihm auf den Boden schlug. Der Mann musste tödlich verletzt zusammengesackt sein. Zufrieden beugte sich Kong über García Vidal und betrachtete sein Werk.

»Victor, wenn ich das nächste Mal Lust habe, jemanden zu töten, dann bringe mir bitte jemanden, der ein wenig mehr Freude am Sterben hat. Diese Angsthasen öden mich an!«

García Vidals Puls hätte jetzt eigentlich in Kammerflimmern übergehen müssen, aber nichts dergleichen geschah. Er wunderte sich selbst über seine Reaktion, seine Coolness. Er musste wirklich starke Medikamente bekommen haben. Offenbar hatte er nicht mal gespürt, wie Kong ihm den Arm gebrochen hatte!

So schockierend dieser Gedanke auch war, endlich wusste er, was Kong mit ihm vorhatte. Und eines war ihm sofort instinktiv klar: Solange Kong glaubte, dass er im absoluten Koma lag, war er relativ sicher. Sollte dieses Monster den Arzt aber dazu bringen, die Medikamentendosis zu verringern, und mitbekommen, dass er wach war und Schmerzen empfinden konnte, würde für ihn eine Tortur einsetzen, bei der ihm sein eigener Tod als Gnade erscheinen müsste.

***

Carmen Lucas und Angela Bischoff machten einen kurzen Abstecher in die Bar Sa Seu, um dem ganzen Trubel in der Musikschule für ein paar Minuten zu entgehen. Obwohl dort um diese Zeit auch eine Menge los war, wurden sie nicht persönlich in die Pflicht genommen, und allein das war schon erholsam. Zwei dampfende Cortados standen vor ihnen und warteten auf ihre Dosis Zucker.

Carmen schien in den letzten Stunden um Jahre gealtert zu

sein. »Es tut mir leid, Angela, aber ich werde noch wahnsinnig in diesem Ameisenhaufen von Musikschule. Wenn man nur eine Minute lang nachdenken könnte, wäre das schon eine Erholung. Aber jeden Augenblick kommt irgendjemand mit irgendeinem Problemchen angekleckert, das dann auch sofort behoben werden muss. Da sind Erwachsene ja wie kleine Kinder.«

Angela wusste nur zu genau, wie Carmen sich fühlte. »Und wie wollen Sie das in den Griff bekommen?«

»Ich gar nicht. Dazu fehlt mir einfach die Erfahrung. Und die Übung, mit Menschen umzugehen. Ich habe andere Baustellen, um die ich mich zu kümmern habe. Gräfin Rosa ist bereits unterwegs, um sich dieses Chaos anzunehmen.«

»Und was werden Sie nach dem Cortado machen?«

»Nach Palma fahren und eine Einsatzzentrale in der Nähe des Gefängnisses aufbauen.«

»Wo denn da? Ich wohne in Son Sardina, in der Calle de Agusti.«

»Etwas südlich, ebenfalls an der Bundesstraße 11 gelegen, befindet sich eine städtische Lagerhalle. Dort ist auch eine Werkstatt für Polizeifahrzeuge, daher kenne ich die. Dort wären wir gut aufgehoben, wir könnten mit den Bussen der Einsatzleitung direkt in die Halle reinfahren.«

»Dann hätten Sie ja alles dicht beisammen.«

Carmen nickte. »Und was ist mit Ihnen? So ganz spurlos ist das alles auch an Ihnen nicht vorübergezogen, stimmt's?«

»*Sí*, Señora, das kann man wohl sagen. Durch Cristobals Memoiren bin ich ihm zudem noch so unendlich nahegekommen, viel näher, als er es bisher zugelassen hat.«

»Stand denn da auch etwas über Sie beide drin?«

»Eher Sachliches. Dass es mich gibt, dass er mich mag und dass er es mögen würde, wenn ich ihn auch mag.«

»Das Stadium vor dem Knall?«

»Wenn Sie so wollen, ja, aber einen Knall gab es eigentlich gar nicht. Wir schlichen uns eher gegenseitig in das jeweilige Leben des anderen.«

»Und wie fühlt es sich an, ihm so nah zu sein?«, fragte Carmen mit neugierig funkelnden Augen.

Angela lächelte verträumt. »Angenehm warm und sehr zärtlich. Das traut man einem Kriminalen gar nicht zu, oder?«

»Moment mal, Sie sind doch auch so eine Kriminale.«

»*Sí*, das bin ich, aber ich muss ganz ehrlich sagen, dass ich vorher noch nie so zärtlich war. Cristobal und ich sind wie zwei verschreckte Kinder, die sich verstohlen an der Hand halten, auf einem für uns völlig unbekannten Territorium.«

»Und nirgends stehen so viele Fallen und Fußangeln herum wie dort.«

»*Sí*, Carmen, aber das wissen wir beide. Solange nur einer reintritt, geht es ja noch. Der andere könnte einen ja wieder rausholen. Kritisch wird es erst, wenn man gemeinsam hineintappt. Oftmals merkt man das gar nicht, und wenn, dann ist es meist schon viel zu spät, um noch gemeinsam darauf reagieren zu können.« Angela Bischoff hielt plötzlich in ihrer Rede inne. Es schien, als würde sie durch Carmen hindurchsehen.

»Angela, wo stecken Sie gerade?«

Sie schreckte hoch. »Es tut mir furchtbar leid, ich war gedanklich bei Cristobal im Gefängnis. Wenn er wirklich auf der Intensivstation gefangen gehalten wird, braucht er dringend jemanden, der auf ihn aufpasst.«

Carmen legte ihre Hand auf Angelas. »Selbst im Gefängnis wird es eine Seele geben, auf die wir uns verlassen können, glauben Sie mir.«

9

Inzwischen zog die Abenddämmerung über die Insel. Der größte Einsatzstab in der Geschichte der Verbrechensbekämpfung auf Mallorca hatte im Sportpark von Sineu Stellung bezogen. Einem, wie sich herausstellte, idealen Terrain für solche Einsätze. Der Hof zwischen den beiden großen Sporthallen war so groß, dass dort bequem alle Fahrzeuge aufgestellt werden konnten, ohne dass sie von der Straße aus zu sehen waren. Selbst der Bus der Einsatzleitung blieb so von außen unsichtbar.

In der Nacht hatte Ramirez auf den Strommasten rund um das Anwesen des Holländers drahtlose Sensoren anbringen lassen, die sämtliche Aktivitäten auf der Finca und teilweise sogar in den Gebäuden überwachten. Die Empfangsantenne dafür befand sich auf dem Dach der Sporthalle, sodass im Einsatzleitbus alles beobachtet und aufgezeichnet werden konnte.

Aleksandar Bogol zeigte sich von den technischen Möglichkeiten der *Guardia Civil* beeindruckt. Auch Berger staunte immer wieder, wie fortschrittlich dieser Behördenapparat sein konnte, trotz seiner total verkrusteten Strukturen.

»Man kommt sich vor wie im Spaceshuttle«, sagte er anerkennend.

Ramirez lachte. »Seien Sie vorsichtig, Residente, die Dinger sind so veraltet, dass die NASA sie ausmustern musste. Nur einer von den acht Rechnern an Bord hat mehr Rechenkapazität als alle Rechner dieser Dinosaurier der Luftfahrt zusammengerechnet.«

»Und wozu braucht man so viel Rechenkapazität?«

»Weil wir viel mit Bildübertragung machen und den ganzen Quatsch auch aufzeichnen. Da kommen ganz schnell schon mal ein paar Terabyte zusammen.«

Berger war fasziniert. »Und was ist das da in der Mitte für ein riesiger Plasmabildschirm?«

»Das funktioniert wie bei einem Ü-Wagen. Wir können das Bild einer jeglichen Kamera auf den Schirm legen. Wenn niemand aktiv umschaltet, wird automatisch die Kamera angezeigt, die eine Bewegung registriert.«

»Und was ist, wenn zwei Kameras gleichzeitig eine Bewegung filmen?«

»Dann wird das Bild automatisch halbiert.«

»Doll!« Auf dem Bildschirm waren jetzt zwei Männer zu sehen, die aus einem Taxi stiegen und am Eingangstor klingelten. »Und wo spielt sich das gerade ab?«

»Vorn, am Haupteingang der Finca. Das sind die beiden von Señor Bogol angekündigten Undercoverleute. Geben Sie uns noch eine halbe Stunde, um den Kontakt zu ihnen herzustellen.«

»Warum dauert das eine halbe Stunde?«

»Weil die gesamte Atmosphäre rund um die Finca zuerst gescannt werden muss. Es ist bei einem so hoch technisierten Zielobjekt davon auszugehen, dass dort mehrere drahtlose Überwachungstechniken zur Anwendung kommen. Die beiden Undercoverleute sind mit Spezialkameras und Mikrofonen ausgerüstet, damit wir alles mithören und sehen können, was da drin passiert. Dabei darf es natürlich nicht passieren, dass wir aus Versehen auf belegten Frequenzen senden. Dann haben die plötzlich unsere Überwachungskameras auf ihrem TV-Gerät, und das wäre peinlich.«

»Ach, und die beiden machen dann für uns einen Rundgang durchs Haus, und wir sind quasi live dabei?«

Der Capitán nickte. »Ganz genau so sieht es aus.«

Berger verzog anerkennend den Mund. »Was es nicht alles gibt ...«, murmelte er.

In diesem Augenblick wurde auf dem Monitor das Bild einer weiteren Kamera zugeschaltet. Vier bewaffnete Männer bestiegen einen weißen Kleinbus und fuhren los.

Bogol kniff die Augen zusammen. »Die Kavallerie rückt aus, und wie's aussieht, mit Sicherheit nicht zum Einkaufen. Die sollten wir nicht aus den Augen verlieren. Ich denke mal, die haben etwas vor.«

***

In der Musikschule von Santanyí waren keine technischen Kenntnisse gefragt, es menschelte eher an allen Ecken und Enden. Wenn so viele unterschiedliche Familien plötzlich aufeinandersitzen, dann kracht es schon mal. Die Gräfin war noch keine drei Minuten da, schon musste ein Streit geschlichtet werden, der zwischen zwei Hausfrauen entbrannt war. Beide wollten es aus Sorge um ihre Nachtruhe unbedingt vermeiden, im Raum neben den Toiletten untergebracht zu werden. Als ihnen mitten im schönsten Wortgefecht ein altes Ehepaar auf dem Gang entgegenkam, beide mit Rollatoren und Hörgeräten ausgestattet, schlug die Gräfin vor: »Fragen wir die beiden doch mal, ob sie dort einziehen würden. Die müssen nachts nur ihre ›Ohren‹ ausschalten, und schön können ganze Hundertschaften pinkeln gehen.«

Tomeu, der Rosa bei diesem kniffligen Familienmanagement unterstützte, setzte ihren Vorschlag sogleich in die Tat um. Die Kinder der Damen spielten derweil ausgelassen mit Shakespeare, Tomeus irischem Wolfshund, und dem Schwein der Gräfin. Die Zimmeraufteilung interessierte sie nicht, das ungleiche Tierpaar dagegen umso mehr. Und Filou war natürlich der Star bei den Kids.

Nachdem die Gräfin alle bis dato aufgetauchten Wogen hatte glätten können, ging sie in den Trakt des Gebäudes, in dem sich die Diensträume befanden.

Pablo Negro begrüßte sie freundlich. »*Hola*, Condesa, haben Sie sich schon etwas einleben können?«

»Ich weniger, Señor, aber ich habe anderen dabei helfen können.«

Pablo Negro lächelte. »Ich habe schon von Ihren weisen Schlichtersprüchen gehört.«

»Aber sagen Sie bitte«, erkundigte sich Gräfin Rosa, »wie ist das eigentlich mit dem Essen geregelt?«

»Mit was für einem Essen?«

»Sie können doch nicht alles zusammenkarren und dann nicht ans Essen denken!«

Pablo Negro saß da wie vom Donner gerührt. »Da haben Sie recht, Condesa, aber ich weiß nicht, wer sich darum kümmert.«

»Ich weiß es aber.«

»Und wer?«

»Sie, Señor Negro, und zwar *rápido*. Hier gibt es viele Kinder, und die haben immer Hunger.«

Ein wenig beleidigt, aber ohne Widerrede griff Pablo Negro zum Telefon.

»Einen kleinen Augenblick bitte noch. Können Sie mir vorher kurz sagen, wer sich von unseren Leuten gerade wo befindet?«

»Señora Lucas und Señora Bischoff sind kurz in der Bar, der Residente ist mit den SEK-Leuten in Sineu, und Kollege Cueto wurde zum Innendienst auf dem Revier verdonnert. Er ist dort mit der Liste der Gefängnisangestellten beschäftigt. Der Rest der Kolleginnen und Kollegen ist mit der Observation von gefährdeten Personen beschäftigt.

Die Tür wurde geöffnet, und Carmen Lucas und Angela Bischoff kamen herein.

»Na, meine Damen«, kam es von der Gräfin, »hat der Cortado geschmeckt?«

Carmen nickte. »Wunderbar. Er war wie ein Elixier für meine Nerven.«

»So, mein Mädel, Angela und ich halten hier die Stellung. Welchen Job hast du übernommen?«

»Ich schnappe mir hier nur ein Auto und werde nach Palma fahren, um dort eine zweite Einsatzleitung in der Nähe des Gefängnisses aufzubauen.«

Angela Bischoff schluckte. »Darf ich da mitkommen? Ich würde gern in Cristobals Nähe sein. Ich weiß zwar nicht, ob es ihm hilft, aber ich fühle mich dabei wohler.«

»Von mir aus, wenn Gräfin Rosa das hier allein schafft?«

Rosa nickte. »Sie schafft es.«

***

Mit der Observierung des Kleinbusses stieß das Team der in die Aktion eingeweihten Polizeikräfte kapazitätsmäßig an seine Grenzen. Mehr als eine Zivilstreife mit zwei Kollegen konnte nicht zur Verfolgung abgestellt werden.

Capitán Ramirez war ungehalten. »Wir werden doch wohl noch ein paar Leute zusammenkratzen können, um diesen dusseligen Bus zu verfolgen. Die sind doch nicht blöd und merken, wenn sie ständig von ein und demselben Fahrzeug verfolgt werden.«

Sein Adjutant sah ihn verzweifelt an. »Ich kann versuchen, irgendwelche frühpensionierten Verkehrspolizisten aus dem Hut zu zaubern, aber ich denke, damit ist uns nicht so richtig gedient.«

Ramirez schüttelte entnervt den Kopf und wandte sich an den Operator: »Wo ist der Bus im Moment?«

»Der biegt gerade von der Bundesstraße 3240 auf die A13 Richtung Palma ab.«

»Dann sollten wir die Kollegen Bastos und Burguera vorwarnen«, sagte Berger, »die sind in Palma und observieren Señora Delgado Bunyols Haus.«

»Für den Fall, dass das Haus der Inselpräsidentin sich als Ziel herausstellt, sollten wir da ganz schnell Verstärkung hinschicken, die sich aber gefälligst im Hintergrund aufzuhalten hat. Würde es das SEK-2 noch rechtzeitig schaffen?«

Der Operator war sich nicht ganz sicher. »Der Bus benötigt vielleicht noch eine halbe Stunde, unsere Einheit ist zwar am anderen Ende Palmas, aber das müssten sie schaffen.«

Ramirez nickte. »Dann jagen Sie sie dorthin. Ich will die Kollegen von der Kripo auf keinen Fall ins offene Messer laufen lassen. Das sind Profis, die da anrücken.«

Aleksandar Bogol stand vor einer Karte der Insel. »Gibt es denn noch andere Personen auf der Liste, die in Palma oder Umgebung leben?«

Berger trat zu ihm. »Nein. Es gibt nur noch eine Person auf der Liste, die noch keinen Besuch hatte, aber die wohnt in Portocristo.«

»Señores«, unterbrach der Operator die beiden. »Es kommt Bewegung in die Sache. Der Kleinbus ist auf einen Rastplatz gefahren und parkt hinter einem Wagen der *Guardia Civil*, aber die Kollegen können weit und breit keine Beamten sehen.«

Alles versammelte sich um den Funktisch.

»Auch ein Hippie muss mal Pipi«, kam es von Berger. »Die werden sicher gleich weiterfahren.«

»Moment!« In der Stimme des Operators schwang Anspannung. Er horchte in seine Kopfhörer hinein.

»Stellen Sie doch mal auf laut!«, herrschte Ramirez ihn an.

Er drückte zwei Knöpfe, und es knisterte im Funklautsprecher.

»Ich fasse es nicht«, sagte die Stimme eines der Beamten im Zivilfahrzeug. »Die ziehen Uniformen von uns an und steigen in den Polizeiwagen. Heilige Muttergottes, was haben die vor?«

Ramirez sprach einen anderen Beamten am Funktisch an. »Sie sorgen dafür, dass bei diesem Einsatz nur Zivilkräfte eingesetzt werden. Es darf auf keinen Fall vorkommen, dass wir uns aus lauter Panik plötzlich gegenseitig abknallen!«

Der erste Operator ließ sich nicht aus der Ruhe bringen. »Alle beteiligten Einsatzkräfte auf dieser Frequenz bitte umschalten auf Sonderkanal D14. Wer darüber nicht verfügt, der meldet sich bitte über Handy bei der Einsatzzentrale.«

Der Polizeiwagen hatte sich inzwischen wieder in Bewegung gesetzt.

»Nun sind sie wieder auf der Autobahn«, tönte es aus dem Lautsprecher.

»Bleiben Sie weiter dran und berichten Sie uns laufend«, wies der Operator die Beamten an.«

»Was ist denn die Frequenz D14?«, raunte Berger Aleksandar Bogol zu. »Wissen Sie das zufällig?«

»Scheint irgendetwas Abhörsicheres zu sein.«

»Dann hoffen wir mal, dass es sich bei dem Streifenwagen um ein älteres Modell ohne Digitalfunk handelt.«

***

Andrea Bastos und Arantxa Burguera verfolgten den Funkverkehr relativ gelassen – bis zu dem Zeitpunkt, da die vier Männer in den Streifenwagen umstiegen.

»Na, so eine Scheiße«, fluchte Arantxa Burguera. »Und wir wieder mittendrin.« Mit zitternden Händen wählte sie auf ihrem

Handy die Sondernummer der Einsatzzentrale und stellte das Gespräch laut.

Andrea Bastos war gerade dabei, sich umständlich in seine schusssichere Weste zu quälen.

»Verdammter Mist, kannst du dich nicht auf der Wache vernünftig anziehen?«

Andrea Bastos erwiderte genervt: »Soll ich bei dieser Hitze vielleicht eingehen? Du bist doch die Erste, die meckert, wenn ich nach Schweiß rieche.«

»Blödsinn, ich mosere immer erst dann, wenn er älter als zwei Tage ist.«

»Und kannst du mir mal sagen, warum du in dieser Weste nicht schwitzt?«

»Ich mache eben Sport und schnaufe nicht gleich wie ein Walross, wenn ich mir den Schnürsenkel zubinde. Gut trainierte Menschen schwitzen nicht so schnell.«

Andrea Bastos war jetzt ernsthaft sauer. »Ich habe noch nie geschwitzt, wenn ich mir den Schuh zugebunden habe!«

»Bevor du hier einen auf beleidigte Leberwurst machst, sag mir lieber, wie wir uns verhalten sollen.«

Er schaute sich um. »Wir sollten uns vielleicht mal etwas von der Haustür der Dame fortbewegen, damit wir nicht so auf dem Präsentierteller sitzen. Und dann sollten wir aussteigen und uns getrennt voneinander positionieren, damit wir kein einfaches Ziel bilden.«

»Rede nicht lange, mach es. Gott stehe uns bei, Andrea, ich habe ein ganz mulmiges Gefühl.«

»Bangemachen gilt nicht, María, die Kollegen vom SEK sind ja unterwegs. Die haben mit solchen Sachen Erfahrung. Wir zwei Hübschen werden uns da schön raushalten.«

»Aber was machen wir, wenn die nicht rechtzeitig eintreffen?«

Andrea Bastos zuckte mit den Achseln. »Was soll's. Vier Profikiller haben doch gegen zwei Angsthasen, wie wir es sind, keine Chance, oder?«

***

Im Bus der Einsatzleitung stand alles wie gebannt vor dem Funktisch.

Der Lautsprecher krächzte wieder. »Einsatzleitung, der Wagen biegt jetzt von der A 13 auf die *circunvalación* in nördlicher Richtung ab.«

Berger stutzte. »In nördlicher Richtung? Da geht es aber nicht zur Präsidentin, da hätten sie nach Süden abbiegen müssen.«

Ramirez wurde unruhig. »Steht denn sonst noch jemand auf der Liste, der nördlich wohnt?«

»Ja, Sie stehen noch drauf, Señor, aber zu Ihnen hätten sie von vornherein ganz anders fahren müssen.«

Der Capitán rieb sich nachdenklich das Kinn. »Stimmt, aber was haben die in drei Teufels Namen vor?«

»Achtung, jetzt biegen sie auf die B 11 nach Sóller.«

»Was gibt's denn da Interessantes?« Aleksandar Bogol ging aufgeregt hin und her. »Ist da oben irgendjemand von unseren Leuten?«

»Warum, das ist noch reine Spekulation«, beruhigte ihn Berger. »Lassen Sie uns sehen, wo sie wirklich hinfahren, dann können wir uns immer noch die Köpfe zerbrechen, wie wir darauf reagieren.«

Ramirez nickte. »Recht haben Sie, Residente, auf jeden Fall können Ihre Leute vor dem Anwesen der Expräsidentin wieder entspannen. Die Musik wird heute woanders gespielt.« Etwas leiser fügte er hinzu: »Ich bin nur auf das Stück gespannt.«

Der Lautsprecher krächzte wieder. »Achtung, sie setzen den Blinker. Aber ... das ist die Gefängnisausfahrt.« Man hörte der Stimme die Empörung richtig an. »Die fahren zum Gefängnis! Jetzt halten sie vorm Pförtnerhäuschen. Ich werd verrückt, die werden durchgewinkt! Was sollen wir denn jetzt machen?«

»Fahren Sie weiter, halten Sie irgendwo in Son Sardina und warten Sie dort auf weitere Anweisungen.« Der Operator schaute Ramirez fragend an. »Sollen wir das SEK-Team auch hinschicken?«

Der Capitán nickte. »Wir sollten die Jungens immer in der Nähe haben.«

»Die Sache hat immerhin auch etwas Gutes«, kam es trocken

von Berger. »Ins Gefängnis müssen wir die jetzt nicht mehr stecken.«

»Stimmt.« Ramirez rang sich ein Lächeln ab. »Es wird mir jetzt aber trotzdem ein wenig zu unübersichtlich.« Er überlegte fieberhaft. »Dass die da so einfach reinspazieren können, zeigt mir, dass das gesamte Gefängnis infiltriert ist. Ich habe absolut keine Ahnung, an wen man sich noch wenden kann. Wie sollen wir erkennen, wer in diesen Mauern noch zu den Guten gehört?«

Aleksandar Bogol lächelte bedauernd. »Ich liebe verzwickte Situationen, und diese hier übertrifft alles, was ich in meiner bisherigen Laufbahn zu bewältigen hatte. Dennoch sollten wir an unserem Plan festhalten.«

Berger nickte. »Der Meinung bin ich auch. Zuerst machen wir die Finca wieder zu unserem Territorium, dann wird ins Gefängnis eingebrochen.«

»Hat das überhaupt schon einmal jemand probiert?«, fragte Ramirez skeptisch.

»Keine Ahnung«, antwortete Aleksandar Bogol mit breitem Grinsen, »aber die Wachen achten nur auf Aus-, nicht auf Einbrüche. Wenn wir kommen, gucken die in die falsche Richtung!«

»Das ist richtig.« Ramirez schaute in die Runde. »Wenn wir dem Personal nicht mehr trauen können, müssen wir vielleicht auch in dieser Hinsicht in die andere Richtung denken. Hat zufällig jemand Beziehungen zu einem Insassen?«

»Ich nicht«, kam es von Berger, »aber ein sehr guter Freund von mir hat lange genug dringesessen, um noch einige Leute zu kennen.«

»Dann holen Sie ihn um Gottes willen her«, bat ihn Ramirez und rief in die Runde: »Ich brauche in zehn Minuten alles über das *Centro Penitenciario* hier auf dem Schirm.«

***

García Vidal dämmerte in einer Art Halbschlaf vor sich hin. Wieder wach zu werden, daran hatte er das Interesse verloren. Im Grunde hatte er sich auch schon von seinem Leben verabschiedet. Dabei war er ganz ohne Bitternis, denn er hatte ein schönes, ein pralles und durch die letzte Zeit mit Angela auch ein erfülltes Leben gehabt. Angst hatte er nur davor, wieder wach zu werden und nicht tot zu sein. Wieder in dieses grelle Licht sehen und diesen furchtbaren Kong ertragen zu müssen, wie er sich über ihn und seinen hilflosen Kadaver lustig machte. Dabei gab es so viele Dinge, die ihn wirklich interessieren würden. Er würde zum Beispiel gern aus dem Fenster sehen, um zu wissen, welche Tageszeit gerade war. Im Moment war es dunkel um ihn herum. Lag das daran, dass er die Augen geschlossen hatte, oder war nur das Licht ausgeschaltet?

Er versuchte nun doch, seine Augen zu öffnen. Es klappte. Aha, dachte García Vidal, wenn das klappt, dann kommt sicher gleich jemand, der mir etwas spritzt, und dann ist wieder Essig mit dem Zwinkern. Aber erst einmal genoss er das angenehme Halbdunkel, in das der Raum getaucht war.

Jemand betrat den Raum. García Vidal hörte es an den Schritten. Dem Klang nach musste es eine schwere Person sein. Er tippte auf den Arzt. Im selben Augenblick schob sich auch schon das ihm bekannte Gesicht in sein Gesichtsfeld.

»*Hola*, mein Freund, wieder an Deck?« Dr. Hernandez prüfte García Vidals Augenreflexe, indem er über die Wimpern strich. »Ich weiß zwar nicht, wer du bist, aber glaube mir, wir sitzen hier beide in der gleichen Scheiße.« Er prüfte die Infusionsschläuche, an die der Comisario angeschlossen war. »Ich weiß zwar nicht, ob du vorhin mitbekommen hast, wie Kong meinen Stationspfleger abgeknallt hat, einfach so, aus purer Lust am Töten, aber ich sag dir eins: Ich habe keinen Bock darauf, der Nächste zu sein. Tut mir leid. Ich versuche dir zu helfen, so gut ich kann, aber ich werde tun, was die von mir verlangen. Die haben meine Frau und meinen Jungen.« Er beugte sich über García Vidal und sah ihn eindringlich an. »Wenn du mich verstanden hast, dann mach irgendwas, wenn du kannst.«

García Vidal ließ seine Augäpfel einmal hin und her rollen.

»Schau an, da zeigt sich ja Leben. Also, wenn du ›Ja‹ sagst, dann guckst du einmal hoch und dann runter. Bei ›Nein‹ erst links und dann rechts oder umgekehrt. Hast du mich verstanden?«

García Vidal sah zur Decke und dann so weit nach unten, wie er konnte.

»Na wunderbar!« Dr. Hernandez freute sich augenscheinlich, einen Kontakt aufgebaut zu haben. García Vidal hingegen hatte das Gefühl, vor Glück schier zu platzen. »Und was bist du für einer? Ist dein Name Estebán Dominguez?«

Links. Rechts.

»Aha, der bist du also nicht. Hätte mich auch gewundert, wenn Kong um einen Knacki so viel Wirbel machen würde. Mein Gott, wenn du nur reden könntest.« Er überlegte. »Warst du mal bei der Marine? Dann könntest du nämlich morsen.«

Wieder rollte García Vidal seine Augäpfel von links nach rechts.

»Mist. Also gut, machen wir es so: Ich gehe das Alphabet durch, und bei dem Buchstaben, der dran ist, wackelst du mit den Augen.«

García Vidal bejahte.

»Fangen wir mit deinem Vornamen an. A, B, C ...«

Der Comisario gab sein Zeichen.

»Okay. A, B, C, D, E, F, G, H ... In Ordnung, als Nächstes ein R.«

Es war ein mühsames Geschäft, sich auf diese Weise miteinander zu unterhalten, aber bald wusste der Arzt, mit wem er es zu tun hatte.

»Cristobal García Vidal.« Dr. Hernandez lächelte. »Das mit dem Doppelnamen tut mir leid. Ich nehme an, morgen wirst du Muskelkater in den Augen haben. Und was bist du von Beruf? A, B, C ...«

Minuten später sah Dr. Hernandez García Vidal staunend an. »Da schau mal einer an, ein echter Comisario. Jetzt wundert es mich nicht mehr, dass Kong stinkig auf dich ist. Ich nehme an, du warst es, der ihn hinter Gitter gebracht hat.«

García Vidal ließ seinen Blick von der Zimmerdecke zu seiner Nasenspitze wandern.

»Okay, Comisario, ich werde dich wieder ins Land der Träume schicken müssen, damit du mir nicht durchdrehst. Glaube mir, ich versuche, uns beide hier mit heiler Haut durchzubringen, aber wenn ich mich für dich oder für meine Familie entscheiden muss, dann fällst du leider hintenüber. Sind die Spielregeln zwischen uns klar?«

García Vidal sah dankbar von oben nach unten.

»Dann schlaf mal schön.«

Dr. Hernandez injizierte eine klare Flüssigkeit in das Infusionssystem. Fast schlagartig wurde es wieder dunkel um García Vidal.

***

Tomeu war es sichtlich unangenehm, hier im Besprechungsabteil der Einsatzleitung befragt, ja schon fast verhört zu werden.

»Nun bleib locker, mein Junge, hier will dir niemand an den Kragen. Capitán Ramirez kennst du ja schon, und das hier«, Berger zeigte auf Bogol, »ist ein alter Kollege der russischen Polizei.«

Tomeus Augen wurden riesengroß. »V-v-von d-d-der r-r-russisch-sch-schen P-P-P…?«

Berger versuchte, ihn zu beruhigen. »Ja, von der OMON – ich habe dir ja schon von dem verrückten Haufen erzählt.«

Tomeu nickte anerkennend, und Berger erklärte ihm in knappen Sätzen, warum er hier war. »Kennst du noch den einen oder anderen Insassen aus deiner Zeit im Gefängnis?«

Tomeu nickte. »A-a-aber n-n-nicht v-v-viele, u-u-und a-a-auch n-n-nur i-i-im K-K-Kinder-g-g-gart-t-ten.«

Aleksandar Bogol glaubte, seinen Ohren nicht trauen zu können. »Die haben da einen Kindergarten?«

»Und was für einen«, erwiderte Berger lachend. »So nennen die Herrschaften aus dem Hochsicherheitstrakt den Block, in dem ihre kleinkriminellen Kollegen untergebracht sind.«

Der Russe nickte. »Und kommen diese verschiedenen Gruppen auch mal zusammen?«

»Eigentlich nicht. Die Höfe sind voneinander getrennt, aber Kongs Herrschaftsbereich wird nicht an der Mauer enden, wenn seine Leute schon überall ein und aus gehen können.« Berger schob Block und Stift über den Tisch. »Okay, Tomeu, mach uns bitte eine Liste derer, die du kennst, und zeichne uns so eine Art

Organigramm auf, damit wir wissen, wer im Kindergarten das Sagen hat.«

Tomeu nickte und machte sich sofort an die Arbeit.

Ein Polizist bat sie wieder in den Funkraum.

Auf dem riesigen Bildschirm tat sich etwas. Er war in zwei Hälften unterteilt, auf denen ähnliche Bilder zu sehen waren. Es schien so, als ob jemand eine Kamera durch ein Haus tragen und dabei nicht auf eine saubere Bildführung achten würde.

»Was sind das für Bilder?«, fragte Berger.

»Aus dem Inneren der Finca«, erläuterte der Operator. »Im Moment sind wir im Hauptgebäude. Das hier scheint so eine Art Empfangshalle zu sein.«

Aus den Lautsprechern ertönte russisches Gemurmel.

»Nein, das ist das repräsentative Wohnzimmer«, übersetzte Aleksandar Bogol.

Es ging hinaus auf eine riesige Veranda, die um einen prachtvollen Pool herumgebaut war. Das ganze Terrain schien von Scheinwerfern nur so durchflutet zu sein, denn eigentlich war es schon dunkel.

»Einer der Männer im Haus erzählt gerade, dass hier schon so einige Pornofilme entstanden sind und dass unsere Leute gern dabei mitmachen könnten, wenn sie standhaft genug seien«, übersetzte Bogol weiter.

Berger schaute sich im Funkraum um. Er hätte zu gern gewusst, wie viele Kollegen sich jetzt auf der falschen Seite wähnten.

»Unser Mann will wissen, was in dem anderen Gebäude ist.« Bogol beugte sich näher zum Lautsprecher, um besser verstehen zu können. »Aha, da sind Gäste untergebracht, die nicht ganz freiwillig auf der Finca seien, im Augenblick sogar sehr viele.«

Berger schüttelte den Kopf. »Mit nicht ganz freiwillig sind wohl die Zwangsprostituierten gemeint?«

»Scheint so«, meinte Ramirez.

Bogols Leute betraten nun das Gästehaus. Es war wie ein römisches Herrenhaus angelegt. In der Mitte ein großes Atrium mit einem Springbrunnen, von dem die einzelnen Zimmer abgingen. Das Gästehaus schien so gut »besucht« zu sein, dass bereits hier mehrere Matratzen auf dem Fußboden lagen, auf denen Menschen teils schliefen, teils nur vor sich hindösten. Zwei Wachen mit am Gurt über die Schulter gehängten Maschinenpistolen patrouillierten aufmerksam hin und her.

Plötzlich brach die Übertragung ab.

»Es tut mir leid«, entschuldigte sich Aleksandar Bogol, »das System ist noch nicht ganz ausgereift. Vor allem die Bildqualität könnte besser sein.«

»Ganz im Gegenteil«, beteuerte Ramirez, »mit dieser Technik sind Sie uns einen Quantensprung voraus. Aber sagen Sie bitte, wo hat der Mann die Kamera?«

»In einem Hemdknopf.« Aleksander Bogol grinste ihn an. »Im zweiten von oben. Den hat man meist nicht offen, und man kann selbst dann noch etwas sehen, wenn der Mann einen Pulli anhat. In Russland ist das die Regel.«

»Okay.« Berger wurde ungeduldig. »Nun haben wir alles gesehen, was wir wissen müssen. Wir haben zwei Leute da drin, die wir jederzeit erreichen können. Von denen erfahren wir genau, wie viele Geiseln sich im Haus aufhalten und von wie vielen Leuten sie bewacht werden. Warum schlagen wir nicht gleich zu? Wenn wir bis morgen warten, laufen wir nur Gefahr, dass die Herren aus dem Knast nach Hause kommen.« Er sah zu Bogol. »Wenn ich Sie richtig verstanden habe, dann kann in Moskau gleichzeitig zugeschlagen werden, oder?«

»Mit einer halben Stunde Vorlauf«, bestätigte Bogol.

»Okay«, beschloss Capitán Ramirez, »dann gehen wir in genau einer Stunde rein.«

»Wunderbar, in der Zwischenzeit werde ich den russischen Konsul hierherbitten. So bekommt das Ganze einen offiziellen Touch. Ihre Frau Bischoff hat den Mann ja schon instruiert.«

Berger zog die Stirn kraus. »Und wer sagt uns, dass der sich nicht überall einmischt?«

»Mit Sicherheit wird er das nicht tun. Der hat früher einmal zu uns gehört. Ein absolut integrer Mann.«

»Das hat gar nichts zu sagen. Ein Großteil der Mafiosi war früher auch bei euch.«

Ramirez befürchtete um dieses Thema eine Meinungsverschiedenheit und ging dazwischen. »Es werden ja nicht alle Polizeirentner gleich zum Verbrecher. Übrigens, in der Nähe des Gefängnisses wird doch gerade eine weitere Einsatzzentrale eingerichtet. Carmen Lucas kümmert sich darum.«

Aleksandar Bogol nickte grinsend. »Eure Polizeischönheit, ich habe von ihr gehört.«

»Ich hielte es für besser, wenn Sie den Konsul dorthin einladen. Es sollte auch jemand von spanischer Seite dort sein. So ein Knast ist ja schließlich hochherrschaftliches Territorium, und es ist politisch etwas delikat, wenn da plötzlich OMON-Leute herumturnen.«

Bogol nickte. »Recht haben Sie, ich werde alles Nötige veranlassen.«

»Aleksandar, seien Sie mir nicht böse«, begann Berger. Eine Frage beschäftigte ihn schon die ganze Zeit. »Warum sind Sie hier und nicht in Moskau, wenn es dem großen King an den Kragen geht?«

»Es fällt mir tatsächlich nicht leicht, aber mein Platz ist dort, wo auf keinen Fall etwas anbrennen darf. Wenn es auf der Moskauer Ulitsa Il'inka ein Blutbad unter kriminellen Elementen gibt, interessiert das keine Sau, schon gar nicht auf internationaler Ebene. Wenn hier auf Mallorca während eines Einsatzes jemandem von einem OMON-Mann auch nur ein Haar gekrümmt wird, haben wir gleich mit diplomatischen Schwierigkeiten zu rechnen.«

Berger war zufrieden. »Nun müssen wir uns nur noch darauf einigen, was wir in die Luft sprengen, um die Herrschaften aus der Finca zu locken.«

»Am besten dafür geeignet erscheint uns ein Trafo auf einem der Strommasten am Portal des Anwesens. Das macht optisch richtig was her, und selbst wenn die dort drin über ein Notstromaggregat verfügen, dauert es einige Minuten, bis sie wieder Saft haben. Bis dahin sind wir mit unseren Männern schon im Objekt.«

***

Kong war enttäuscht. Er richtete sich auf und wandte sich von García Vidals Krankenbett zu Dr. Hernandez um. Seine Stimme hatte etwas Drohendes. »Der wirkte heute Nachmittag irgendwie wacher. Was haben Sie gemacht, Doktor?«

»Es tut mir leid, Señor Kong, aber mir blieb nichts anderes übrig, als den Mann etwas zu sedieren.«

Kong schüttelte den Kopf. »Habe ich mich wirklich so missverständlich ausgedrückt?«

»Nein, Señor.« Dr. Hernandez nahm allen Mut zusammen, um dem bohrenden Blick dieses Riesen zu widerstehen. »Sie wollen ihn umbringen. Das wird aber nur dann ein Spaß für Sie, wenn er noch lebt. Also lassen Sie mich meinen Job machen.«

Kong, der vermutlich nicht mit so viel Courage gerechnet hatte, wirkte verdutzt. »Ich will ihn leiden sehen.«

»Das ist mir klar«, konterte Dr. Hernandez, »aber im Fieberkoma hat noch niemand gelitten. Lassen wir ihn doch zunächst ganz wach werden, dann steht er Ihnen voll und ganz zur Verfügung. Er wird noch so schwach ein, dass eine Gegenwehr so gut wie unmöglich ist.«

Kong überlegte. »Nein, das will ich nicht. Er würde um sein Leben jammern, und das schadet der guten Meinung, die ich von ihm habe.«

»Wie wollen Sie ihn denn sterben lassen?«

Der Riese war jetzt ganz in seinem Element. »Ich hätte da zwei Ideen, bin aber noch unschlüssig, welche ich realisieren soll.« Er öffnete einen Karton, in dem zwei Fünfzig-Milliliter-Spritzen lagen. In der einen war eine klare Flüssigkeit, die andere sah aus, als sei sie mit schwarzer Tinte gefüllt. »Victor, roll doch mal unser Versuchskaninchen auf den Flur. Wir wollen was ausprobieren.«

Sein Adlatus nickte beflissen und ging aus dem Raum.

Auch Kong verließ García Vidals Intensivzimmer. »Kommen Sie, Doktor, Sie sollen Schiedsrichter sein und beurteilen, was für unseren Comisario gut genug sein wird.«

Auf dem Flur stand Victor neben dem Bett eines anderen Patienten der Krankenstation. Der Mann hatte noch eine Infusion anliegen, war nach einer kleinen Operation aber bereits wieder auf dem Weg der Besserung. Dafür, dass er sich nicht wehren konnte, sorgten weitere Mitglieder von Kongs Schlägertruppe.

Kong ging zu dem Patienten, beugte sich zu ihm runter, legte den Karton neben ihm aufs Bett und stöpselte das Infusionssystem von seinem Zugangskatheter ab. »Na, mein Junge, was möchtest du gerne haben, die klare Flüssigkeit oder die dunkle Brühe?«

Der Mann war vor Angst kaltschweißig. »Herr Doktor, ist das denn so richtig, was die hier mit mir machen?«, wimmerte er. »Ich ...«

»Pst«, unterbrach ihn Kong, »der Doktor muss sich jetzt konzentrieren. Ich merke schon, du magst kein Schwarz, dann gibt's eben was aus dem hellen Töpfchen.« Er stöpselte die klare Spritze ein und injizierte den gesamten Inhalt mit einem Schwung in den Katheter, während zwei von seinen Schergen Dr. Hernandez von hinten fest an beiden Armen packten, sodass er nicht eingreifen konnte.

Zuerst horchte der Patient ängstlich in sich hinein, ob er etwas spüren würde. Dann trat Panik in seine Augen. Schlagartig bäumte er sich auf, schrie einmal kurz vor Schmerzen, lief dunkelblau an, röchelte nach Luft und starb auf der Stelle.

»Na hoppla«, kam es ungerührt von Kong. »Da hat er ja so gar nichts davon gehabt.« Er drehte sich zu seinen Leuten um. »Der hatte ja noch nicht mal Zeit zu beten.« Alle lachten.

Dr. Hernandez war vor Schreck kreidebleich. »Sind Sie wahnsinnig? Der Mann ist tot. Was haben Sie dem armen Kerl gespritzt?« Der Griff um seine Arme verstärkte sich, und Kong lächelte ihn kalt an.

»April, April, ich habe ihm gar nichts gespritzt. Da war Luft drin!«

»Luft? Sie haben ihn kaltblütig umgebracht!«

»Ich weiß, Doktorchen, aber wer sagt denn gleich was von Umbringen und dann auch noch kaltblütig. Wollen wir es einmal so nennen: Er war ein Opfer der Forschung.«

Hernandez stand die Wut ins Gesicht geschrieben. »Sie können doch nicht einfach so jemanden töten, nur weil es Ihnen gefällt?«

»Doch, das kann ich, aber das hat mir ganz und gar nicht gefallen. Der war ja sofort platt, der hat gar nicht richtig mitgemacht. Nein, mein Lieber, es ist entschieden, für unseren lieben Comisario nehmen wir die hier.« Er hielt böse grinsend die schwarze Spritze hoch.

»Und was ist da drin?«, fragte Dr. Hernandez flüsternd. Er wollte die Antwort eigentlich gar nicht hören und schloss angewidert die Augen.

Kong musste vor lauter Vergnügen lachen. »Da ist menschliche Gülle drin, lieber Doktor, frisch aus unserem Gefängnisklärwerk. So wird man später einmal sagen: Der brave Comisario starb, wie es sich gehörte. Seine Opfer haben ihn im wahrsten Sinne des Wortes angeschissen!«

Kongs Männer brüllten vor Lachen.

10

Die Gebiete waren ganz klar abgesteckt. Das SEK übernahm die Befreiung des Haupthauses, die OMON-Einheit kümmerte sich um das Nebengebäude. Die kannten ihre eingeschleusten Kollegen genau, so konnte nichts passieren.

Berger war ein wenig nachdenklich. Das letzte Mal, als er an so einer Aktion teilgenommen hatte, war der Comisario an seiner Seite gewesen. Während der vergangenen Stunden hatte er seine Gedanken an ihn etwas unterdrücken können, aber nun waren sie mit aller Macht zurückgekehrt. Er wunderte sich selbst ein wenig über die Bestimmtheit, mit der er fühlte, dass sein Freund noch am Leben war. Doch die Angst vor einem eventuellen Irrtum seinerseits wuchs stetig.

Aleksandar Bogol schien seine Stimmung aufzufangen. »So nachdenklich, Señor?«

»Sí.« Berger quetschte sich ein Lächeln heraus. »Wenn es um das Leben eines guten Freundes geht, dann ist man schon ein wenig gehemmt.«

»Aus diesem Grunde sind wir da, Residente.«

»Dennoch spüre ich den Druck einer ungeheuren Verantwortung.«

Bogol nickte. »Das ginge mir ganz genauso. Bilden wir beide ein Team?«

»Gern, ich dachte schon, Sie wollten mich gerade ausladen.«

»Das würde ich auch am liebsten tun, aber gäbe es etwas, was Sie halten könnte?«

Berger lächelte ihn an. »Nur das, was unserem Comisario gerade widerfährt.«

»So weit wollen wir es nicht kommen lassen. Kommen Sie, wir beide sind für das Nebengebäude eingeteilt. Dort gibt es einen Hintereingang, den wir besetzen sollen.«

»Moment«, bremste ihn Berger. »Ich kämpfe hier noch mit meinem Nachtsichtgerät und meinem Knopf im Ohr. Sorry, aber ich bin etwas aus der Übung.«

»Warten Sie, ich helfe Ihnen.« Bogol nahm Berger die Apparatur aus der Hand und stellte den Kopfring für ihn passend ein. »Das ist wie so eine Art Stirnlampe, mit der die Jogger im Winter ständig herumrennen, nur klappt man sich das Ding vor die Augen.« Er setzte ihm das Gerät auf und schaltete es ein. »Wenn wir aus dem Lichtkegel der Straßenbeleuchtung raus sind, klappen Sie sich das runter, aber nicht vorher, sonst werden Sie geblendet.«

Berger nickte. »Ich bin zwar ein Fossil, aber das weiß ich noch aus meiner Zeit.«

Die beiden machten sich auf den Weg. Inzwischen war es stockdunkel, und über ihnen erstreckte sich ein geradezu phantastisch anzuschauendes Sternenzelt.

»In Moskau haben wir schon den Blick für ein derartiges Naturschauspiel verloren«, sagte Bogol beeindruckt, »die Stadt ist inzwischen auch nachts viel zu hell, viel zu laut und viel zu quirlig geworden.«

Sie stellten sich auf die ihnen angewiesene Anfangsposition.

»So, nun probieren Sie mal aus.«

Berger klappte sich sein Nachtsichtgerät vor die Augen.

»Können Sie gut sehen?«

»Mir kommt es vor, als würde ich durch ein grünes Fernglas gucken.«

»Dann ist es richtig für Sie eingestellt. Können Sie auch scharfe Konturen erkennen?«

»*Sí*, Señor.«

»Dann kann es ja losgehen.«

»Wie lange haben wir noch?«, erkundigte sich Berger.

Bogol schaute auf die Uhr. »Neun Uhr dreiundvierzig exakt.«

»Ich werde mich gleich ein wenig an Sie halten, Aleksandar. Wie gesagt, ich bin etwas aus der Übung.«

»Kein Problem, mein Freund.«

»Aber eines muss ich Ihnen noch erklären: Wenn Sie sich in der Dunkelheit an mallorquinischen Feldmauern herumdrücken, kann es sein, dass Sie dabei dem einen oder anderen Skorpion zu nahe auf die Pelle rücken. Schlangen verziehen sich, aber diese Viecher sind für einen geordneten Rückzug zu blöd.«

»Haben sie ein für den Menschen tödliches Gift?«

»Nein, aber so ein Stich tut saumäßig weh und kann sich übel entzünden.«

»Ich danke Ihnen, Michail. Gibt es sonst noch etwas zu beachten?«

»Ja. Machen Sie keinen Blödsinn und kommen Sie lebend aus der Sache raus.«

»Dito«, kam es trocken zurück.

Bisher hatten sie sich noch gar nicht richtig bewegt, dennoch stand Berger schon in seinem eigenen Schweiß. In der schusssicheren Weste kam er sich vor wie in einen schlecht sitzenden Hüfthalter eingezwängt.

»Es fehlen nur noch die Strapse«, schimpfte er leise vor sich hin.

Die letzten drei Minuten bis zur Explosion verbrachten sie schweigend.

***

In der großen Lagerhalle südlich des Gefängnisgeländes war alles dafür vorbereitet, den gesamten Wagenpark in die Halle hineinzuverlegen, ohne dass man von der Autobahn aus etwas von der erwarteten Polizeiarmada sehen würde. Wohnungen und Dachgärten, von denen aus man freie Sicht auf das Gefängnisgelände hatte, waren von der Kripo besetzt worden. Alles wartete jetzt auf den guten Ausgang der Aktion in Sineu.

Angela Bischoff ging freudestrahlend auf den russischen Konsul zu. »Señor Shaganyn, ich danke Ihnen, dass Sie es einrichten konnten, hierherzukommen.«

Er verneigte sich tief und gab ihr einen Handkuss. »Señora, allein Ihre Bitte hätte meine Anwesenheit unabdingbar gemacht, aber letztendlich kam die Anweisung von ganz oben. Sogar im Kreml wird man in dieser Nacht ein Auge auf Mallorca haben.«

Angela Bischoff lächelte den Konsul freundlich an und stellte ihm Carmen vor. In diesem Augenblick betrat ein Herr die Halle, den keine der beiden je zuvor gesehen hatte. Er schaute sich um, sah sie dort stehen und kam direkt auf sie zu.

»Señora Lucas?«

»*Sí*, Señor.« Carmen begrüßte ihn mit Handschlag.

»Mein Name ist Fidel Mayor. Ich bin Staatssekretär im Innenministerium.« Er reichte Angela Bischoff ebenfalls die Hand. Dem Konsul nickte er nur zu. »*Hola*, Anatol.«

»*Hola*, Fidel.«

Auf einen verwunderten Blick der Damen hin erläuterte Mayor: »Wir stehen seit heute Nachmittag ständig in Kontakt.«

»Hatte das etwas mit unserem Fall zu tun?«, fragte Carmen neugierig.

»*Sí*, Señora, vor wenigen Stunden hat eine russische Fregatte nach Absprache mit unserer Regierungen dreißig Seemeilen südlich von Menorca einen unter russischer Flagge fahrenden Frachter aufgebracht, der von einer Schokotoff nahestehenden Organisation gechartert worden war.«

»Und hat man etwas an Bord gefunden?«

»*Sí*, Señora, so viele Waffen, dass man damit einen Krieg hätte anfangen können.«

»Auch eine dazugehörige Armee?«

»Es waren elf einschlägig bekannte Herren an Bord, die festgenommen wurden. Darunter auch ein Hubschrauberpilot. Ebenfalls an Bord war ein russischer Mehrzweckhubschrauber beachtlicher Größe.«

Angela Bischoff war fassungslos. »Einer, mit dem man richtig fliegen kann?«

»Natürlich, ein komplett ausgerüsteter Mil Mi-8.«

»Und wie viele Leute kann man damit transportieren?«

»Mit dem Ding könnte man die ganze Truppe aus dem Gefängnis ausfliegen, völlig problemlos. Und genau das hatten sie auch vor.«

Carmen überlegte kurz. »Señor Shaganyn, haben Sie vielleicht jemanden, der so ein Gerät fliegen kann?«

Der Staatssekretär sah sie indigniert an. »Natürlich, Señora, der Mil Mi-8 war der Standardhubschrauber der russischen Armee. Von diesen Helikoptern sind noch heute sehr viele im Dienst.«

»Das ist schön.« Carmen lächelte erfreut. »Dann würde ich Sie bitten, Señor, den beschlagnahmten Hubschrauber startklar machen und hierherfliegen zu lassen.«

Anatol Shaganyn war von Carmens Entschlossenheit sichtlich irritiert. »Und weswegen, wenn ich fragen darf?«

»Die Herren wollten so gern abgeholt werden, also erfüllen wir ihnen doch den Wunsch. Man muss ihnen ja nicht erzählen, dass es ein Flug in den nächsten Knast wird.«

Konsul und Staatssekretär schauten sich verdutzt an. Mayor fand zuerst seine Sprache wieder. »Señora, ich denke mal, dass das eine politische Entscheidung ist, und Politik funktioniert nicht so einfach.«

»Dann sehen Sie zu, dass Politik wieder einfach wird, dann wählt man Sie auch wieder.«

***

Bei der Sprengung des Trafos, die die Stürmung der Finca bei Sineu einleiten sollte, fiel die Explosion lange nicht so heftig aus, wie Berger erwartet hätte. Ein kurzer, trockener Knall, dann bitzelte es, als würden Blitze durch die Luft sausen. Wie bei einem Feuerwerkssilberregen stoben Funken aus dem Trafo, dann war alles dunkel. Selbst die Straßenbeleuchtung erlosch.

Berger klappte sein Nachtsichtgerät vor die Augen. Wo eben noch Dunkelheit herrschte, tauchte jetzt eine grüne Welt auf, in der er sich erst einmal völlig neu zurechtfinden musste. Er betrachtete Bogol, um zu sehen, an welches grüne Männchen er sich halten musste. Jetzt war ihm auch klar, warum die Uniformen der Einsatzleute sowohl vorn als auch hinten so groß beschriftet waren, denn selbst mit so einem Gerät vor der Stirn konnte man ohne entsprechende Markierung unmöglich Freund und Feind auseinanderhalten.

Gespannt drückten sie sich an die Feldmauer, um zu horchen, wie die Besatzung der Finca auf den Stromausfall reagieren würde, und bemerkten einige Bewegung im Garten.

»Ich hoffe nur, dass die nicht auch über Nachtsichtgeräte verfügen. Dann sind wir nämlich angeschmiert«, flüsterte Bogol. »Lassen Sie uns über das seitliche Feld einsteigen, dann ist der Weg zum Nebengebäude nicht so lang, und wir können sehen, ob hinten alles sauber ist.«

Sie schlichen vorsichtig in die angegebene Richtung. Während Bogols Bewegungen etwas von einer Katze hatten, die sich an ihre Beute heranschlich, fühlte sich Berger eher wie ein Tanzbär, der durch eine ihm unbekannte Manege gezogen wird. Das gebückte Schleichen strengte ihn so sehr an, dass sein Puls wie Paukenschläge hinter seiner Schläfe wütete. In diesem Augenblick schwor er sich, wieder regelmäßig Sport zu machen, wenn er das hier überleben würde. Momentan hatte er aber mehr Sorge, vor Überanstrengung tot umzufallen, als von irgendeiner Kugel getroffen zu werden. Plötzlich waren vor dem Hauptgebäude Schüsse und Schreie zu hören. Dann ging es auch schon im Inneren los.

Bogols Schritte wurden schneller. Berger hechelte hinterher. Sekunden später hatten sie die Hintertür des Nebentraktes erreicht. Der Oberst heftete mit geübten Handgriffen eine kleine Sprengladung an das Türschloss. Auf ein Zeichen von ihm brachten sich beide in Sicherheit, und schon war die Tür aufgesprengt. Vorsichtig lugte Bogol ins Gebäudeinnere. In diesem Augenblick sah Berger eine unbeschriftete Gestalt, die sich ihnen von hinten näherte. Er überlegte nicht lange und gab mit seiner Pistole drei Schüsse auf die Person ab. Wie vom Blitz getroffen sackte der Mensch in sich zusammen.

»Sie haben keine Nachtsichtgeräte«, flüsterte er Bogol zu, »sonst hätte er früher geschossen als ich.«

»Danke, Residente, Sie haben einen gut bei mir.«

Vorsichtig schlichen beide ins Gebäude hinein.

»Denken Sie bitte dran, die mit dem grünen Dreieck auf der Weste sind meine Männer.«

Berger nickte. »Der eben hatte keines.« Er überlegte kurz. »Das hätte ich sicher gesehen.«

Durch einen Flur erreichten sie das Atrium des Nebengebäudes. Überall waren verschreckte, vor Angst wimmernde Menschen zu sehen, die versuchten, sich in eine rettende Deckung zu quetschen. Mütter schirmten Kinder mit ihren Körpern ab. Sie bezogen links und rechts vom Durchgang zum Flur Position.

Am anderen Ende des großen Innenhofes waren Schüsse zu hören. Schreie des Entsetzens und Befehle hallten durch die Dunkelheit. Bogol sicherte ihre rechte Flanke. Berger schaute, seine Waffe im Anschlag, nach links. Der Oberst schoss zweimal. Als Berger sich daraufhin nach rechts umdrehte, sah er eine Person im Lauf getroffen stürzen. Sofort schaute er wieder nach links. Mit einem Mal tauchte völlig lautlos eine hellgrüne Gestalt vor ihm auf. Berger wollte schon den Arm hochreißen, da sah er das Dreieck reflektieren. Der Mann raunte Bogol etwas auf Russisch zu.

»Gibt's was Neues?«, erkundigte sich Berger flüsternd.

»Ja. Der Leutnant empfahl mir, beim nächsten Mal nur einen Partner auszuwählen, den ich selbst ausgebildet habe.«

Berger war sich sofort bewusst, dass er einen Anfängerfehler begangen hatte, indem er seine Seite nur für einen Wimpernschlag nicht gesichert hatte. »Sorry, wird nicht wieder vorkommen.«

In diesem Augenblick kamen die ersten Funksprüche. »Hier Innenteam. Vollzählig! Frontbereich Nebengebäude gesichert, eine Festnahme, ein verletztes Zielobjekt.«

Bogol funkte: »Team Bogol vollzählig, Heckbereich Nebengebäude gesichert, ein lebloses Zielobjekt im Garten.«

Innerhalb einer Minute war der Lagebericht komplett. Es gab drei Festnahmen, fünf verletzte und vier offensichtlich tote Mafiosi. Bis auf den Schock, den sie erlitten hatten, waren alle Geiseln wohlauf. Dann kam auch die Meldung aus Moskau, dass der Zugriff auf die Zielperson erfolgreich war. Mehr nicht.

»Señor Bogol«, krächzte es in Bergers Ohr. »Hier Ramirez. Schokotoff soll in Gewahrsam sein.«

Berger schlug dem Oberst erfreut auf die Schulter. »Gratuliere, Señor, aber war das alles an Meldung?«

»Was erwarten Sie?«, kam es trocken zurück. »Der Zugriff erfolgt nur auf Lebende, die man mediengerecht verurteilen kann. Da wir bei der OMON kein Munitionsprotokoll anfertigen müssen, tauchen die Toten noch nicht einmal in der Statistik auf. Nur die eigenen Verluste.«

Berger wollte etwas erwidern, aber in diesem Augenblick sprang das Notstromaggregat an. Wie ein Blitz schoss die Helligkeit in Bergers Augen. Mit schmerzverzerrtem Gesicht riss er sich das Nachtsichtgerät vom Kopf und blinzelte sauer ins Licht.

Seine Pupillen stellten sich nur mühsam auf die neuen Lichtverhältnisse ein. Etwas entfernt entdeckte er eine völlig verängstigte Frau, die vorsichtig hinter einer Art Steingeländer hervorlugte. Als sie Berger und Bogol sah, die auf sie wie bewaffnete Marsmänner wirken mussten, tauchte sie schreiend wieder ab.

»Bleiben Sie ruhig, Señora, wir sind hier, um Sie zu befreien. Wir sind von der Polizei.«

Die Frau erhob sich wieder vorsichtig. »Ist die Schießerei endlich zu Ende?«

»*Sí*, Señora, Sie können ganz beruhigt sein. Es sind alle Verbrecher ausgeschaltet worden. Wie viele Geiseln gibt es hier?«

»Wir sind vier hier hinter der Mauer, insgesamt, denke ich, so um die zwanzig, ohne die jungen Mädels, die vor uns schon hier waren.«

»Wie viele gibt es von denen?«

»Keine Ahnung, wir haben sie immer nur weinen hören, aber niemals gesehen.«

»Wo sind sie denn?«

»Dort hinter der Stahltür am Ende des Ganges.«

»*Gracias*, Señora, wir werden sofort nachsehen.«

Bogol und Berger schlichen den Gang hinunter, um an der beschriebenen Tür zu horchen. Berger wollte sie sofort öffnen, wurde aber vom Oberst barsch zurückgehalten.

»Sie ist angelehnt, Sie Selbstmörder. Ergo hat sich da jemand bei den Mädels in Sicherheit gebracht.«

Durch den Türspalt sahen sie, dass der Raum im Dunkeln lag.

Über Funk bat Bogol Ramirez, den Strom noch mal kurz abzustellen. Sekunden später war wieder alles in Schwarz getaucht, und sie klappten die Geräte vor ihre Augen. Bogol öffnete in Zeitlupe die Tür. Mit Genugtuung stellte Berger fest, dass sie nicht in den Angeln quietschte. Völlig geräuschlos glitt der Oberst durch die Türöffnung in den Raum hinein. Berger gab ihm etwas Zeit, das Terrain dahinter zu sichern, bevor er folgte. Bei ihm hörte es sich nämlich eher an, als würde ein Ritter in voller Rüstung aufs Klo gehen. Hinter einer Art Sofa richtete sich jemand mit einer Waffe im Anschlag auf. Es krachten zwei Schüsse, die ihn sofort niederstreckten. In einer Ecke saßen zusammengekauert drei Mädchen. Eins davon wedelte ängstlich mit der Hand. Hören Sie bitte auf zu schießen, sollte das wohl bedeuten.

Bogol sagte etwas auf Russisch. Die Mädchen begannen heftig zu weinen. Das Greinen der jungen Frauen ließ erst nach, als er in beruhigendem Tonfall etwas hinzufügte.

»Licht«, verlangte er dann über Funk. Berger hatte gerade noch Zeit, sein Nachtsichtgerät wieder hochzuklappen. Auf dem Flur wurde es hell. Er richtete sich auf und betätigte den Lichtschalter neben der Tür. Eine müde Vierzigwattfunzel beleuchtete jetzt ein gespenstisches Szenario. Die drei völlig zerschundenen, verängstigten Mädchen saßen dicht gedrängt auf einer total versifften, blutverschmierten Matratze. Hinter dem Sofa, das mitten im Raum stand, lag ein durch Kopfschuss getöteter Mann, der sie ungläubig anstarrte. Neben dem Sofa lag eine weitere Matratze auf dem Boden, darauf ein mit einem Laken zugedeckter Körper.

Bogol fragte etwas und bekam eine kläglich klingende Antwort.

»Können Sie mir mal sagen, was hier abgeht?«, fragte Berger ungeduldig.

»Die Mädels dachten, wir würden sie jetzt erneut vergewaltigen. Unter dem Laken hier liegt eine von ihnen, die sich bis zuletzt gewehrt hat. Die Schweine haben sie langsam zu Tode gefoltert.«

Berger ging freundlich lächelnd auf die drei Frauen zu. »Kann jemand von Ihnen Spanisch, meine Damen?«

»Ja, ich«, kam es gebrochen von der einen. »Ich kann ein wenig.«

»Dann sagen Sie Ihren Freundinnen bitte, dass Ihr Leid nun ein Ende hat. Wir sind von der Polizei.«

Das Wort *policía* verstanden die anderen beiden auch und fingen sofort an zu weinen. Diesmal wirkte es eher erleichtert denn ängstlich.

»Dann rufen Sie bitte schnell einen Krankenwagen.« Sie zeigte auf eine ihrer Freundinnen. Erst jetzt sah Berger deren blutverschmierten Unterleib. »Der da«, sie zeigte auf den Toten im Raum, »war der Schlimmste von denen. Der hat Nastasja getötet.«

Bogol orderte über Funk einen Notarzt und weibliche Beamte, die sich um die Frauen kümmern konnten.

Als die Hilfe eingetroffen war, verließen Berger und Bogol diesen bedrückenden Raum.

»Mein Gott, was können Männer nur für Tiere sein.« Berger schämte sich regelrecht, einer von ihnen zu sein.

»Nein, Michail, Tiere tun so etwas Furchtbares nicht.«

Im Innenhof des Nebengebäudes hatte inzwischen ein geschäftiges Durcheinander eingesetzt. Die Geiseln standen wild miteinander diskutierend in kleineren Gruppen mit jeweils ein oder zwei Beamten, die, so schnell es ging, ihre Namen und die jeweiligen Betätigungsfelder ihrer Angehörigen notierten.

»Vermutlich werden wir schon in wenigen Minuten wissen, wer im Gefängnis gezwungenermaßen zum Gegner wurde und auf wen wir dort noch zählen können«, sagte Aleksandar Bogol.

Berger nickte. »Nur bekommen wir auf diesem Wege leider nicht heraus, wer schon im Vorfeld käuflich war.«

***

Der Comisario war noch nicht wieder erwacht. Dr. Hernandez wich dennoch nicht von seiner Seite. Immer wieder grübelte er darüber nach, wie er in diese Situation gekommen war. Natürlich stellte er sich auch immer wieder die Frage, ob er sich sein Handeln jemals würde verzeihen können, aber er war es seiner Familie schuldig, lebend aus der ganzen Sache herauszukommen. Sein Sohn brauchte einen Vater, keinen Helden.

Sein Blick fiel auf den Perfusor, in den Kong die Spritze mit der Gülle eingespannt hatte. Das Dosiergerät war über eine Funksteckdose an das Stromnetz angeschlossen. Die Fernbedienung dafür hatte Kong immer bei sich, sodass er den Comisario jederzeit töten konnte.

Dr. Hernandez überlegte schon die ganze Zeit, was er für García Vidal tun konnte, wenn dieser Klärschlamm wirklich in seinen Kreislauf gelangen würde, aber ihm fiel nichts ein. Der Mann würde über lange Stunden hinweg qualvoll krepieren. Er hätte vielleicht noch Zeit, sich von seinen Lieben zu verabschieden, aber er wäre mit Sicherheit ein Todgeweihter.

Verzweifelt über seine eigene Unfähigkeit, effektiv helfen zu können, vergrub er das Gesicht in seinen Händen.

»Na, Doktorchen«, Kong schaute um die Ecke, »haben Sie meinen Patienten endlich wieder leidensfähig gemacht?«

Dr. Hernandez schüttelte den Kopf. »Ich befürchte langsam, dass er überhaupt nicht mehr in die Verfassung kommen wird, in der Sie ihn haben möchten«, log er.

»Was reden Sie da für einen Blödsinn? Es gibt Menschen, die liegen wochenlang im Koma und kommen wieder, wenn der Arzt am richtigen Knopf dreht.«

»Da gibt es keinen Knopf. Man kann nur die Medikamente, die ihn betäuben, absetzen und warten. Außerdem haben solche Patienten schon lange keinen Schlauch mehr im Kehlkopf sitzen, sondern einen Luftröhrenschnitt, durch den sie schonend beatmet werden können. Auf diese Weise kann man die Leute auch schonend aufwachen lassen, ohne dass sie gleich in eine Panik geraten, die ganz schnell auch tödlich enden kann.«

Kong winkte ab. »Der Comisario ist nicht so ein Weichei.«

»Das hat nichts mit Weichei zu tun, sondern mit Atemreflexen. Wenn die einsetzen, kann man sich nicht dagegen wehren, selbst Sie könnten das nicht.« Er schaute Kong durchdringend an. »Wie stellen Sie sich das eigentlich alles vor? Wohin soll das alles führen?«

Kong ging ans Fenster und ließ seinen Blick kontrollierend über den Hof des Sicherheitstraktes schweifen. »Ich verspreche Ihnen, dass ich Ihre Fragen durch Taten beantworte. In zwei bis drei Stunden werden Sie wissen, was wir vorhaben. So lange werden Sie sich doch wohl noch in Geduld üben können, oder?«

»Was wird dann mit ihm werden?« Dr. Hernandez zeigte auf den schlafenden García Vidal.

»Der wird das Tageslicht niemals wiedersehen. Wozu auch?«

***

In der Musikschule von Santanyí wurde die Befreiung der Geiseln mit lautem Jubel begrüßt. War es doch ein untrügliches Zeichen, dass die für alle Beteiligten unbequeme Schutzhaft doch bald ein Ende haben würde.

»Señora Condesa«, eine alte Frau nahm die Hände der Gräfin und küsste sie, »ich danke Ihnen sehr, dass Sie sich so nett um uns gekümmert haben.«

Rosa war diese unterwürfige Geste peinlich. »Aber Señora«, antwortete sie mit ihren wenigen mallorquinischen Sprachbrocken. »Das habe ich doch gern getan.«

Es gelang ihr nur mit Mühe, sich von den lieben und dankbaren Menschen loszueisen. Vom Büro aus rief sie Angela Bischoff an. »Schon gehört?«

»Aber ja doch«, kam es zurück. »Wir hören hier doch auch über Funk mit.«

»Können Sie mal bitte Carmen fragen, ob wir hier die Quarantäne aufheben können?« Rosas Gesicht hellte sich auf, als sie die positive Antwort erhielt. »Ich danke euch. Wenn ich das den anderen bekannt gebe, werden die mich vermutlich heiligsprechen. Dann werde ich mich gleich auf die Socken machen und zu euch kommen. Soll ich noch etwas mitbringen?«

Angela Bischoff sprach sich kurz mit Carmen Lucas ab. »Ja, bringen Sie bitte Filou mit, für den Fall, dass wir Cristobal in diesem riesigen Gefängnis nicht gleich aufstöbern können.«

Gräfin Rosa beendete das Telefonat und trommelte die gesamte Notbelegschaft des Gebäudes zusammen.

Aufgrund ihrer schlechten Sprachkenntnisse überließ sie es Remondo Cueto, die frohe Botschaft zu verkünden.

Er stellte sich auf einen Stuhl, um von allen gesehen werden zu können.

»Meine Damen und Herren, ich darf Ihnen den Dank und die Grüße der Einsatzleitung übermitteln. Sie können jetzt alle wieder nach Hause gehen. Der Einsatz in Santanyí ist hiermit beendet.« Er hatte bei diesen Worten Tränen in den Augen. Es waren Tränen des Glücks, denn er hatte soeben mit seiner Frau telefoniert, die ebenfalls zu den befreiten Geiseln gehörte.

***

Während die Geiseln versorgt und die Gefangenen abgeführt wurden, hatten Ramirez und Bogol telefonisch Glückwünsche der jeweils anderen Regierung für ihre gelungene internationale Aktion gegen das organisierte Verbrechen entgegennehmen können.

»Die Allergrößten sind Sie aber erst dann, wenn ich meinen Freund Cristobal wieder ärgern kann.« Berger ging alles nicht schnell genug. Er hätte es am liebsten gehabt, wenn sie mit dem ganzen Tross schon auf dem Weg nach Palma wären. »Wie werden wir nun weiter verfahren?«

»In spätestens einer halben Stunde werden wir aufbrechen. Schneller geht es nicht, Residente.«

»Wie ich von meinem Konsul gehört habe, wurde von einer gewissen Carmen Lucas alles perfekt vorbereitet«, ergänzte Aleksandar Bogol Ramirez' Angaben. »Wir werden die Zeit also einhalten können. Ich würde mich übrigens freuen, wenn diese junge Dame in Erwägung zöge, einen Teil ihrer Ausbildung bei uns in Moskau zu absolvieren.«

Berger lächelte Bogol wissend an. »Sie ist in festen Händen, Aleksandar. Machen Sie sich bitte keine Hoffnungen. Ich bin mir auch nicht sicher, dass eine gewisse Frau Bogolowa besonders glücklich darüber wäre, wenn Carmen in Ihre Hauptstadt käme.«

»Wer ist denn der Glückliche, an den sie ihr Herz vergeben hat?«

»Sie kennen ihn, es ist Tomeu.«

»Tatsächlich? Schade.« Bogol winkte ab. »So bleibt mir wenigstens der Zorn der Meinen erspart.«

»Kümmern wir uns zunächst um unsere anderen Probleme. Wissen wir schon, auf wen wir im Knast am meisten aufpassen müssen?«

»Ich denke mal, auf den Stationsarzt«, antwortete Ramirez. »Seine Frau und sein Sohn waren unter den Geiseln.«

»Gibt es eine Möglichkeit, ihn irgendwie davon zu unterrichten, dass keine Gefahr mehr für sie besteht?«

»Carmens Team arbeitet bereits an der Lösung dieses Problems. Es ist so gut wie gar nicht möglich, den Doc allein zu erwischen, denn sämtliche Telefonate können abgehört werden.«

Berger rief Tomeu zu sich. »Komm, lassen wir die Herren ihren Hightechkram zusammenpacken. Wir beide werden schon mal nach Palma fahren. Vielleicht können wir da mehr tun, als nur über alles zu quatschen.«

11

Es war nun schon das fünfte Haus, auf dessen Dachterrasse Carmen Lukas und Angela Bischoff stiegen. Jedes Mal schleppten sie dabei ein relativ schweres Fernrohr plus Stativ mit sich, eines von der Sorte, mit der die Biathlontrainer die Treffer ihrer jeweiligen Schützlinge genau analysieren können.

»Nun sagen Sie mir doch bitte einmal ganz genau, was Sie damit bezwecken«, verlangte Angela Bischoff.

»Von irgendwo müssen wir doch einen richtigen Einblick in die Krankenstation bekommen. Wenn man raussehen kann, dann kann man auch reingucken.«

Angela Bischoff baute zum sechsten Mal das Stativ auf. »Es gibt fünf Krankenzimmer, die haben wir alle schon gesehen, wonach suchen wir noch?«

»Das war ja auch nicht umsonst, da kommen überall Kameras mit Teleobjektiven hin. Jetzt fehlt aber noch das Schwesternzimmer.«

»Und warum können die Standorte für die Kameras nicht von anderen ausgesucht werden? Wir haben nun doch weiß Gott anderes zu tun.«

Carmen zuckte mit den Achseln. »Das, was ich nicht selbst gesehen habe, kann ich mir nur schwer vorstellen.« Sie schraubte das Fernrohr auf das Stativ und sah hindurch. Als sie die Schärfe eingestellt hatte, entspannten sich ihre Gesichtszüge. »Na also, perfekt. Besser kriegen wir es nicht.«

Auch Angela Bischoff riskierte einen Blick. »Könnte dieser junge Kerl da der Arzt sein?«

»Schon möglich, schauen wir doch mal.« Carmen klappte ihr Notebook auf und verglich die Bilderdatei der Angestellten des Gefängnisses mit dem, was sie durch das Fernrohr erkennen konnten. »Emil Hernandez, das ist er. Ein ehemaliger Marinearzt.«

»Wie kommt denn ein Seemann dazu, ausgerechnet im Gefängnis anzuheuern?« Angela Bischoff zog ihre Stirn kraus. »Der muss hier doch schier wahnsinnig geworden sein.«

»Ich hoffe nicht, denn von seinem Können wird es abhängen, ob der Comisario nach dem ganzen Quatsch noch der Alte ist.«

»Haben Sie Zweifel daran, dass es für Cristobal gut ausgeht?«

»Wer keine Zweifel hat, kann auch nicht hoffen.«

Sie markierten den Standpunkt des Stativs mit Lassoband, bauten es wieder ab und machten sich auf den Rückweg zur Lagerhalle.

***

Dort waren inzwischen auch Berger und Tomeu eingetroffen. Als Gräfin Rosa dazustieß, war ihr völlig egal, wie er darauf reagieren würde, sie nahm den Residente zur Begrüßung einfach in den Arm.

Er schaute verdutzt. »Was ist denn nun los, Durchlaucht, ich lebe doch noch.«

»Wenn Sie das nicht täten, hätte ich Ihnen auch in den Hintern getreten. Angela hat mir berichtet, dass Sie schon wieder den Kamikazepolizisten gegeben haben. Dafür sind Sie ein bisschen zu alt, mein Lieber.«

»Es hat aber noch gereicht.« Er grinste frech. »Wenn Carmen und Angela zurück sind, sollten wir uns alle noch mal kurz zusammensetzen, um uns gegenseitig upzudaten.«

Gräfin Rosa sah irritiert auf ihren Residente. »Updaten? Was ist denn das für ein Wort?«

»Tja, so redet man heutzutage.«

Gräfin Rosa glaubte, noch ein »Pah – von wegen alt« gehört zu haben, doch Carmen und Angelas Rückkehr ließ sie auf einen Kommentar verzichten.

Die Begrüßung zwischen Tomeu und seiner Carmen war mit einem kurzen Kuss erledigt. Sie kam sofort zur Sache.

»Tomeu, ich habe eine Bitte an dich. Du hast doch noch den alten Bekannten in der Getränkeabfüllstation?«

Tomeu nickte.

»Dann komm doch mal bitte mit. Ich habe einen speziellen Auftrag für dich.«

***

Dr. Hernandez saß wieder einmal am Bett des Comisarios und versuchte, sich darüber klar zu werden, wie er handeln sollte, wenn es auf Spitz und Knopf stehen würde. Doch sosehr er auch nachdachte, er wusste, dass alles, was er sich jetzt ohne größeren Druck vornahm, schnell zu Makulatur werden konnte, wenn es erst richtig ernst wurde. Mein Gott, dachte er, nun sind schon zwei Menschen in meiner unmittelbaren Nähe ermordet worden, ohne dass ich etwas dagegen hätte tun können. Damit muss endlich Schluss sein.

Er erhob sich und ging nachdenklich auf und ab. In ihm reifte ein Entschluss. Schnellen Schrittes verließ er das Krankenzimmer. Er ging zum Materialschrank, öffnete ihn und bepackte sich mit mehreren Kartons voller Verbandmull. »Schauen wir doch mal, ob das klappt«, murmelte er und verschwand in einem unbeleuchteten Krankenzimmer.

***

Als Capitán Ramirez im Lagerhaus eintraf, übernahm er, nachdem er kurz von Carmen gebrieft worden war, die Einsatzleitung. In dieser Funktion eröffnete er auch das Meeting.

»Tja, Leute, was soll ich sagen, der Einsatz in Sineu verlief außerordentlich erfolgreich. Wir haben alle Geiseln unverletzt befreien können. Einen unserer Kollegen hat es an der Hüfte erwischt, er schwebt aber nicht in Lebensgefahr.« Ramirez schaute in die Runde. »Unser Dank geht an die OMON-Einsatzkräfte und ihren Chef, Oberst Bogol. Wir werden auch die kommende Aktion gemeinsam durchziehen, nur wird diese ungleich schwerer sein. Wir müssen das Gefängnis zweigeteilt sehen.« Er drehte sich zu einem Flipchart mit einem Grundrissplan des Gefängnisses und unterstützte seine Erläuterungen, indem er mit dem Zeigefinger auf die einzelnen Gebäudeteile tippte. »Einmal ist da der Hochsicherheitstrakt mit den absoluten Schwerverbrechern, dann der sogenannte Kindergarten mit den Kleinkriminellen. Diese beiden Fraktionen stehen sich ziemlich unversöhnlich gegenüber, zum einen, weil die Kleinkriminellen sich nicht ernst genommen fühlen, zum anderen, weil sie von den Mächtigen im

Knast als Menschen zweiter Klasse angesehen werden.« Er drehte sich wieder zu seinen Zuhörern. »Dieser Umstand kommt uns entgegen, weil die eine Fraktion der anderen niemals Unterstützung anbieten oder Hilfe annehmen würde. Dank Tomeus Verbindungen konnten wir bereits mit einem der Anführer im Kindergarten Kontakt aufnehmen und ihn und seine Leute für uns gewinnen. Mit deren Hilfe können wir jederzeit unsere Leute dort einschleusen. Die Hilfe der Männer wird in der Folgezeit mit entsprechenden Vergünstigungen vergolten werden.«

Er tippte wieder mit seinem Finger auf den Mittelblock. »Durch gut postierte Teleobjektive können wir jeden Raum der Krankenstation von außen überwachen. Zurzeit wissen wir noch nicht, in welchem Raum der Comisario gefangen gehalten wird. Wir hoffen, bald auch durch Fenstermikrofone etwas mehr Klarheit zu bekommen.« Ein Mitarbeiter trat von hinten an ihn heran und flüsterte ihm etwas ins Ohr. »Ich höre gerade, dass die erst ab Mitternacht einsatzbereit sind. Also verzögert sich der Zeitpunkt des Zugriffs dementsprechend.« Er suchte, während er etwas zögerlich weitersprach, auf seinen Notizen nach einem Namen. »Der Gefängnisarzt – Dr. Hernandez – hat leider noch keine Ahnung davon, dass seine Familie, die mit unter den Geiseln war, in Sicherheit ist. Señora Bischoff, unsere deutsche Kollegin, hatte die Idee, mit ihm durch Morsezeichen mittels eines Laserpointers Kontakt aufzunehmen. Dr. Hernandez war früher Marinearzt und hat demzufolge eine nautische Grundausbildung durchlaufen. Wir haben Kollegen von der Marine angefordert; sowie die da sind, werden wir mit dem Versuch beginnen.« Er wandte sich wieder zum Flipchart. »Es gibt drei Wege für uns, die Krankenstation zu erreichen. Zum einen über den Kindergartenflügel, die Krankenstation ist von dort aus durch einen von zwei Feuersicherheitstüren begrenzten Gang zu erreichen. Zum anderen führt ein ebensolcher Gang in den Hochsicherheitstrakt, der ist aber zu einer kugel- und explosionssicheren Schleuse ausgebaut worden. Wir haben leider keine Ahnung, wer die Herrschaft über den Mechanismus dieser Schleuse hat. Es muss befürchtet werden, dass es Kong und seine Leute sind. Der dritte Weg führt über das Treppenhaus, und *last, but not least* existieren noch zwei

Aufzüge, die gesichert werden müssen. Leider fanden wir bisher niemanden, der uns sagen konnte, ob die Krankenstation die gleichen aus- und einbruchssicheren Fenster hat wie der Hochsicherheitstrakt. Von außen betrachtet sind sie leider baugleich.«

Ramirez zog einen Zettel aus seinen Unterlagen. »Es gibt aber auch Positives zu melden. Die gesamte Bande wurde in Moskau von Spezialeinheiten der OMON gesprengt. Der Patriarch soll, wie ich eben erfahren habe, dabei doch ums Leben gekommen sein. Wir sind uns relativ sicher, dass Kong und seine Truppe im Gefängnis noch keine Kenntnis davon haben. Ein Handykontakt ist in den Gefängnismauern nicht möglich, das Telefon wurde abgestellt, Satellitentelefone sind gestört, und der Internetzugang ist in unserer Hand. An den E-Mails, die abgehen, ist zu ersehen, dass die auf Anweisungen warten.«

Andrea Bastos meldete sich. »Na, wenn wir das steuern können, dann fälschen wir doch einfach die Anweisung aus Moskau, dass die Herrschaften gefälligst aufzugeben haben.«

Aleksandar Bogol erhob sich. »Wir haben leider nicht die Zeit dazu, die bisherigen E-Mails zu studieren, um zumindest einen Teil der Codewörter zu identifizieren. Und Sie können sich absolut sicher sein, dass so wesentliche Dinge wie eine ›Aufgabe‹ verschlüsselt übermittelt werden.«

Ramirez fuhr fort. »Wir werden uns um Punkt ein Uhr wieder hier einfinden, bis dahin werden wir die Gegner hoffentlich genau lokalisiert haben und die Teams zusammenstellen.« Er schaute in die Runde. »Noch Fragen?«

Es meldete sich niemand. Alles stob auseinander, um sich wieder an die Arbeit zu machen.

***

Dr. Hernandez wollte sich in das Schwesternzimmer zurückziehen. Zu seiner großen Enttäuschung saß Kong dort an seinem Schreibtisch und stöberte durchs Internet.

»Hören Sie mal, Doc, ist Ihr Computer immer so träge? Es dauert ja Minuten, bis der mal eine Seite aufgebaut hat, wenn er es denn überhaupt tut.«

Dr. Hernandez hoffte inständig, dass das das Werk der Polizei sein möge, denn bei ihm lief der Computer immer einwandfrei. »Das ist eine uralte Möhre«, log er darum. »Der hat für die meisten Internetseiten viel zu wenig Arbeitsspeicher. Ich kann mit der Kiste noch nicht einmal Medikamente online bestellen.«

Kong schien diese Erklärung einzuleuchten.

Dr. Hernandez goss sich einen Kaffee ein. In diesem Augenblick wurde er auf einen klitzekleinen roten Punkt aufmerksam, der auf der Pinnwand über der Kaffeemaschine zu blinken begann. Er schaute sich um, ob Kong ihn mit dem Laserpointer, den er in seinem Schreibtisch aufbewahrte, ärgern wollte, aber der Riese war ins Internet vertieft. Er starrte wieder auf den Punkt. Plötzlich stutzte er. Waren das nicht Morsezeichen? Er versuchte, seine gesamten Uraltkenntnisse übers Morsen mental zu entstauben. Das Blinken hieß »Polizei«, wenn er sich nicht irrte. Aber woher kam es?

Er tippte sich an die Nase. »Hallo, ich sehe Sie. Wo sind Sie?«, morste er.

Die Antwort kam prompt: »Auf dem Dach gegenüber. Wechseln Sie Ihren Standort, damit Sie allein sind.«

Hernandez tat wie ihm aufgetragen. Vom Nachbarzimmer aus war eine ungestörte Kommunikation möglich.

»Ihr Sohn und Ihre Frau sind frei, es geht ihnen gut.«

Dr. Hernandez bekam vor Glück weiche Knie. »Ich danke Ihnen«, morste er zurück.

Die Polizei gab nun Anweisungen: »Gehen Sie in den Raum, in dem der Comisario liegt, und stellen Sie sich neben sein Bett, von dort aus werden wir uns weiter unterhalten.«

Dr. Hernandez ging mit der Kaffeetasse in García Vidals Krankenzimmer. Von dort aus berichtete er der Polizei mit seiner Nasentechnik, wie es um den Comisario stand. Danach ging er von Raum zu Raum, beantwortete Fragen und wies die Sicherheitskräfte in alles Wesentliche ein.

Leider war ganz schnell ersichtlich, dass Kong und seine Leute wirklich an alles gedacht hatten. Es gab keinen Zugang zur Krankenstation, der nicht äußerst effektiv gesichert war.

***

Ramirez benötigte eine gute Viertelstunde, um alle beteiligten Einsatzkräfte über die neuesten Erkenntnisse zu informieren.

»Das war's dann wohl mit dem glücklichen Stern«, murmelte ein Polizist. Ramirez hörte diese Bemerkung.

»Das erhöht zwar den Schwierigkeitsgrad, macht die Aktion aber nicht unmöglich. Ich hoffe sehr, dass wir uns darüber einig sind, dass auch in dieser Situation ein Zugriff unumgänglich ist. Oder kennt jemand eine Alternative?«

Carmen erhob sich von ihrem Platz. »Señor Ramirez, entschuldigen Sie bitte, aber Tomeu und ich hätten da eventuell eine Idee, wie man sicherstellen könnte, dass wir es beim Zugriff, wenn überhaupt, nur noch vereinzelt mit Kongs Leuten zu tun bekommen.«

»Dann bitte ich Sie nach vorn, Kollegin Lucas.«

Carmen ging unsicheren Schrittes ans Rednerpult und räusperte sich. »Wir wissen, dass geplant war, Kongs Truppe mit einem heute Nachmittag sichergestellten Hubschrauber vom Dach des Mitteltraktes zu evakuieren. Warum machen wir das nicht?«

Lautes Gemurmel ertönte im Saal.

»Der Hubschrauber wurde mithilfe des russischen Konsuls hierher nach Palma gebracht. Die Besatzung hat uns freundlicherweise die Rote Armee gestellt.«

Ein Kollege protestierte: »Wir können die Kerle doch nicht einfach so abhauen lassen!«

»Wegfliegen, aber noch lange nicht abhauen lassen. Der Pilot wird nach einem kurzen Rundflug zum Gefängnis zurückkehren. In einer nahe gelegenen Getränkeabfüllstation wurden einige Flaschen Mineralwasser, Bier und andere Erfrischungsgetränke für uns mit K.-o.-Tropfen versehen und originalverschlossen. Nach unserer ›Befreiungsaktion‹ werden sich die Herren im Helikopter nur so darauf stürzen. Dass der Flug dann nur sehr kurz sein wird, bekommen die dann schon gar nicht mehr mit.«

Alles staunte. Auf so eine einfache Lösung hatte niemand zu hoffen gewagt.

»Okay«, übernahm Ramirez wieder das Wort. »Sie sehen mich verblüfft. Aber genau so werden wir es machen. Wir gehen jetzt einfach mal davon aus, dass die Russen wissen, dass sie von dem

Hubschrauber abgeholt werden sollen. Wir müssen also sicherstellen, dass wir ihnen nicht aus Versehen diesen Fluchtweg versperren. Und wer nicht freiwillig fliehen will, dem müssen wir dann etwas nachhelfen.« Ramirez wollte seinen Vortrag schon beenden, da fiel ihm noch etwas ein. »Übrigens, eine Stunde vor Aktionsbeginn werden wir sämtliche Gefängnisangestellten vom Pförtnerhaus bis hin zur Zentralüberwachung durch unsere Leute ersetzen. Das ist alternativlos, da wir nicht wissen, wer von dem Personal sauber ist und wer nicht. Es wird absolut geräuschlos vor sich gehen. Der stellvertretende Gefängnisdirektor ist auf unserer Seite und wird uns dabei unterstützen.«

Berger war diese Planung noch zu vage, »Entschuldigen Sie, Señor Ramirez, aber mir ist noch nicht klar, von welchen Seiten aus wir die Krankenstation stürmen sollen.«

Ramirez zeigte wieder auf das Flipchart. »Zum einen vom Kindergarten aus und zum anderen von der Schleusenseite. Nur wie weit wir vom Hochsicherheitstrakt vorstoßen können, wird sich noch zeigen, da wir keinen Überblick haben, inwieweit der von Kongs Leuten gehalten wird.«

Berger hakte nach: »Und wie kündigen wir den Herren unser Kommen an? Die sollen ja schließlich die Flucht vor uns ergreifen.«

»Wir werden die Türen auf unserem Weg aufsprengen, dadurch machen wir so viel Theater, dass die schon einmal gewaltig in Stress kommen. Und wenn sie dann den auf dem Dach landenden Hubschrauber hören ...«

Aleksandar Bogol erhob sich. »Stimmt, so können wir sie vor uns hertreiben. Einen Haken gibt es aber: Wir hätten niemanden zur Verteidigung beim Comisario. Wenn wir lautstark auf uns aufmerksam machen, erreichen wir den Krankentrakt womöglich nicht rechtzeitig genug, um uns zwischen Kong und dem Comisario postieren zu können.«

»Wir wissen von Dr. Hernandez, dass eine Spritze mit einer tödlichen Substanz an das Infusionssystem des Comisarios angeschlossen wurde«, kam es von Marga Santo. »Die kann auf einen Funkkontakt hin entleert werden. Kong soll die Fernbedienung immer bei sich tragen.«

»Kann man die Frequenz irgendwie sperren?«

»Das ginge schon, aber wir kennen die Frequenz nicht, und wenn wir herumprobieren, könnten wir den entscheidenden Impuls versehentlich selbst auslösen.«

Ramirez kratzte sich nachdenklich am Kinn. »Uns wird nichts anderes übrig bleiben, als García Vidals Krankenzimmer zu stürmen, um diese Spritze abzuhängen. Und wenn das geschehen ist, muss das Zimmer um jeden Preis gehalten werden.«

»Dann müssen wir uns einen Zugang durchs Fenster verschaffen. Am besten sprengen wir die Scheibe des Nachbarraumes, damit wir ihn nicht gefährden«, kam es von Bogol, »eine andere Lösung gibt es nicht.«

»Was wird mit den Gefangenen im Kindergarten und im Hochsicherheitstrakt?«, fragte ein anderer Kollege. »Wenn's knallt, dann drehen die in ihren Zellen doch durch.«

»Dass Kong und seine Leute eine Art Aufstand durchziehen, das dürfte sich bereits herumgesprochen haben, und dass das eine Gegenreaktion von staatlicher Seite auslösen muss, ist denen auch klar. Den stellvertretenden Direktor kennen alle, und wenn der eine Durchsage über die Ringanlage macht, dann sollte das zur Beruhigung reichen.« Ramirez sah sich in der Runde um. »Gibt es sonst noch Fragen?«

Niemand meldete sich.

Ramirez nickte aufmunternd. »*Vamos, compañeros*, mit Gottes Hilfe werden wir es schaffen. Pünktlich um zwei Uhr legen wir los.«

***

Dr. Hernandez machte sich Sorgen. Seit einer Stunde hat er keinen roten Punkt mehr gesehen, sooft er sich auch an die Nase tippte. War es wirklich die Polizei, oder haben mich die Ganoven nur auf die Probe gestellt? Seit zehn Minuten fragte er sich nichts anderes. Für Kong wäre allein der versuchte Verrat ein Grund, ihn zu exekutieren, befürchtete er und bereitete sich gedanklich schon mal darauf vor. Er schaute auf ein Kruzifix, das über der Tür hing. »Was meinst du, lieber Gott, lohnt es sich zu beten? Wirst du mich dann gnädig empfangen?«, fragte er laut.

Er ging noch einmal alles in Gedanken durch, was er tun wollte, wenn die Knallerei beginnen würde. Er musste schnell handeln, denn sonst würde Kong ihm zuvorkommen. Andererseits wäre jetzt genug Zeit, alles in Ruhe zu erledigen. Er schaute sich um. Momentan war er unbeobachtet, aber er wusste nicht, ob er das auch sein würde, wenn es hier erst einmal hoch herging.

Er überlegte, dann bekreuzigte er sich und setzte seinen Plan in die Tat um. Einen besseren Zeitpunkt würde es nie wieder geben.

***

Die Gräfin nutzte die noch verbleibende Zeit, um mit Filou, der die ganze Zeit brav im Auto gesessen hatte, auf dem Gelände Gassi zu gehen. Berger gesellte sich dazu.

»Na, meine Lieblingsdurchlaucht, hätten Sie etwas dagegen, von einem Greis in den Arm genommen zu werden?«

Sie musste lächeln. »Sitzt der Stachel so tief?«

»Das mit dem ›zu alt‹ hat schon gesessen, das muss ich zugeben.«

»Sonst sind Sie doch nicht so fragil, was ist denn passiert?«

»Vorhin beim Einsatz ist mir ein ganz dummer Anfängerfehler passiert, der mich und Bogol das Leben hätte kosten können.«

»Und was, wenn ich fragen darf, haben Sie verbrochen?«

»Ich habe beobachtet, was Bogol auf seiner Seite gemacht hat, und habe darüber die Absicherung auf meiner Seite vergessen.«

Gräfin Rosa legte den Arm um ihn. »Passiert das nicht jedem einmal?«

»Schon, aber nur einmal. Wer das überlebt, der wird gefeuert.«

»Hat Señor Bogol etwas gesagt?«

»Nein, aber er wird sich seinen Teil gedacht haben.«

Sie strich ihm über die Wange. »Aber nun sagen Sie doch mal selbst, warum turnen Sie immer ganz vorn mit, da, wo's am sichersten kracht?«

Er zuckte mit den Achseln. »Ich weiß es selbst nicht. Beweisen muss ich mir nichts mehr, dazu habe ich schon zu viel erlebt, aber ich denke, ich habe panische Angst davor, jemand anders in den Tod zu schicken. Dann soll es mich lieber selbst erwischen.«

»Dagegen hätte ich aber etwas.« Sie küsste ihn. »Ich habe mich nämlich schwer in Sie verliebt, Señor Residente. Und ich hätte gern noch etwas von Ihnen.«

Er küsste sie zurück. »Ich weiß, Rosa, und deswegen werde ich auch immer wieder zu Ihnen zurückkommen.«

»Versprochen?«

»Versprochen!«

Aleksandar Bogol bog um die Ecke. Er inhalierte den Rauch einer spanischen Zigarette in tiefen Zügen und erschrak etwas, als er die beiden eng Umschlungenen fast umrannte.

»Entschuldigen Sie bitte«, beeilte er sich zu sagen, da erkannte er die Gräfin und den Residente und musste lächeln. »Michail, ich habe Sie für einen alten Sozi gehalten und muss Sie nun beim Austausch von Körperflüssigkeiten mit einer Adligen erwischen. Bei der OMON wären Sie jetzt wegen Dekadenz rausgeschmissen worden!«

»Es tut mir leid, Señor, aber Sie müssen mir glauben, dass das nichts weiter war als der Versuch, die Dame wegzubeißen.«

Bogol lachte schallend. »Für diese Ausrede hätten Sie beim Ministerium für Agitation aber gleich wieder einen Vertrag bekommen.« Er kratzte sich verlegen am Kopf. »Und überhaupt – noch mal vielen Dank für vorhin.«

»Was hat er angestellt?«, fragte Rosa neugierig.

»Condesa, ich muss Ihnen sagen, ohne Ihren Michail stünde ich jetzt nicht hier. Ich alter Esel habe vergessen, mal nach hinten zu schauen, und prompt wollte mich da jemand über den Haufen schießen. Gott sei Dank war Michail schneller.«

»Ach, das ist ja interessant! Mir hat er nur etwas von einem groben Schnitzer seinerseits erzählt.«

Bogol wiegte seinen Kopf hin und her. »Tja, das kann schon mal passieren, wenn sich zwei Saurier in Abenteuer verheddern, die eigentlich für Jugendliche gedacht sind.«

»Ich hätte es nicht besser ausdrücken können, Señor Oberst«, sagte Rosa mit einem strahlenden Lächeln. »So, jetzt werde ich mal mein Kampfschwein wieder ins Auto setzen. Der Kleine braucht seinen Schönheitsschlaf.«

Sie verließ die beiden.

»Eine tolle Frau haben Sie sich da geangelt, Michail.«
»Ich weiß, Aleksandar, ich weiß.«
Zwischen ihnen entstand eine Pause.
»Michail, ich will ja nicht schwarzsehen, aber wir werden gleich einen riesigen Schutzengel benötigen, um Ihren Freund da lebend rauszubekommen. Im Grunde haben wir gar keine Chance.«
Berger nickte. »Ich weiß, mein Lieber, ich weiß. Aber genau die müssen wir nutzen.«

***

Es war ein Uhr fünfundfünfzig. Alles stand einsatzbereit in Position. Berger und Bogol bildeten wieder ein Team, umringt von fünf weiteren taktischen OMON-Einheiten. Ihre Aufgabe war es, die Krankenstation von der Hochsicherheitsseite her einzunehmen, zwei Teams sicherten den Lastenaufzug und die Müllschluckerkanäle, und der Rest der OMON-Leute sollte den Haupteingang des Hochsicherheitstraktes kontrollieren. Die spanischen SEKs kamen von der Kindergartenseite her, dann über das Treppenhaus und den Personenaufzug sowie vom Dach her über die Sprengung zweier Fenster.
Bergers Adrenalinspiegel stieg. Nervös nestelte er an seinem Nachtsichtgerät herum. Das blieb auch Bogol nicht verborgen. »Was ist los mit Ihnen, Michail?«
»Ich kann mich einfach nicht mit diesem Ding anfreunden. Dadurch guckt man wie durch eine endlos lange Röhre.«
»Aber Sie sehen zumindest etwas.«
»Außerdem weiß ich gern vorher, in was ich da reinrenne. Wir wissen noch nicht einmal, mit wie vielen Leuten wir es zu tun bekommen. Es ist das reinste Himmelfahrtskommando!«
»Dann versprechen Sie mir eins, Michail. Wenn es schiefgeht, teilen wir uns eine Wolke, okay?«
Berger musste lächeln. »Okay, abgemacht.« Sie klatschten sich ab.

Pünktlich um zwei Uhr erlosch schlagartig jegliches Licht im Gefängnis und in den umliegenden Straßen, und mehrere Explosionen erschütterten das Gebäude. Doch die waren nichts gegen den Lärm, der einsetzte, als die Gefangenen daraufhin mit allem, was Krach machte, rhythmisch gegen die Gitterstäbe der Fenster und Zellentüren schlugen. Es begann aber kein geplantes Spektakel, sondern ein Inferno brach über sie hinein.

***

Das Schwesternzimmer lag, von der Kindergartenseite aus gesehen, direkt neben dem Eingang der Krankenstation. Die erste Detonation fegte Kong förmlich vom Schreibtisch. Er wurde mitsamt dem Schreibtischstuhl in den Medikamentenschrank geschleudert. Glas splitterte, Ampullen und Pillen segelten durch den Raum. Dann erlosch auch noch das Licht. Der Riese schälte sich aus den Trümmern, tastete sich an den Schreibtisch zurück und versuchte dort seine Maschinenpistole wiederzufinden. Nach kurzem Suchen zog er sie unter dem umgekippten Bildschirm des Computers vor.

»Die Schweine greifen an«, brüllte er seinen Männern zu, wo immer sie auch waren. »Macht sie fertig, die dürfen den Comisario nicht lebend in die Finger bekommen!«

Er griff nach der Fernbedienung für die Spritze, benutzte sie aber nicht. Er wollte neben García Vidal stehen und ihm in die Augen blicken, wenn er ihm den Todesstoß versetzte.

Überall auf dem Flur war nur Staub, der in der Kehle kratzte. Hustend und prustend versuchte er kriechend, García Vidals Krankenzimmer zu erreichen. Ihm pfiffen die Kugeln nur so um die Ohren, aber wie durch ein Wunder wurde er nicht getroffen. Wenn er irgendwo das Mündungsfeuer einer Automatikwaffe zu entdecken glaubte, schickte er ein paar Salven aus seiner Waffe in diese Richtung.

Nach kurzer Zeit war er am Bett García Vidals angekommen und zog sich am Bett des Comisarios hoch. In diesem Augenblick schaltete sich der Notstromakku des Überwachungsmonitors ein.

Kong war bitter enttäuscht darüber, dass ihm eine der Explosionen seine Arbeit abgenommen zu haben schien. Der Comisario war tot, das zeigten der glatte Strich auf dem Monitor und das lang gezogene Piepen eindeutig an.

»Du feige Sau! Dich einfach so zu verpissen ist deiner nicht würdig. Na warte, dann werde ich eben deinem Kadaver noch eine mitgeben.« Dadurch, dass der Strom ausgefallen war, konnte natürlich auch der Spritzenautomat, in den er die Güllespritze eingespannt hatte, nicht mehr funktionieren, wenn er die Fernbedienung bediente. Er schien an eine Steckdose angeschlossen zu sein, die nicht mit Notstrom gespeist wurde. Durch den Schein des Monitorbildschirms konnte er den Perfusor erkennen. Er nahm die Spritze heraus und injizierte die schwarze Flüssigkeit mit der Hand. Dabei lachte er wie irr. »Und wenn wir beide vor unserem Schöpfer stehen werden, dann wirst du derartig nach Scheiße stinken, dass sich Gott angeekelt von dir abwenden wird!«

Sich vor Husten fast übergebend, versuchte er danach, den Raum zu verlassen, um sich auf das rettende Dach zu begeben. Dort würde sie der Hubschrauber abholen, gerade rechtzeitig. Der Krach, den die Landung verursachte, war in diesem ganzen Getümmel gut zu hören. Um besser voranzukommen, erhob sich Kong vom Boden. In diesem Augenblick durchzuckte ihn ein rasender Schmerz. Er war am Oberschenkel getroffen worden. Mit schmerzverzerrtem Gesicht drückte er sich wieder in Deckung, um nicht noch mehr abzubekommen. An eine Flucht übers Dach, so wie er sie geplant hatte, war für ihn nicht mehr zu denken.

***

Zusammen mit dem Lärm, den die aufgescheuchten Häftlinge veranstalteten, den vielen Schüssen, den Rufen und Schreien aller Beteiligten und dem Dröhnen des landenden Helikopters auf dem Dach der Krankenstation ergab alles zusammen eine Kakofonie des Irrsinns.

Über Funk war ob der Lautstärke keinerlei Verständigung mehr möglich, was das Chaos letztendlich perfekt machte. Von Absprachen war nichts mehr zu spüren. Alles rannte schießend und brüllend durcheinander, Polizisten mit Nachtsichtgeräten wurden von Verbrechern ohne derartige Sehhilfen einfach umgerannt, überall sirrten, flirrten und zischten Querschläger durch die Luft und zwangen Freund und Feind in Deckung.

Auch bei Berger und Bogol war von gegenseitiger Absicherung nichts mehr zu merken. Fast panisch versuchten sie, so schnell und so unverletzt wie möglich in das Zimmer zu rennen, in dem der Comisario lag. Bogol jaulte plötzlich auf.

»Was ist los, Aleksandar?«

»Irgend so ein Idiot hat mir in den Arsch geschossen.« Er richtete sich halb auf, um an sich hinuntersehen zu können, sackte dann aber wieder in sich zusammen.

Berger kroch zu ihm. Bogol war bewusstlos. Durch sein Nachtsichtgerät konnte Berger eine leicht pulsierende Kopfwunde bei ihm ausmachen. »So eine Scheiße«, brüllte er in sein Funkgerät. »Oberst Bogol hat es erwischt, ich brauche hier auf dem Flur der Krankenstation einen Notarzt, schnell!«

Berger war hin- und hergerissen. Einerseits konnte er seinen Passmann nicht so einfach im Stich lassen, andererseits hatte er einen Job zu erledigen, und zwar, den Comisario zu retten. Schlechten Gewissens kroch er weiter. Das Knallen und Zischen um ihn herum wurde eher stärker, als dass es nachließ, doch nach ein paar Sekunden hatte er die Tür zu García Vidals Krankenzimmer erreicht.

Es war offensichtlich, dass die Sprengung der Fenster fehlgeschlagen war, sie schienen doch kugelsicher gewesen zu sein. Jedenfalls waren sie noch intakt, soweit Berger das erkennen konnte. Sein Blick fiel auf den Überwachungsmonitor neben dem Krankenbett. Dafür gab es wohl eine Art Notstromakku, jedenfalls zeigte er etwas an, was Berger das Herz stocken ließ: eine Nulllinie. Das Beatmungsgerät hingegen zischte noch regelmäßig. Er hastete an das Bett und griff stockend nach der Hand des Toten.

Die nur noch vereinzelt hörbaren Schüsse aus den Automatikwaffen der Einsatzkräfte wurden in diesem Augenblick vom Knattern der Rotoren eines startenden Helikopters übertönt, bald darauf herrschte Stille. Wie auf Kommando gaben auch die Gefangenen Ruhe, als ob alle wussten, dass etwas Ungeheuerliches passiert sein musste. Es knackte, die elektrischen Relais sprangen um, Neonröhren flackerten auf und tauchten alles in ein gleißend helles Licht. Berger riss sich das Nachtsichtgerät vom Kopf und stand fassungslos neben dem Bett seines toten Freundes.

»García Vidal«, stand da auf einem Klebestreifen am Kopfende des Bettes. Dieses in Mull eingepackte Wesen war wirklich sein Freund. Tränen schossen Berger in die Augen. Plötzlich lief in seinem Kopf eine Art Film einer Wiederbelebung ab. Er schaltete sofort von lähmender Trauer auf hyperaktive Tätigkeit um und sprang förmlich auf die Leiche, um mit einer viel zu hektischen Herzdruckmassage zu beginnen.

»Nun atme endlich, du Idiot«, brüllte er García Vidal an, »ich will, dass du lebst! Mein Gott, nun mach doch was, dass der Kerl nicht stirbt. Was soll ich denn ohne den anfangen!« Er versuchte es mit aufmunternden Backpfeifen, aber es tat sich nichts. Cristobal García Vidal rührte sich nicht mehr.

»Ist das nicht rührend?«, sagte plötzlich eine Stimme hinter ihm.

Berger hielt mit seinen Reanimationsversuchen inne. Abgesehen von diesem lächerlichen Beatmungszischen herrschte tödliche Stille im Raum.

»Nun lass mal schön diesen lächerlichen Kommissarskadaver da in Ruhe und dreh dich um.«

Berger kannte diese Stimme nur zu gut. Kong hatte es offenbar nicht mehr zum rettenden Hubschrauber geschafft.

»Du kannst so lange auf deinem Freund rumknautschen, bis ihm die Maden aus den Ohren schießen. Der sagt nichts mehr, dafür habe ich gesorgt. Ist leider ein bisschen schnell von uns gegangen, aber was soll's, tot ist tot.«

Berger drehte sich langsam zu Kong um, der mit einer Maschinenpistole hinter ihm stand.

»Ich dachte, Sie seien mit dem Helikopter geflohen.«

»Das wäre eine Option gewesen, aber dann hätte ich ja nur einen von euch erwischt. So ist es viel besser. Auf diese Weise kann ich euch beide töten, wie es mir ursprünglich vom King aufgetragen wurde.«

»Der King ist tot«, kam es böse von Berger.

»Auch gut, dann wirst du ihn ja bald persönlich kennenlernen.« Kong hob die Waffe und richtete sie grinsend auf Berger. »Adieu, mein Lieber, und grüß mir den Junior-Schokotoff.«

Berger schloss seine Augen. Er wollte sich noch ein letztes Mal das Gesicht der Gräfin vorstellen. Vielleicht kann man so einen Eindruck ja mit nach drüben nehmen, dachte er.

Ein Schuss krachte, aber Berger spürte nichts. Er öffnete seine Augen und sah, wie Kong mit leerem Blick in sich zusammensackte. Hinter ihm stand, vor Schmerzen gekrümmt, die Pistole noch im Anschlag, Bogol.

»Nun, mein Freund, ich denke, jetzt sind wir quitt«, sagte er und ging erschöpft in die Knie. »Mein Gott, brummt mir der Schädel, und mein Hintern brennt wie Feuer.«

Ramirez, Carmen, Angela, Gräfin Rosa und ein Notarzt stürmten in den Raum. Der Arzt kniete sich neben Bogol und überprüfte dessen Vitalfunktionen.

»Wer hat hier geschossen?«, brüllte Ramirez, während Angela sofort auf die Leiche des Comisarios zulief.

Berger versuchte, sie zurückzuhalten. »Es ist zu spät. Es tut mir so furchtbar leid, aber ich konnte nichts mehr für ihn tun.«

Dafür, dass ihr toter Freund vor ihr lag, reagierte sie extrem cool.

»Wer ist das?«, fragte sie nur ratlos.

Berger wurde in seiner Trauer ungehalten. »Wer soll das schon sein? Steht ja wohl drüber, dick und fett.« Er schlug mit der Faust auf den Pflasterstreifen, sodass die dünne Holzplatte, auf der er am Kopfende des Bettes klebte, splitterte.

Angela Bischoff schaute erst ihn verwundert an, dann zeigte sie auf den Toten. »Das ist nicht Cristobal.«

»Aber es steht da groß und breit an seinem Bett, und es ist in Krankenhäusern so üblich, dass man den Namen desjenigen dahin klebt, der auch in dem Bett liegt!«

Sie schüttelte den Kopf. »Mein Gott, Michael, Sie müssten Cristobal doch nun wirklich kennen. Das sind nicht seine Hände und auch nicht seine Füße. Das ist nicht seine Figur. Dieser Jemand ist zweifelsohne tot, aber es ist nicht Cristobal. Außerdem stinkt der Mann nach Gülle. Also, wo ist Cristobal?« Ungebrochene Angst um García Vidal flackerte in ihren Augen auf.

Berger griff nach einer Schere, die auf dem Beistelltisch lag, und begann hastig, den Mullverband vom Kopf des Toten zu schneiden. Nach jedem Schnitt wurden seine Bewegungen hektischer, bis das Gesicht eines ihm völlig Unbekannten vor ihm lag.

»Mein Gott, Angela, Sie haben recht, das ist nicht Cristobal.« Er schaute sich unsicher um. »Aber wo ist er hin?«

Ein SEK-Kollege aus der an das Krankenzimmer angrenzenden Spülküche rief: »Señor Ramirez, Señor Residente, kommen Sie doch mal bitte. Könnte einer von den beiden hier der Comisario sein?«

Sie lugten voller Hoffnung um die geöffnete Tür des kleinen Raumes. Eine weitere Mumie, die sich seltsam lallend und unbeholfen zu bewegen versuchte, lag in den schützenden Armen eines jungen, völlig geschockten Mannes, den alle sofort als Dr. Hernandez erkannten. Berger hatte die Schere noch in der Hand. Er kniete sich neben die beiden und löste vorsichtig den Kopfverband der Mumie. Schon nach wenigen Lagen Mull war klar, dass das der Comisario war. Seine Augen irrten wirr zwischen den Menschen, die vor ihm standen, hin und her. Er versuchte etwas zu sagen, aber es war nichts als ein Lallen und Röcheln zu vernehmen. Zwei weitere Notärzte drängten sich an ihnen vorbei in den kleinen Raum und kümmerten sich sofort um ihn und ihren Kollegen.

Angela Bischoff taumelte leicht, konnte sich aber an der Zimmerwand abstutzen und setzte sich schnell auf den Fußboden, damit sie nicht umkippte. »Was ist hier bloß passiert?«

Carmen kümmerte sich um sie. »Der Doc wird das Leben des Comisarios gerettet haben, indem er einfach einen anderen in das Bett gelegt hat. Anders ist das jetzt nicht für mich zu erklären.«

Berger war auch kurz vorm Umfallen. Die Gräfin sprang ihm bei und stützte ihn.

»Ich schwöre Ihnen, dass ich mich zurückgehalten habe. Ich war die ganze Zeit in Deckung«, murmelte er.

Sie führte ihn auf den ehemaligen Stationsflur. Jetzt war die ganze Krankenstation ein einziges Trümmerfeld.

»Ich hole Ihnen schnell etwas zu trinken.«

Berger nickte dankbar.

Capitán Ramirez tauchte neben ihm auf. »Mein Gott, Señor Berger, dieser ganze Einsatz war eine einzige Katastrophe, ein Desaster. Wenn die mich überhaupt bei der Polizei behalten, dann darf ich bis zu meiner Pensionierung vielleicht noch Klopapier perforieren, aber sonst nichts!«

Berger versuchte, ihn zu beruhigen. »Lassen Sie mal, Capitán, wenn hier erst einmal gefegt ist, sieht das schon wieder alles ganz anders aus.«

»Gefegt?« Ramirez schaute ihn mit glasigen Augen an. »Wollen Sie mich verarschen?«

»Okay, hier und da muss wohl auch beigeputzt werden.«

Beide schwiegen kurz, um sich neu zu sammeln.

»Gibt's denn schon einen Lagebericht?«

Ramirez schüttelte ungläubig den Kopf. »Das, was ich gehört habe, kann gar nicht stimmen.«

»Und was ist das?«

»Von den Einsatzkräften hat es lediglich Oberst Bogol erwischt. Kong ist der einzige Tote, alle anderen Russen wurden überwältigt oder sind in den Hubschrauber geflüchtet. Natürlich haben wir noch die Leiche in García Vidals Bett, und es gibt eine weitere in einer Abstellkammer. Der Mann hat Pflegerkleidung an, scheint vom Personal gewesen zu sein. Wir wissen nicht, wer er ist. Er ist auch schon länger tot.«

»Sonst nichts?«, fragte Berger ungläubig.

»Es ist kaum zu fassen, aber sonst ist nichts.«

»Jetzt wissen wir wohl aus erster Hand, was ein ›Hornberger Schießen‹ ist.«

***

Nachdem alle an dieser ereignisreichen Nacht Beteiligten den unmittelbaren Einsatz beendet und etwas gegessen und getrunken hatten, trafen sie sich zur abschließenden Einsatzbesprechung. Um vier Uhr morgens trat Capitán Ramirez deutlich gezeichnet an das Rednerpult.

»Kolleginnen und Kollegen, was sich heute Nacht hier abgespielt hat, sucht seinesgleichen. Noch nie hat sich in der Geschichte der polizeilichen Sonderkommandos aus einsatztechnischer Sicht eine derartige Katastrophe abgespielt. Wir sollten alle unserem Gott danken, der sich dieser Handvoll Polizisten gegenüber derartig gnädig gezeigt hat.« Er sah sich schweigend in der Runde um und erblickte überall nur betretene Gesichter. »Dennoch wird in der ›Ultima Hora‹ von heute eine wahre Erfolgsgeschichte zu lesen sein. Die gute Nachricht darin wird lauten: Die russische Mafia auf Mallorca hat aufgehört zu existieren! Oleg Druschkoij alias Kings Kong, der Kopf der hiesigen Organisation, ist tot. Seine sämtlichen Bandenmitglieder konnten durch einen wahren Husarenstreich unserer jungen Kollegin Carmen Lucas ausnahmslos unverletzt in Gewahrsam genommen werden. Die Herrschaften, die hier bereits eingesessen haben, kommen erst einmal in ihre Zelle zurück. Ich hoffe sehr, dass sie im Laufe der Zeit nach Russland überstellt werden, wo sie ihre Strafe dann nach erneuter Aburteilung in Gefängnissen absitzen können, die von ihnen nicht als Luxushotels empfunden werden.«

Er machte eine wegwischende Handbewegung. »Es freut mich aber vor allem, Ihnen mitteilen zu dürfen, dass Comisario García Vidal den Umständen entsprechend wohlauf ist. Und das ist allein das Verdienst des Gefängnisarztes Dr. Hernandez. Ihm ist es in einer unbeaufsichtigten Minute gelungen, den Comisario gegen den Körper eines Toten auszutauschen, sodass Kong die tödliche Spritze in eine Leiche injizierte.« Es setzte herzlicher Beifall ein, und Ramirez wartete geduldig, bis wieder Ruhe eingekehrt war. »Trotz der Erfolgsbilanz müssen dennoch zwei Menschenleben beklagt werden, zum einen ein im Pflegedienst eingesetzter Gefangener, der als komplett resozialisiert galt und im kommenden Monat entlassen werden sollte, zum anderen ein Gefangener der Justizvollzugsanstalt, der als Patient auf der Krankenstation lag. Nach Aussage der Notärzte waren die beiden schon vor Einsatzbeginn tot. Wie sie ums Leben kamen, wird durch eine Obduktion geklärt werden müssen. Des Weiteren müssen wir abwarten, bis der Gefängnisarzt selbst wieder so weit hergestellt ist, dass er vernommen werden kann.« Erleichtertes Gemurmel setzte ein. »Lasst uns bitte alle zusammen die letzten Stunden gründlich aufarbeiten, damit wir nie wieder eine derart peinliche Nummer abliefern. Ein derartiges Glück werden wir nämlich vermutlich nie wieder haben. Ich danke allen Anwesenden für ihre Unterstützung.« Der Capitán trat vom Rednerpult zurück, und erneut wurde applaudiert.

Berger und Gräfin Rosa gingen zu ihm.

»Señor Ramirez«, sagte Berger, »es mag sich etwas pathetisch anhören, aber die wirkliche Meisterleistung dieser Nacht haben Sie vollbracht.«

Der Capitán sah ihn entgeistert an. »Schade, dass ich davon nichts gemerkt habe, dann würde ich mich bestimmt besser fühlen. Aber sagen Sie, Señor Residente, was meinen Sie bitte?«

»Es gehört schon eine Menge Führungsqualität dazu, innerhalb von Sekunden zu erkennen, dass die Nummer mit dem Helikopter eine gute Idee war.«

Ramirez wehrte ab. »Señor Berger, ich bitte Sie, dieses Mädel schickte uns der Himmel!«

»Ich weiß, Señor, aber dass Sie die menschliche Größe haben, das vor der ganzen Belegschaft einzugestehen, das ehrt Sie ungemein.«

Ramirez wurde auf sehr sympathische Art verlegen. »Ich danke Ihnen, Señor Residente. Und wenn es wieder mal knifflig wird, dann melde ich mich bei Ihnen.«

In diesem Moment wurde die Tür des Konferenzraumes geöffnet, und die Pressemeute fiel über den Capitán her.

Berger verstand es geschickt, sich diesem Rummel mit der Gräfin an der Hand zu entziehen. Draußen legte er einen Arm um seine Rosa. »Durchlaucht, ich kann es noch immer nicht fassen, dass wir da alle heil rausgekommen sind.«

»Ich ehrlich gesagt auch nicht.« Sie gab ihm einen Kuss. »Und die Gauner sind wirklich alle gefasst?«

»Und wie!« Berger lachte herzlich. »Das war wirklich ein Husarenstreich von unserer Carmen. Bis auf zwei, die wir festnehmen konnten, sind wirklich alle Mafiosi an Bord des Hubschraubers gekommen und haben durch den Staub und Dreck, den sie geschluckt haben, einen tierischen Brand gehabt. Innerhalb kürzester Zeit war alles weggesoffen. Vorher hätte ein gewisser Victor die ganze Sache allerdings fast zum Scheitern gebracht, weil er den Hubschrauber ohne Kong nicht hatte starten lassen wollen. Er soll nach dem Riesen wie ein Kind nach seiner Mutter gebrüllt haben. Die restlichen Insassen mussten ihn niederschlagen, damit gestartet werden konnte.«

»Wo hat man sie dann hingebracht?«

»Zum Flughafen. Dort standen die ›grünen Minnas‹ und konnten die friedliche Fracht problemlos übernehmen. Das wird ein böses Erwachen für die Herren gegeben haben.«

»Apropos Erwachen, sollten wir nicht auch mal nach Hause fahren? Wie ich Sie kenne, wollen Sie morgen schon ganz früh ins Krankenhaus zu Cristobal.«

»Stimmt, und zu Aleksandar. Ich muss ihm doch schonend beibringen, dass es aus ist mit dem Oberst.«

Gräfin Rosa sah ihn erschrocken an. »Hat man ihn gefeuert? Warum denn?«

»Im Gegenteil, Lieblingsgräfin.« Berger lachte sie an. »Man hat ihn zum General befördert.«

»Na, dann haben die bei eurer letzten Schießerei wohl nicht zugeguckt.«

»Wozu? Der Zweck heiligt die Mittel, und in diesem Fall haben wir das Klassenziel ja wohl erreicht.«

»Das stimmt.« Sie hakte sich bei ihm unter. »Wir sollten jetzt noch kurz unter die Dusche und dann in die Falle gehen, was halten Sherlock Holmes davon?«

Der Residente zog seine Stirn kraus. »Ich fürchte, ich bin noch ein wenig zu aufgekratzt zum Schlafen.«

»Dann sollten wir zusammen lange duschen, und wenn der Herr danach immer noch aufgekratzt ist, fällt mir zur Not auch noch etwas anderes ein.«

12

Wider Erwarten waren Berger und Gräfin Rosa nach dem Duschen wie die Steine ins Bett gefallen und hatten tief und traumlos geschlafen.

Der Wecker klingelte natürlich viel zu früh. Erst nach dem dritten Cortado war Berger wieder ansprechbar.

»Warum so nachdenklich, Señor?«

»Weil ich es noch immer nicht fassen kann, was wir heute Nacht für einen Dusel hatten, alle miteinander. Das hätte auch alles so etwas von in die Hose gehen können – ich mag mir das gar nicht vorstellen.«

»Und mein Residente natürlich wieder mittendrin.«

»Ich denke wohl, dass ich jetzt von derartigen ›Anfällen‹ wirklich kuriert bin.«

Sie lachte auf. »Das glauben Sie doch wohl selbst nicht.« Gräfin Rosa trank einen großen Schluck ihres Kaffees. »Ich kann dieses Gemetzel einfach noch nicht nachvollziehen, das die Russen da veranstaltet haben.«

»Das hatte mehrere Gründe. Zum einen brauchten sie ein paar Morde, die sie Cristobal unterschieben konnten, zum anderen hatten sie mit seinem an die Memoiren angelehnten Geständnis ein wunderbares Mittel gegen uns in der Hand.«

»Wieso gegen uns?«

»Ihnen wird klar gewesen sein, dass wir die Datei auf seinem Computer finden würden. Und da wir alle schützen mussten, gegen die der Comisario seinen privaten Zorn formuliert hatte, waren wir mehr als nur beschäftigt. Das war ja deren Ziel.«

Rosa schüttelte versonnen den Kopf. »Aber hätte es nicht ein bisschen weniger brutal sein können?«

»Da man Cristobal als rasende Bestie entlarven wollte, haben die natürlich noch ein Schippchen mehr draufgelegt, als es vielleicht nötig gewesen wäre. Aber genau dieses bisschen, was da zu viel veranstaltet wurde, hat mich schnell sicher werden lassen, dass Cristobal nicht der Verantwortliche für diese Metzeleien war. Aber der Plan, wie sie den Comisario zu sich ins Gefängnis holten, der war wirklich gut. Das muss der Neid ihnen lassen.«

»Wann gedenken Señor denn, nach Palma ins Krankenhaus zu fahren?«

»Möglichst bald. Richtig ruhig bin ich erst, wenn ich Cristobal wieder in die Augen sehen kann. Oder besser gesagt, wenn er auch wieder zurückguckt.«

»Ich habe schon mit Angela telefoniert. Er ist noch sehr angeschlagen, aber wieder ansprechbar.«

»Ist sie schon dort?«

»Was heißt ›schon‹? María hat heute Nacht so lange Theater gemacht, dass die für Angela auch noch ein Bett neben das ihres Bruders geschoben haben.«

»Ist der Gute nicht ein wenig alt für ein ›Rooming-in‹?«

»Dafür ist die Liebe jung. Aber leider wird es noch ein paar Tage dauern, bis er dazu etwas sagen kann. Der Atemschlauch in seinem Hals hat seine Stimmbänder doch ganz schön malträtiert. Aber es wird wieder werden, sagen die Ärzte. Angela hat mich gebeten, ihm eine Wachstafel mitzubringen, damit er sich wenigstens schriftlich verständigen kann.«

***

Cristobal García Vidal lag, zugegebenermaßen doch sehr mitgenommen, in seinem Bett und war nur noch glücklich. Er war glücklich darüber, dass er wieder alle Gliedmaßen bewegen konnte, und er mochte gar nicht damit aufhören, sich selbst dabei zuzusehen. Immer wieder hielt er seine Hände hoch und betrachtete fasziniert seine Finger, die sich nur dann bewegten, wenn er es auch wollte. Mindestens ebenso oft schlug er seine Bettdecke zur Seite, um sich davon zu überzeugen, dass er seine Zehen wackeln lassen konnte. Seine Bewegungen waren zwar noch etwas unbeholfen, aber er fühlte sich bei dem Gedanken, sich endlich wieder kratzen zu können, wie ein König.

Der Chefarzt betrat das Zimmer.

»Señor Comisario, ich freue mich aufrichtig, Sie wieder in so guter Verfassung anzutreffen. Dr. Hernandez ist inzwischen in der Lage zu berichten, und das, was er mir über Sie erzählt hat, ist schon ein kleines Wunder. Ich soll Ihnen ausrichten, dass er noch nie einem Menschen begegnet ist, der sich derartig beherrschen kann, Señor. Das, was Sie in den letzten Tagen an psychischer Belastung durchgemacht haben, ist wahrlich nicht ohne, und ich werde Sie erst wieder aus dem Krankenhaus entlassen, wenn die Psychologen grünes Licht dazu geben.«

»Ich brauche keinen Irrenarzt«, flüsterte García Vidal mit schmerzverzerrtem Gesicht.

»Doch, den brauchst du, und zwar ganz besonders, wenn du das Angebot des Doktors nicht annimmst«, stoppte ihn Angela Bischoff. »Außerdem hat das nichts mit ›irre‹ zu tun. Wer etwas Derartiges durchgemacht hat wie du, der hat ein seelisches Trauma erlitten, und das gehört einfach behandelt. Egal wie viele Freunde und Freundinnen sich um dich kümmern.«

Der Comisario stellte seine Gegenwehr wegen zu erwartender Erfolglosigkeit ein.

Die Tür des Krankenzimmers öffnete sich erneut, und Gräfin Rosa und der Residente betraten das Krankenzimmer.

»Wenn man vom Teufel spricht«, begrüßte Angela sie.

Gräfin Rosa schaute sich nach Berger um. »Na, so schlecht sieht er nun wirklich nicht aus.«

»Nein«, erwiderte Angela lachend. »Ich sprach gerade davon, dass auch die besten Freunde nicht ausreichen, um alles Erlebte zu bewältigen.«

»Cristobal, mein Freund«, Berger setzte sich auf einen Stuhl neben dem Bett des Comisarios, »versuchen Sie gerade, sich vorm Psychologen zu drücken? Ich kenne das. Habe ich selbst einmal versucht, als ich derartig auf der Nase lag, aber glauben Sie mir, das klappt nicht.«

García Vidal wollte etwas sagen, zuckte aber vor Schmerzen zusammen.

Die Gräfin holte eine Wachstafel aus ihrer Tasche. »Hier haben Sie etwas zum Schreiben«, sagte sie und legte sie ihm in die Hand.

Der Comisario hätte sich gern darüber gefreut, aber der Gedanke daran, dass er sich in den nächsten Tagen nur mit diesem Ding verständigen können würde, verhagelte ihm etwas die Petersilie.

»Der braucht so ein Ding gar nicht«, meinte Berger grinsend. »Schaut in sein Gesicht, dann wisst ihr, was der Mann denkt.« García Vidal verdrehte zur Bestätigung die Augen.

»Übrigens, Rosa«, hob Angela an, »ich habe Cristobal von der Bankgeschichte erzählt. Wenn er sprechen könnte, würde er Ihnen jetzt sicher persönlich seinen Dank aussprechen.«

Gräfin Rosa lächelte glücklich. »Ihre Augen sagen alles, Cristobal. Keine Ursache.«

»Sowie er wieder aus dem Krankenhaus entlassen wird, zahlt er Ihnen die Schulden selbstverständlich gleich wieder zurück.«

Berger wandte sich an den Chefarzt. »Wie sieht es aus, Señor Profesor, wann dürfen wir diesen störrischen Herrn wieder mit nach Hause nehmen?«

»Ich denke, in etwa einer Woche wird er's hinter sich haben. Aber bis er wieder Arien singen kann, dauert es noch ein Weilchen.«

»Okay«, Berger nickte, »dann werden wir wieder da sein.«

Angela schaute ihn überrascht an. »Wo soll's denn hingehen?«

»Zu Tante Auguste. Sie hat auf unseren Besuch bestanden.«

»Liegt etwas an?«

»Keine Ahnung, sie hat ein Geheimnis draus gemacht. Wir werden vorher noch zwei Tage ganz für uns allein in Barcelona verbringen, ohne Mord, ohne Totschlag, ohne Finca, ohne Schwein.«

Angela lächelte. »Also quasi nackt?«

Die Gräfin beugte sich an ihr Ohr. »Ich hoffe, zumindest zeitweise.«

Angela schmunzelte. »Wann geht es denn los?«

»Heute Abend schon.«

Der Comisario kritzelte etwas auf die Tafel und hielt sie Berger hin. »Dann hauen Sie schon ab, so kann ich wenigstens in Ruhe gesund werden«, stand darauf.

***

Auf der Rückfahrt nach Santanyí machte Berger ein skeptisches Gesicht. »Wir beide ganz allein in einem kuscheligen Hotelzimmer in einer wunderschönen Stadt? Hoffentlich liegt da keine Leiche herum.«

»Wir werden uns eben ein Hotel ohne suchen, das wird ja wohl möglich sein.«

Der Residente machte ein enttäuschtes Gesicht. »Zwei Tage ganz ohne Stress?«

»Warum nicht? Wir haben es verdient.«

»Und was werden wir da machen?«

»Da fällt mir bestimmt etwas ein.« Rosa lächelte still vor sich hin. Als sie an einem Supermarkt vorbeifuhren, stieß sie ihn leicht an. »Könnten Sie da mal bitte kurz am Eroski halten? Ich möchte schnell etwas fragen.«

Berger sah sie verwundert an, fragte aber nicht nach, sondern stoppte den Wagen. Beschwingt wie ein junges Mädchen ging sie die paar Schritte über den Parkplatz zum Ladeneingang und warf ihm, bevor sie den Supermarkt betrat, noch eine Kusshand zu.

Im Inneren wandte sie sich an eine Verkäuferin, von der sie wusste, dass sie etwas Deutsch sprach.

»Señora, entschuldigen Sie bitte. Haben Sie zufällig Nutella?«

ENDE

Dank

Ich danke meinem Freund und Mentor Rainer Nimtz, ohne dessen aufbauenden Zuspruch und ohne dessen Verbindungen meine Mallorca-Krimis nie als Bücher erschienen wären.

Andreas Schnabel
TOD ODER FINCA
Broschur, 224 Seiten
ISBN 978-3-89705-652-7

Andreas Schnabel
TOD IN PALMA
Broschur, 224 Seiten
ISBN 978-3-89705-724-1

Andreas Schnabel
TOD AUF DER INSEL
Broschur, 208 Seiten
ISBN 978-3-89705-811-8

Andreas Schnabel
TOD AUF CABRERA
Broschur, 304 Seiten
ISBN 978-3-89705-974-0

Andreas Schnabel
TOD INCLUSIVE
Broschur, 304 Seiten
ISBN 978-3-95451-112-9